百聞は一見に如かず。
皆の前で後ろの何も無い空間に『門』を召喚して見せる。
『無限バスルーム』のそれとは大きく異なる門を。
「知らぬ！知らぬぞこれは!?」

大団円の大混浴!

「これが俺の、旅の総仕上げだ……！」
渾身の力を込めて
ソトバの剣を再びハデスの大地に突き立て、
剣を通じてハデスの大地にＭＰを注ぎ込む。

異世界混浴物語 7

神泉七女神の湯

日々花長春

OVERLAP

東雲《しののめ》春乃《はるの》

冬夜と共に召喚された勇者の一人。
冬夜との再会を果たした。

北條《ほうじょう》冬夜《とうや》

女神のギフト『無限バスルーム《アンリミテッド》』を
持つ勇者。混浴に意欲を燃やす。

北條《ほうじょう》雪菜《ゆきな》

闇の『勇者召喚』により
魔族に転生した冬夜の妹。

クレナ

冬夜と共に旅をする少女。
魔王の孫娘。

ラクティ

『闇の女神』。
六柱の女神姉妹の末妹。

ロニ

クレナの従者。
狼の亜人、リュカオン。

これまでのあらすじ

魔王を倒すため異世界に召喚された北條冬夜。
しかし、彼が得たのは

『無限バスルーム』という
「どこでもお風呂に入れる能力」だった。

魔王軍の拠点がある洞窟王国『アレス』に
たどり着いた冬夜たちは、
期せずして魔王の封印を解いてしまう。

しかし魔王と聖王の争いが経済戦争であった
という真実を知らされた一行は魔王と和解。
残る問題――ユピテルの騎士に誘拐された
勇者コスモスの救出に向かうのだった。

目次

［異世界混浴物語］7 神泉七女神の湯

Presented by Nagaharu Hibihana / Illust. = Masakage Hagiya

イラスト／はぎやまさかげ

序の湯　プロローグ

俺の名前は北條　冬夜《ほうじょうとうや》。一応『（光の）女神の（神殿の）勇者』という肩書なのだが、本当にそう名乗っていいのか疑問に思う今日この頃である。

でもよくよく考えると、自分からそう名乗った事はあまり無いので、この件については気にしない方がいいかもしれない。

なお、実際の立場は勇者ではなく『女神姉妹の新しい弟』が一番正確らしい。

これは女神の夢の中で、姉妹の母『混沌《こんとん》の女神』と接触できるからだとか。

当初は夢の中で会った事も覚えていられなかったが、毎朝毎晩祈りを捧《ささ》げているおかげか、最近はおぼろげながら記憶を残せるようになってきている。

ラクティの弟というのには一言物申したい気もするが、小さな身体《からだ》でお姉さんぶる姿が微笑《ほほえ》ましいので、こちらも気にしない事にしよう。

アレスでは魔王を復活させてしまうなど色々とあったが、当の魔王に再び戦いを起こすつもりが無かった事もあり、結果として新魔王の誕生を阻止する事ができた。

しかし、その一方で『聖王の勇者』コスモスが誘拐されてしまった。彼を誘拐した一団はコスモスの船を奪って逃走したため、こちらはグラン・ノーチラス号で追跡中だ。

しかし、こちらが出港の準備で遅れた事もあって追いつく事ができない。

「この調子では、追いつくのは難しいかもしれん」

顎鬚《あごひげ》を撫《な》でながらアキレスが言う。もう一人の『聖王の勇者』神南夏樹《かんなみなつき》の仲間である彼は、ユピテルの元将軍である。

「あの船は、特別製ですから……」

そう言ってフランチェリス王女はうなだれる。あの船は、王族用として造らせた高性能船なのだそうだ。なるほど、誘拐犯が奪う訳だ。

現在グラン・ノーチラス号、正確にはその中の『無限《アンリミテッド》バスルーム』には、俺と春乃《はるの》さんのパーティだけでなく、神南さんパーティと、コスモスパーティも乗り込んでいる。

まず俺のパーティが、雪菜《ゆきな》、クレナ、ロニ、リウムちゃん、ラクティ、ルリトラ、パルドー、マーク、シャコバ、クリッサ、ブラムス、メム。あと、一応『不死鳥』。

春乃さんパーティは既にうちのパーティに加わっているようなものだが、セーラさん、サンドラ、リン、ルミス、デイジィ、プラエちゃん。

神南さんのパーティは、アキレス、『百獣将軍』の少数精鋭だ。

コスモスのパーティは、本人を除いてフランチェリス王女、フォーリィ、バルサミナ、そして親衛隊長のリコットと彼女の率いる王女親衛隊がいる。

なんと親衛隊も合わせると総勢五十人近い大所帯である。『無限バスルーム』が成長していなければ、グラン・ノーチラス号に入りきらなかっただろう。

「あの船、どこに向かっているんでしょう？」

「内海を進んでいるという事は、ネプトゥヌス・ポリスだろう」

春乃さんの疑問に、アキレスが答えた。そこから陸路に切り替えるつもりか。

「幸い、レーダーには捉えられている。引き離されないようにして追いかけよう」

そしてネプトゥヌス・ポリスで追いついて、コスモスを取り戻す。これしかあるまい。

王女としてはもどかしいだろうが、これればかりは仕方がない。今はただ、ひたすらに追いかけるしかないのだ。


出港以来、王女もコスモスの事が心配なのだろうが、周りを心配させないためか気丈に振舞っているようだ。おかげで暗い雰囲気にならずに済んでいる。

特にプールは親衛隊の面々に好評なようで、王女も内心はそれどころではないのだろうが、今日も彼女達《たち》を引き連れてプールでくつろいでいる。

一方神南さんは、もっぱら読書の日々を送っていた。大量の荷物を積み込んだ結果『無限バスルーム』の中にトレーニングできるだけのスペースが無くなったためだ。

あくまで暇つぶしのようだが、例の交易商人の日記など昔の本を楽しんで読んでいるようだ。元々歴史系が好きだったらしい。

そして俺はというと、だらだらして過ごしていた。怠けている訳ではないぞ。

『無限バスルーム』利用者が増えた事で消費ＭＰ《マジックパワー》量が跳ね上がっている。その上夢の中でもMPを消費しているらしく、できるだけ休息を増やすようにしているのだ。

普段の感覚と比較するに、『無限バスルーム』利用分だけではここまで消耗していないと思う。おそらく原因は『混沌の女神』との接触だろう。

これについてはラクティも「まだ」話せないらしく、それが何を意味するのかまでは分からないが……。

そんな船旅をしながら、ネプトゥヌスの港まであと少しというところまで進んだ。

コスモスを乗せた船の少し先にきっちり横一列に並んで動かない反応がある。おそらく港の船だろう。入港まであと少しといったところか。

「……多くないか？」

それにしても、やけに前方の船の数が多い気がする。いや、港だからいくつもの船が停泊しているのは当然なのだが、それを踏まえた上でも多いのだ。

この様子だと、ネプトゥヌスの港は停泊する船で一杯なのではないだろうか。

何事かと慎重に海中を進むと、船が所せましと停泊している港にたどり着いた。この辺りは商船などが利用する桟橋だ。

人が集まるお祭りでもあるのかと密《ひそ》かに海上の様子を窺《うかが》ってみる。すると全ての桟橋に同じ種類の船が並んでいた。人の姿も多い。

コスモスの船は既に入港していた。並ぶ船に割り込むように停泊しているのだが、大型船のため非常に目立っている。

　こちらも上陸できる場所を探そうとしていると、隣で港の様子を窺っていたクレナが怪《け》訝《げん》そうな表情で呟《つぶや》いた。

「ねえ、あの並んでる方の船……軍船じゃない？」

　すぐにアキレスを呼んで確認してもらったところ、ほとんどがユピテルの軍船である事が分かった。ここはネプトゥヌスなのに、どうしてユピテルの軍船が来ているのか？

　更に港に近付いてみると、桟橋などに兵士達がたむろしているのが分かった。船の数の割には人数が少ない。ここにいるのは一部で、残りは町にいるのだろうか。

　それでもあそこから上陸すれば、すぐさま兵士達に見つかってしまうだろう。

　これは場所を変えた方が良さそうだ。静かにその場を離れ、グラン・ノーチラス号の製作者、水晶術師ロンダランのドックへと向かおう。

　その辺りは主に漁師が利用する区画なので、案の定軍船の姿も兵士の姿も無かった。幸いドックの近くに漁船も無い。これなら見つからずに上陸できそうだ。

　それにしても、一体何が起きているのか。コスモスを助けるために戻ってきたが、どうやらそれだけでは済まなそうだ。

　何かが起きようとしている。そんな予感にかられながら、俺はグラン・ノーチラス号をドック近くの桟橋へと近付けていった。

一の湯　湯景のデジャヴュ

軍船や兵士達に見つからないまま、上手《うま》く漁師区画の桟橋までたどり着く事ができた。すぐに上陸してロンダランのところに向かいたかったが、移動するには皆を外に出して『無限バスルーム』を閉じる必要があるため、俺は下船できない。

そこでブラムスとメムに手紙を預け、こっそりと行ってもらう事にする。二人ならばそう易々《やすやす》と見つかりはしないだろう。

移動範囲ギリギリである甲板に出て淡い青色の石材でできた町を眺める。どうせなら遊びに来たかったが、それは今言っても仕方がない。

「おおっ！　戻ってきおったか！」

声の方を見ると、相変わらずの爆発ヘアをしたロンダランがドタドタと駆け寄ってきていた。元気そうでなによりである。

「声抑えて」

でも、静かにしてくれ。兵士が来たら困る。

「おっと、スマン。話はあやつらから聞いた。大変な事になっとるらしいの」

「それはこの町もでしょう。何があったんです？」

「ああ、それはな……来とるんじゃよ、勇者が」

「……はい？」

俺と春乃さん、それに神南さんはここにいる。誘拐されたコスモスのはずが無いし……今、ユピテルに戻っているはずの中花律《なかはなりつ》か。

「あの軍船も？」

「さあのぅ？　ここしばらく留《とど》まっておるようじゃが」

ロンダランはこの件について、あまり詳しくないようだ。

ここでフランチェリス王女がリコットを連れてやってきた。ネプトゥヌスに到着して、少しは元気が出たのだろうか。表情に強さが戻ってきたように感じられる。

「リツの仲間の中に、今回の件に関わっている者がいるかもしれませんね。あれだけいれば、そういう者達を潜り込ませる事もできるでしょう。兄ならやりかねません」

お兄さんの事をどういう目で見ているのだろうか、王女。

「中花さんが主導している可能性もあると思うんですけど」

「そちらも否定しませんし、二人が協力している可能性も考えられますね」

その辺りは、今ある情報では分からないか。こればかりは仕方がない。

「それよりもトウヤさん達は、いつでも出港できるように準備しておいてください。私達はナツキ様達と町に出て、コスモス様を探します」

「兵士が大勢いるようですが、大丈夫ですか？」

「できるだけ隠密《おんみつ》行動を心掛けますが、いざという時は、いつでも逃げられるよう備えておいてください」

「おぬしら、この町で何をやらかす気じゃ？」

ロンダランが思わずツッコんできたが、やらかされた側なんだよな、こっちは。

とはいえ、いざとなったら逃げる事も考えておかないといけないか。

「そういう事なら、食料の補給とかは早めに終わらせておいた方が良さそうですね」

「お願いします。親衛隊を半分ほど残していきますので、使ってください」

「俺はここから動けませんので、ありがたく使わせてもらいます」

話が決まったところで行動開始だ。

ロンダランは一度グラン・ノーチラス号を陸に上げてチェックしたかったらしいが、残念ながらそんな時間は無さそうだ。

しかしコスモス誘拐の件を知った彼は仕方がないと、ひとまず納得。ここでできるだけのチェックをすると、パルドー達を連れて道具を取りに戻っていった。

春乃さんやクレナ達には二手に分かれて買い物に行ってきてもらう。町は兵士が多いだろうから安全のために目立たない格好をしてだ。

ブラムスとメムは周囲の気配を察知する事ができるらしいので、それぞれに付いて行ってもらうとしよう。

皆が出掛け、俺とルリトラとプラエちゃんが残された。二人が町を歩くと目立って仕方がないので留守番だ。今は見張りも兼ねて甲板で休んでいる。

休むなら『無限バスルーム』に戻った方が良いのだが、これには訳があるのだ。

しばらくすると外がざわざわとし始める。見ると外に漁師達が集まっていた。その中に見知った顔もある。グラン・ノーチラス号を見て集まってきたのだろう。

「やっぱり若様じゃない！」

俺に気付いて声を上げたのは花柄のワンピースを着た女性。グラン・ノーチラス号を作るためこの町に滞在していた際、よく新鮮な魚を差し入れてくれていた漁師の奥さんだ。

他の面々もほとんどが顔見知り、漁師関係者である。

そう、俺が甲板に残っていたのは、彼女達から話を聞くためだ。

初めて見る人ばかりのためか、プラエちゃんは俺の背中に隠れて小さくなっている。

ぴったりとくっつかれている様子をあらあらと温かく見守られつつ、今この町がどうなっているのか住人達から直接聞くとしよう。

「ああ、最初は一隻だけ来たんだよ」

「それからどんどん追加で来てさぁ。見たかい？　向こうの港」

「ええ、すごい数でしたね」

「流石《さすが》にこの辺までは来ないんだけど、今は『潮騒《しおさい》の乙女』亭を貸し切りにして遊んでるらしいよ。何しに来たんだろねぇ」

観光……かな？　いや、それだけだと、後から来た軍船の意味が分からないか。

そんな話をしているとロンダラン達が戻ってきた。彼等《かれら》はそのまま船内でチェックを始めたので、それには参加しないクリッサに、軽く食べられるものなどを用意してもらう。

それらを漁師達に振る舞い、更に詳しい話を聞くとしよう。

「乗ってきた兵士達の様子は？」

「ああ、なんかピリピリしてるぜ。あいつら夜酒場に集まってもその調子なもんだから、行きにくくってしょうがねえ」

毎晩の楽しみを邪魔されているらしい漁師のおじさんは、怒りを露《あら》わにしている。

しかしその兵士達の様子、中花さんを護衛中だから緊張していると考えるには数が多過ぎる気がする。何か別の目的があると見ていいだろう。

問題はそれが何かという事だが、流石にそれは分からないようだ。

更に話を聞いてみたが、それ以上の情報は得られなかった。

まとめると、中花さんが連れてきた軍勢は一部で、他は別の部隊である可能性がある。

そして詳細は不明だが、兵が緊張するような目的があると思われる。

ここから動いていないのにも理由があると思うのだが、これも分からない。誘拐したコスモスが到着するのを待っていたのだろうか？

分からない事だらけだが、この先は本格的に調査する必要がある。

という訳で頭を切り替え、ここからは世間話でもするとしよう。

漁師のおじさん達《たち》によると、例のギルマンの島に出向く人が増えてきているそうだ。

主に若い頃に水の女神を信仰していたお年寄りが水の祭壇に参拝しているらしいが、漁に行く際に豊漁をお祈りしにいく漁師も増えてきているとか。

島のギルマン達と諍《いさか》いを起こす事も無く、上手くやっているそうなので一安心である。

それと光の神殿に譲った馬車だが、現在は神殿で祀《まつ》られているため港側の人達は見た事が無いらしい。馬は近くの牧場に預けられているはずだが、元気でやっているだろうか。

一度会いに行きたいところだが、今抱えている問題が解決しない事には難しそうだ。

「あら～、クレナちゃんじゃな～い」

外からはしゃいだ声が聞こえてきた。クレナ達が買い物を終えて帰ってきたらしい。

大量に買ってきたようで、ブラムスが借り物であろう荷車を曳《ひ》いている。これは積み込むのが大変そうだ。

「ルリトラ、プラエちゃん」

「荷物を運び込むのですね」

「まっかせて～♪」

俺は『無限バスルーム《アンリミテッド》』の関係で外まで取りに行けないため、二人に任せる。

二人は積み重ねられた木箱をひょいと持ち上げ、どんどん中へと運び込んでいった。

「あれ？　ラクティは一緒じゃなかったのか？」

「ハルノ達ってこの町は初めてだから、リウムと一緒に向こうに回ってもらったわ」

なるほど、道案内か。あの二人はこの町に慣れているので問題無いだろう。

荷物の搬入中にクレナから話を聞こうとすると、再び外から声が聞こえてきた。

「あら、ラクティちゃん！」

「そちらのお嬢さんは初めて見る顔ね。あなたも若様の？」

春乃《はるの》さん達も帰ってきたようだ。というか若様の何だというのか。いや、分かるけど。

「そ、そんな、私と冬夜《とうや》君はまだ清いお付き合いで……」

対する春乃さんは照れながらも、放っておくと色々と口を滑らせてしまいそうだ。

あのままにしておくと、周りの奥さん達がどんな風に盛り上がるか分かったものではない。早くこちらに呼んでしまおう。

それから改めて話を聞いてみたが、やはり兵士達はピリピリしてるらしい。

街の人からの評判もよろしくなく、どこかに攻め込むんだと言う人もいた。

ギルマンの島を攻めるには軍の規模が大き過ぎるし、水の都にはそもそも行けない。

「となると……アレスですか」

「おそらくそこでしょうね」

春乃さんとクレナは、そう結論付けた。

魔王復活の件を知ってから動いたにしては早過ぎるので直接関係は無いだろうが、それを抜きにしてもあの国は光の神殿が無いのだ。攻撃目標になる事は考えられる。

まずいな。この件については、一度フランチェリス王女と話し合う必要があるだろう。

その後王女パーティは日暮れ前に、少し遅れて神南《かんなみ》さんパーティも戻ってきた。漁師達も帰っていったので、『無限バスルーム』の中で話を聞く事にする。

ちなみにロンダランは、まだチェック中だ。今夜はこちらに泊まってもらおう。

そして調査の結果だが、王女達はコスモスが『潮騒の乙女』亭に連れて行かれた事を突き止めてきたが、兵が多くて救出する事はできなかったらしい。

更に『潮騒の乙女』亭には、中花さんも滞在しているそうだ。コスモス誘拐の黒幕は、彼女でほぼ間違いないとの事。

「どうしてそんな事をしたんでしょう？」

「流石にそこまでは……兄と協力しているとすれば、コスモス様を戦力にするためではないかと予想はできますが」

中花さんがいるのにと思ったが、どうせならば勇者が二人、三人いる方が戦力的にも良いか。現にこちらにも勇者が三人いる。

一方神南さん達の方は、元将軍であるアキレスの立場を利用して兵士達から聞き込みをしてきたそうだ。

どうやら俺達と行動を共にしている事は知られていないようで、何の問題も無く兵士達から話を聞く事ができたらしい。

「そういえば『百獣将軍』が一緒で、大丈夫だったんですか？」

「そこは問題無い。俺が仲間にした事は知られているからな」

「私も、王女の立場が使えれば……！」

うらやましそうな王女。彼女達は変装もして、身を隠しながら調査したそうだ。

これればかりは仕方がない。コスモスを誘拐した側からしてみれば、王女が来たら取り返しにきた事が丸わかりなのだから。

それはともかく、兵士達から直接話を聞いたおかげで、彼等の目的が分かったそうだ。

「あれはアレスに攻め込む遠征軍だそうだ」

「ああ、やっぱり。漁師達も、兵士達がピリピリしていたから、どこかに攻め込むんじゃないかと言っていました」

「……それは本当ですか？」

これに敏感に反応したのは王女。彼女はぶつぶつとつぶやきながら考え込み始める。

「……港の軍船を全て沈めてしまいましょう」

そして物騒な事を言い出した。

「ユピテルの、聖王家の王女がそれでいいんですか？」

「聖王家としてはいささか問題があるかもしれませんが、ユピテルの王女としては正しい事を言っているつもりです」

「ほほう、王女殿下は遠征軍がアレスに負けるとおっしゃるか？」

「ええ、見る目があるでしょう？　アキレス」

アキレスの言葉を、王女はさらりとかわした。アキレスは面白くなさそうだが、それ以上は追及しないあたり間違ってはいないと思っているようだ。

「五百年前の再現になりかねませんし」

「ええ……お爺様《じいさま》、黙ってないでしょうね」

そう言って顔を見合わせる春乃さんとクレナ。確かに彼女達の言う通りだ。

五百年前の初代聖王対魔王の戦いは、ユピテル側から攻め込んで始まったというが、その再現になりかねない。何故《なぜ》なら今のアレスには復活した魔王がいるのだから。

魔王は再び戦乱を起こす気は無いと言っていたが、攻められれば当然反撃してくるだろう。王女も、魔王の存在を計算に入れてユピテルは勝てないと判断したと思われる。

「軍船が無ければ遠征軍はここから先に進む事はできないのです。そして軍船だけ沈めるならば兵の被害は最小限に抑えられる。現状できる手では、これが最善でしょう」

「一応聞いておきますが、王女の命令で遠征を止められないんですか？」

「あちらは兄の命令で動いているようですし、そもそも私には、私の親衛隊以外に命令する権限がありません」

だから軍船を沈める、か。強引ではあるが、遠征軍を止めるならばそれぐらいはしなければならないというのは理解できる。

魔王との戦いが再び起きる事が阻止できると考えれば、どれだけの被害を防ぐ事になるのか想像もつかない。

なるほど、聖王家の王女としては魔王を避けるのは問題だが、ユピテルの王女としては兵士、すなわちユピテルの民の被害が出ないようにするのは正しいという事か。

「そういう事なら協力しましょうか」

ユピテルに逆らう事になるが、放っておくとユピテルとアレスの戦争が起きてしまう。そうなれば魔王も黙っていないに違いない。それを止めるためにも、なんとしてもここで遠征軍を止めなければならないのだ。

それでも俺達だけならば躊躇《ちゅうちょ》したかもしれないが、こちらにはフランチェリス王女がいる。彼女がいればこちらが一方的に悪者になる事はあるまい。

そして、一番被害者を出さずに軍船を沈められるのは俺だろう。

つまりは、やるしかないという事だ。

「船に兵がいなくなる時間ってあります?」

「一番少なくなるのは夕方だな。見張り以外はいなくなるだろう。夜に少し戻ってくるだろうが、それでも大半は陸で休んでおるはずだ」

春乃さんの問いには、アキレスが答えた。それで船を降りた兵士達は酒場に行って漁師達と遭遇していたのか。

となると、今日はもう兵士達が船を降りている頃か。準備が整い次第やってしまいたいが、今から準備をしてとなるとどうだろう？

「今から準備して行って……間に合いますかね？」

「止《や》めておけ、止めておけ。こういう事は、余裕を持って当たるべきだ。心配せんでも、今日明日軍船が動く事はない。それなら昼の内にもう少し動きがあるわい」

「となると、明日の昼の内に準備を済ませて……ですね」

「私達も少し買い足したいものがありますので、それでいきましょう」

「そうだ、軍船を沈めれば彼等は混乱するでしょうし、その隙に乗じてコスモスを救出する事はできませんか？」

「救出までは上手《うま》くいきそうですが、脱出まではどうでしょう？」

「それなら……」

ここで俺が考えていた軍船の破壊方法を説明する。この方法ならば軍船を沈めた後王女達を迎えに行って、そのまま脱出する事ができるだろう。

問題は脱出後どこに行くかだが、食料の補給は終わっている。ギルマンの島に花ドラゴンの島、一度アレスに戻るという手もある。

「後は船底のチェックをせねばならんが、今こいつをドックに移動させると目立つ。そこで町の外にある隠し実験場に行ってほしいんじゃが」

「その話詳しく」

なのでいつ頃終わるのかと聞きに行ったところ、面白い情報を得る事ができた。

町を出て少し西に行ったところに、ロンダグランが実験に使っている入江の洞窟があるらしい。そこにはドックの設備も整っているそうだ。というかロンダグランが整えたそうだ。

「デカい音が鳴る実験は、町の連中がうるさいからのぅ」

「ああ、それで町の外に……そこ広いんですか？」

「ウム、広いぞ」

それは脱出後一息つくのに丁度良いのではないだろうか。

ユピテルの軍船を沈め、その隙にコスモスを救出して脱出する件を説明すると、彼は自分もついて行き、船底のチェックはそちらですると言ってくれた。

「危険ですよ？」

「おぬしらがそんな騒ぎを起こした後、この町に残っておるのも危険ではないか？」

それは、確かに……。ただの知り合いである漁師達はともかく、グラン・ノーチラス号の製作者である彼は、俺達の協力者と見なされてしまうだろう。

「あそこはほとぼりが冷めるまで身を隠すのにも丁度良くてのぅ」

「……慣れてますね」

「まあな！　わっはっはっ！」

ドックなどの設備が整えられている本当の理由が見えた気がした。

という訳で、ロンダグランの隠し実験場の事を伝えると、王女達も脱出後は一旦そこに身を潜める事を承諾してくれた。

明日はそれに合わせて準備をする事になるだろう。

グラン・ノーチラス号を出港させ、海中から軍船が停泊中の港に移動して様子を窺《うかが》う。

船の上はもちろんのこと、港の方にも兵の姿が多い。アキレス曰《いわ》く「兵が目的も無く他国の町を歩いていると、住民を刺激するので控えないといけない」との事。

「そういえば酒場でもピリピリしてるらしくて、漁師達《たち》からの評判が悪いみたいですね」

「彼等《かれら》にとって、酒と食事が数少ない楽しみだろうからな……」

理解できなくもない。同情はしないけど。

とにかく、そういう事ならば今の内に『潮騒《しおさい》の乙女』亭の方へと回り、密《ひそ》かに王女達を降ろそう。俺が港で騒ぎを起こすのに合わせてコスモスを救出してもらうのだ。

もちろんその後は王女達を回収して離脱。ロンダランの隠し実験場に急行である。

という訳で、海の見える岩風呂の方から『潮騒の乙女』亭に近付いていく。

流石《さすが》に岩風呂には無理だが、そこから少し離れた場所に接岸する事はできた。

そこで王女達を降ろした後、グラン・ノーチラス号を再び港に戻し、海中に潜む。

動きがあったのは日が暮れてからだった。兵士達が次々船を降り、町へ消えていく。

残っているのは見張りだけ。兵士達が飲み始める頃合いを見計らって行動開始だ。

「それじゃ、作戦開始だ。リウムちゃん」

彼女はコクッと頷《うなず》き、グラン・ノーチラス号を海底に接地させる。

「で、で、何をするんじゃ⁉　船底に『銀の槍《やり》』を撃ち込むか！」

楽しそうだな、ロンダラン。確かにあれは撃ち込んだ後粉になって消えるので、一気に浸水させる事もできる。しかし、それは使わない。

とりあえず集中したいのでルリトラに目配せすると、彼はすぐさまロンダランの口を押さえて黙らせてくれた。

「よし、行くぞ……！」

海底に触れた船底の発動体から魔法を使う。使用する魔法は大地の『精霊召喚』だ。

海底から鋭い角のような岩が無数に伸び、まずは軍船を挟むように捕らえる。そうやって船体を固定したところで、本命の角を船底に突き刺すのだ。

船上では何が起きているか理解するのに時間を要するだろう。その間に簡単に修理できないよう、軍船それぞれに複数の角を突き刺していく。

海中の船内なので声は聞こえてこないが、今頃船上は阿鼻叫喚《あびきょうかん》の大騒ぎだろう。

船は浸水はしているだろうが、岩の角が支えになって海上に留《とど》まっている。モズのはやにえ状態とでもいったところか。

アキレスから聞いたところ、夕食時船に残る兵の内、見張りは全員甲板、責任者は甲板より上の船室にいるとの事なので、それでも兵の被害は一人も出ていないはずだ。

「そろそろ兵が戻ってきた頃かな？」

雪菜《ゆきな》の言う通り、気づいた兵が戻り始める頃である。

だが、遅い。既に軍船の底を岩の角で貫いている。もう、どうしようもないだろう。

「冬夜《とうや》君、今ので最後です！」

そして最後の一隻も串刺しになった。春乃《はるの》さんの声を聞いて魔法の発動を止める。

大規模にやったのでＭＰ《マジックパワー》の消費が激しい。集中して意識していなかったが、一気に呼吸も激しくなっていた。

だがこれで船団は壊滅。沈みはしないだろうが、動かす事はおろか修理も出来ない。

アレスへの遠征は阻止できた。めざとい誰かが気付く前にこの場を離れよう。

「リウムちゃん」

名前を呼ぶと、彼女はコクリと頷き、グラン・ノーチラス号は『潮騒の乙女』亭に向けて動き出す。

そして王女達を降ろした場所で浮上させ、彼女達が戻ってくるのを待った。

『潮騒の乙女』亭の灯《あか》りが夜空を照らしているが、この辺りは岩風呂の壁の陰になっており、おかげで見つかりにくくなっている。

キャノピーを開けてみると、喧噪《けんそう》が聞こえてきた。どうやら隠密《おんみつ》にコスモスを救出する事はできなかったようだ。

「援軍を出した方が良さそうね。ロニ、ブラムス、メム、行ってきてくれる？」

「分かりました」

クレナの言葉に、ロニが即座に答える。一拍遅れてブラムスとメムもコクリと頷いた。

ロニは『潮騒の乙女』亭の中の構造を知っており、ブラムス達は『闇の王子《ダークプリンス》』に仕えていた忍者、つまりは隠密行動のプロだ。援軍に出すなら、この三人が最適だろう。

「ルリトラ、上陸して待機していてくれ。王女達が追われていた時は、撤退を掩護《えんご》だ」

「サンドラ、リン、ルミス、プラエちゃん。あなた達もお願い」

ルリトラ達五人に見張りに立ってもらう。グラン・ノーチラス号を動かさない間ならばと、マークも自らハンマーを担いでこれに参加した。

「春乃さんとクレナは、ここを頼む。俺は屋内露天風呂で中の様子を見てくる」

俺は屋内露天風呂で偵察。雪菜とデイジィは連絡役、他の面々は甲板で待機して貰《もら》う。

そして露天風呂に移動してまず見たのは、王女が泊まっていた部屋。あそこがここの一番良い部屋のはずなので、中花《なかはな》さんが泊まっているのも、おそらくそこだろう。

「うっわ、なにこれ……」

雪菜がそうつぶやくのも無理はない。壁に映された部屋は、かつて見た豪華さは見る影もなく、壁も床も傷付き無残な姿になっていたのだから。

今は誰もいないが、ここで戦闘が行われたようだ。

「ん……?」

よく見ると、壁の傷の中に小さな穴がいくつも混じっていた。これは弾痕か？

おそらくコスモスのギフト『無限弾丸《アンリミテッドブリット》』だ。彼もここで戦ったという事か。無事に救出できたという事だろうか。

映す場所を変えてコスモス達を探す。まず廊下を見てみると、まばらにだが慌ただしく駆け回る兵達の姿があった。

上に逃げる事は無いと判断し、一階ずつ下の階の廊下を映して探していく。すると二階の廊下で戦闘中のコスモスを発見する事ができた。

「……あれ？」

ただし、彼が戦っている相手は王女一行だ。

「にゃ、にゃにしてるんですか、あの人!?」

クリッサが悲鳴のような声をあげて、隣のラクティに抱き着く。

確かに信じられない。あのコスモスが王女に銃を向けるなんて。あのコスモスだぞ？

神南《かんなみ》さんと『百獣将軍』が前に出て戦い、アキレスが王女を庇《かば》うように立っている。

『百獣将軍』がコスモスの攻撃を弾《はじ》き、隙を突いて神南さんが攻撃を仕掛ける形だ。

対するコスモスは二丁拳銃で対抗しているが……妙だな。

「あの……動きが鈍くないですか？」

ラクティの言う通り、彼の動きが変だ。あの無駄に洗練された無駄な動きが無い。

おかげで余計に手強《てごわ》くなっているのか、神南さん達も手こずっている様子だ。

「おっ、ロニが来たぞ」

デイジィの言葉を聞き廊下の奥に目を向けてみると、背後から忍び寄ったロニがコスモスの首目掛けて奇襲を仕掛けるところだった。

攻撃は見事成功したが、それでもコスモスはまだ倒れない。振り返ってロニに銃口を向けるが、そこで彼の動きが止まってしまった。

「何やってるんでしょう……？」

頭を抱えて何やら悶《もだ》え始めるコスモス。その姿を見てラクティも首を傾《かし》げる。

「コスモスの事だから、女の子は攻撃できないとか言ってるんじゃないか？」

「ああ、なるほど……」

映像だけでは何を言っているのかまでは分からないが、多分間違っていないと思う。

そして、その隙を見逃す神南さんではなかった。背後から組み付いて羽交い締めにし、そのまま力任せにコスモスを取り押さえようとする。

男には遠慮は無いのかコスモスはなんとか背後の神南さんに銃口を向けようとするが、それに気付いたロニが彼の両手から拳銃を叩《たた》き落とす。

すると落ちた拳銃は床に落ちるよりも早く霧散して消えた。しかし、直後コスモスの両手には新しい二丁拳銃が現れた。あれも『無限弾丸』の能力か。

対する神南さんは、必死に狙いを付けられないよう身体《からだ》をよじらせながらも羽交い絞めを続けるが、これでは切りが無い。

そこにフォーリィが飛び出し、何かの魔法を掛けた。コスモスの顔付近に白い霧が発生し、彼は力を失って神南さんの腕の中でくたっと崩れ落ちた。

羽交い締めにしていた神南さんもバランスを崩しかけるが、なんとか耐えていた。

魔法でコスモスを眠らせたようだ。意識を失わせるしか止めようがなかったのだろう。

近くの部屋にあったシーツでコスモスを後ろ手に縛ると、『百獣将軍』がそれを担ぎ上げて一行は移動を開始。このまま『潮騒の乙女』亭を脱出してくるのだろう。

映像はここで切って甲板に戻ると、丁度王女一行が戻ってきたところだった。コスモスはまだ目覚めていないようで、ルリトラに預けられている。

「急げ、あいつが暴れたせいで中花がどこに行ったか分からん」

中花さんはあの部屋に残っていなかったが、やはり兵を呼びに行ったのだろうか。

「すぐに兵を集めて戻ってきそうだな」

全員がグラン・ノーチラス号に乗り込むと、すぐにキャノピーを閉じて海に潜る。

目指すはロンダランの隠し実験場。一旦そこに身を隠して、様子を窺うとしよう。

そのままロンダランの案内で向かおうとするが、海底では現在位置が分かりにくい。

そこで地図上で場所を教えてもらい、それを頼りに隠し実験場へと向かう。

「これは、結構離れてるな……」

「近いと、音が町に届くから……」

その理由を言い当てたのは、リウムちゃんだった。かく言う彼女の師匠ナーサさんも、アテネ・ポリスの郊外に屋敷を構えているそうだ。

「でもこんなに離れてませんでしたよね？」

そう春乃さんが問うと、リウムちゃんがスッと視線を逸《そ》らした。

「……それだけ激しい実験をしている」

「なるほど……」

ロンダランらしいというか、なんというか……。

そんな話をしている内に、グラン・ノーチラス号は切り立った岸壁がそびえ立つ海岸線に差し掛かった。ネプトゥヌス・ポリスから離れたので、海面に出て辺りの様子を窺う。

崖の上は『空白地帯』か。地図と見比べてみたところ、隠し実験場は進行方向に見える切り立った岬の向こう側のようだ。

岬を回り込むと、アレスの港を思わせるような巨大洞窟が岸壁に口を開いていた。

グラン・ノーチラス号を中に進めると、そこには半壊した建物がいくつか並んでいた。その内の一つは壁の崩れた部分を布で覆っている。

簡素な桟橋に近付いてみると、これも建物と比べて新しい事が分かった。どちらもロンダランがやったのだろう。その桟橋に接舷し、上陸する。

中の広さは、アレスの港ほどではない。半分から三分の二といったところだろうか。

天井はプラエちゃんでも悠々と動ける高さだが、やはりアレスの港と比べると低い。

建物はほとんどが原形を留めておらず、比較的マシなのは屋根が丸ごと無くなっている大きな建物を入れて四つ。これは使えそうだな。

「すまないが野宿する分の荷物を出してくれ。今夜はMPを使わないで休みたいんだ」

「随分と派手にやったみたいね……」

クレナの言う通り、大規模な魔法を使ったためMPの消耗が激しいのだ。ここに来るまでに時間が掛かり、夜遅い事もあって、入浴などは翌朝にしようと皆納得してくれた。

俺達《たち》以外は元々野宿しながら旅をしてきただけあって、それ用の道具も揃《そろ》っている。王女達にいたっては大きなテントも持っていた。親衛隊が開けた場所を見つけ、慣れた手付きでテントを張っていく。


ちなみにコスモスは縛られたままだ。まだ正気に戻っていないらしく、すぐそこで王女達に囲まれている。

しかし何やら騒がしい。コスモスが目を覚ましたのだろうか。

「もがー！　もがー！」

「……何やってんの？」

近付いてみると、そこには何故《なぜ》か猿ぐつわを噛《か》まされたコスモスの姿があった。

「それが、コスモス様は正気ではないようで、先程から私達に暴言を……」

リコットの説明によると、コスモスを休ませようとこの小屋に連れてきたそうだが、縛られたままのコスモスは抵抗。王女達に暴言を吐きまくったらしい。

ただし話を聞いてみた感じ、その内容を考えているのはコスモスらしく、俺から言わせれば小学生の口喧嘩《くちげんか》のような内容だったが。

しかし、それでもバルサミナは怒り、フォーリィがそれを宥《なだ》めている。

そしてフランチェリス王女は本気でショックを受けたらしく、打ちひしがれていた。

意外と耐性無かったんだな、王女。それともこれは、小学生の悪口レベルなストレートさだからこその破壊力と言うべきか。

それ以外には、何故か恍惚《こうこつ》とした顔をして中花さんを褒め称《たた》えたそうだ。

それを聞いていられなくなった、王女に聞かせたくなかったリコット達は、コスモスを止めるために猿ぐつわをしたらしい。

それにしても、普段のコスモスが女性相手にそんな悪口を言うとは思えない。それがたとえ小学生レベルであっても。

これはやはり何かしらの原因でおかしくなっていると見るべきだろう。

この状況は、やはり洗脳だろうか。中花さんを褒めているのも、そうなるよう洗脳しているのだとすれば、納得できる。

よし、調べてみよう。

真っ先に思い出したのは、かつてキンギョこと魔将『仮面の神官』が初めて会った時俺達を洗脳しようとしてきた事だ。

泉の水を飲んだ者を洗脳するという事だったが、あれは魔法だったのだろうか。

魔法の可能性が考えられるならばと、通りかかったセーラさん、リウムちゃん、それにラクティから話を聞いてみる。

できればクレナと春乃《はるの》さんの知恵も借りたいところだが、二人は野宿の準備をしているので、今は遠慮しておいた方が良さそうだ。

「魔法で、こういう事できますか？」

「こんなの光の神官魔法にはありませんよ!?」

セーラさんは、大きく手を振って否定した。コスモスをこんな風にするなんて、ろくなものではなさそうなので必死である。

「水晶術でも、そういう道具は作れない」

「ロンダランみたいな人でも？」

「ロンダランみたいな人でも」

リウムちゃんのリアクションはあっさり気味。水晶術も、こういう精神に影響を及ぼすものは分野が違うとの事だ。

「私が作った魔法にも、こういうのは有りませんねぇ」

そしてラクティも、そのような魔法は知らないらしい。

「でも、私も全部を知ってる訳じゃないですから……」

問題は、神官魔法には女神が作ったものと、神官が作ったものがある事だ。

となるとキンギョが使っていたのは、神官が作った魔法だろうか。

「よし、知っていそうなヤツに聞いてみよう」

という訳で、一度『無限バスルーム《アンリミテッド》』に戻って、術者を「持って」くる。

俺が手に提げているのは風呂敷包み。正確には風呂敷ではなく魔除《まよ》けのマントだ。

「身体を返せ――――っ!!」

それを開くと、騒がしい声が聞こえてくる。中に入っていたのはアゴをカタカタさせながら喋《しゃべ》る頭蓋骨。そう、魔王軍の元・魔将『不死鳥』である。

『無限バスルーム』は、中に生物がいると扉を閉じられないという性質があるため、彼も外に出さなければいけなかったので丁度良い。

「ちょっと静かにして話を聞いてくれ」

上下から押さえて動きを止め、コスモスを見せて状況を説明する。

「そんな魔法があったら、私が使っとるわ」

すると聞き終えた『不死鳥』は、一言で切って捨てた。

しかし、キンギョは使おうとしていた事を考えると、キンギョが独自に作った魔法である可能性が考えられる。しかも、それを隠していたとも。

そうなると分からなくなるのは、中花《なかはな》さんがどうやってコスモスを洗脳したかだ。キンギョが誰かにその魔法を教え、その誰かが彼女の仲間になったとは考えにくいが……。

「魔法じゃないとすれば、やっぱりアレか?」

「ギフト、ですね……」

魔法でもできない事をやってのける。俺達召喚された勇者が持つ力、ギフトである。

「でも、光のお姉さまが与えたギフトで、そういうものが目覚めるというのは信じがたいんですけど……」

そこは俺も気になっている。だから先に魔法の方を疑った。

しかし、魔法では無理となると、やはりギフトによるものだと考えるしかあるまい。

とはいえ、いつの間にか温泉旅館のようになっている『無限バスルーム』のように、本来の用途は別という可能性もあるので、安易に結論を出すのは避けておこう。


とにかく、そういう事ならば対処方法は簡単だ。

おそらく中花さんのギフトも、『無限バスルーム』と同じようにMP《マジックパワー》を使って発動している。ならば、弾《はじ》いて消せるはずだ。春乃さんの『無限リフレクション』で。

「お～い、春乃さ～ん」

という訳で彼女を呼び、まだもがもが言っているコスモスに『無限リフレクション』を発動してもらう。するとコスモスは目をパチパチさせておとなしくなった。

猿ぐつわを外してみると、今の状況が理解できていないようで、辺りをきょろきょろと見回しながら「ここは誰？　私はどこ？」と言い出す。よし、いつものコスモスだ。

王女も元に戻った彼を見れば、疲れるが元気が出るだろう。

この様子だと洗脳中の事は覚えてなさそうだが、その辺りは彼女達に任せる事にする。

丁度テントを張り終えた親衛隊にコスモスを引き渡すと、彼女達は何度も頭を下げて彼をテントの中に連れていった。何故か縛られたままだが解いてもらえるだろう。多分。


「それじゃ私達も行きましょうか」

この間にクレナ達は野宿の準備を整えたようなので、俺達と休むとしよう。

その前に再び『不死鳥』を魔除けのマントで包もうとすると、やけに落ち着いた彼が声を掛けてきた。

「どこかで見た事があると思ったら……貴様ら、よくここを見つけたな」

「？　知ってるのか？」

包むのを止《や》め、『不死鳥』を持って周囲を見せる。すると「うむ、うむ、間違いない」と言いながら手の中で何度もうごめいた。どうやら頷《うなず》こうとしているようだ。

「ここはな、今は見る影もないが、かつてはハデスの港……になるはずだったのだ」

「………はい？」

ここがハデス……？　いや、この上は『空白地帯』だから不思議ではないか。

「でも『百獣将軍』は、ここの事知らないみたいでしたよ？」

春乃さんの言う通りだ。彼は先程まで神南《かんなみ》さんと一緒に大きな荷物を運んでいたが、それらしい素振りは無かった。

「そりゃ完成前にハデスが滅んだからの。あいつはこうなる前の姿しか知らんだろう」

「な、なるほど……」

逆に言えば、『不死鳥』は港の建造に関わっていたという事だろうか。案外、戦争以外ならば仕事を任せられるのかもしれない。

そういえば俺達は、『空白地帯』を東西に横断する地下道を通ってケレスからハデス、そしてヘパイストスへと行った。それと同じようなものが南北にあってもおかしくない。ならば、ここにも地下道の入り口があるかもしれない。今夜はしっかり休んで、明日探してみる事にしよう。

その日は、いつもと少し違う夢を見た。

真っ暗闇の空間。いつもの女神の夢である事は変わらないのだが、彼女達が皆緊張した面持ちで居住まいを正しているのだ。この雰囲気、覚えがあるぞ。

右側には光、炎、風の女神。左には闇、大地、水の女神。そして真正面には道が開いており、その先には……。

「もう少し、時間が掛かると思っていたわ。随分と無茶をしたのね……」

聞き覚えが無いのに、何故か聞いた事があると感じる声。

その主は、光の女神より明るい金色の髪をなびかせながらこちらに近付いてきた。よく見ると髪がほのかに光り、暗闇の中でその姿をぼんやりと浮かび上がらせている。

彼女は女神達の道をゆっくりと進み、俺の前で動きを止めた。

「がんばったわね、私のいとし子」

そして手を伸ばし、「小さな手」で俺の頭を撫《な》でてきた。

頭を撫でられた事で視点が少し下がる。すると床から浮き上がった小さなつま先と、その下まで長く伸びる髪が見えた。艶やかでふわふわと広がる髪は、まるで金色の滝だ。

視線を上げて、その姿を確認する。小さい。思っていた以上に小さい。

そう、目の前に浮かんでいるラクティよりも幼く見える少女、彼女こそが六柱の女神姉妹の母、世界を司《つかさど》る女神、混沌《こんとん》の女神だ。

返事をしようと考えていたが、言葉が出ない。女神にとって見た目の年齢などさほど意味が無い事は知っていたが、女神姉妹の母がこのような姿をしていたとは。

「世界はいまだ成熟せず、ですよ」

こちらの考えを読んだのか、混沌の女神はそう言って微笑《ほほえ》んだ。

包み込まれるような慈愛に満ちた笑み。俺は気付いた。ラクティは見た目通り子供っぽいところがあるが、彼女は違う。知らず知らずの内に、俺も居住まいを正していた。

顔を上げた瞬間、周りの風景が一変する。何も無い暗闇から、荘厳な宮殿へ。

それは不思議な光景だった。混沌の女神の背後には、床ギリギリから天井まで届きそうなサイズの丸い絵がある。

いや、ただの絵ではなく、動いている。それが雲だと気付いた時、その絵が世界を映し出すスクリーンのようなものだと気付く事ができた。

そして左右は柱が並んでいて外が見えるのだが、右側は明るく青空が広がっているのに対し、左側は夜空で星が見えていた。

境界線はどうなっているのかと上と背後を見てみたが、そこにあったのは天井と壁。

背後には正面と同じぐらいのサイズの輪の中に星空が映し出されているが、左側の夜空と比べると遠く、地上から見上げたもののように見える。

天井は一面に意味が分からない模様。よく見てみると、なんとなく正面と背後をつなぐ線になっているのではないかと思った。

ここが混沌の女神の神域か。正直理解できないし、現実感が無い。

しかし、それでも「落ち着く」と感じてしまうのは、目の前にいる小さな女神のおかげなのだろうか。

そして、見回している内に、はたともうひとつの事に気付いた。いや、記憶に無いのに思い出した。自分でもおかしな表現だと思うが、こうとしか言いようがない。

俺はここに来たのは初めてではない。夢の中で何度もここに来ている。

これはようやく混沌の女神の存在を記憶に残す事ができるようになった。そのレベルまで成長する事ができたという事なのだろう。

ネプトゥヌスで大規模に魔法を使った事が、最後の切っ掛けになったのかもしれない。

キョロキョロと見回していると、光の女神が近付いてきて、左右からガシッと俺の頭を摑《つか》んで止めた。

「弟よ、あなたがこの領域にたどり着けた事を祝ってやりたいところですが、その前にこの話をしておきましょう。ナカハナリツに授けたギフトについてです」

聞きたかった話を向こうから切り出してくれた。いや、これは心を読まれていたのか。

「あの娘に授けたギフトは、弟のものと同じく戦うためのものではありません。ですが、あなた達《たち》が考えているような洗脳でもありません」

「それは、多分そうだと思ってましたけど、それでは一体……？」

「彼女のギフトは……『教導』です」

「教導……教え、導く……？」

「彼女自身が教わり、導かれるという意味でもあります。私は、彼女がこの世界でも生きていけるよう、強くなるためのギフトを授けたのです」

光の女神の説明によると、彼女は俺達五人の中では一番弱く、それを心配してそのようなギフトを授けたらしい。

言われてみれば確かに、俺達男三人はなんだかんだで上手《うま》くやっているし、春乃《はるの》さんはああ見えてたくましい面がある。

彼女のギフトは夢の中に人を導き、自分も含めた全員に催眠学習を行うというもの。

睡眠時間も学び、成長できる。それがいかに便利であるかは、俺も夢の中で女神達から魔法を教わっているのでよく分かる。

制限は、学習できるのは夢の中にいる誰かが持っている知識や技術に限られるという事だが、それは中花《なかはな》さんが持っているものでなくてもいいという事でもある。

なるほど、彼女がケレスで人を集め、ユピテルに帰還した時は軍勢ともいえる人数を率いていたのは、おそらくそれが理由だろう。

仲間を強くできるギフトならば、積極的に仲間を増やした方が良いに決まっている。増やした仲間の知識や技術も睡眠学習に組み込めるのなら尚更《なおさら》だ。

「彼女のギフトの名は『無限の愛《アンリミテッドラブ》』。正確な名とは言い難いですが、この名には彼女の無意識も少なからず関わっています。そして使い方にも……」

「どういう事ですか?」

「分かりませんか? 彼女は教えたのですよ、愛を……自分への愛を」

教え導くって、そういうのもアリなのか……。

「むしろ、それを中心に使っています」

「確かに、大勢を自分の味方にするには有効な手段かも……」

コスモスはそれを一晩で数日分、いや、彼女のギフトも成長しているならば、もっと長時間に渡って受けたかもしれないのか。ああなってしまった理由が理解できた。

「それにしても、夢ってどちらかというと闇の女神の領域なのでは……？」

ラクティの方を見ると、彼女は気まずそうに視線を逸《そ》らした。

「あなた達は姉さんの『勇者召喚』でこちらに来た訳だけど、だからと言って必ずしも姉さんと相性が良いという訳ではないのよ」

代わりに答えてくれたのは水の女神。つつつとこちらに近付いてくる。

「つまり中花さんは、闇の女神と相性が良かった？」

「そう……あなたが私と相性が良いみたいに、ね」

そうだったのか。だが、言われてみれば確かに、『無限バスルーム《アンリミテッド》』は水との係《かか》わりが深いギフトである。

「あら、一番相性が良いのは私よ」

そう言ってふわりと間に入ってきたのは混沌の女神。

なるほど、俺だけが彼女と接触できたのは、その辺りにも理由があるのか。

多分、春乃さんが風の女神の力を受け継いだのも、その辺りが関係しているのだろう。

風の女神の方を見てみると、両腕で大きな輪を作って笑っていた。正解という事か。

ちなみに俺は、他の女神とも相性は悪くないとの事。そうでなければ全員の祝福を授かる事はできなかったし、たとえ相性が良くてもこの領域には届かなかったそうだ。

「私と相性が良いんだから、当然よ」

つまるところは混沌の女神の言う通り、彼女と相性が良いから他の女神姉妹とも相性が良いのだろう。

「ところで中花さんのギフトの件でもうひとつ確認しておきたいのですが、もしかして聖王家の王子も……？」

「ニシザワアキオほどではありませんが、影響を受けていますね」

ニシザワ……？　あ、コスモスの事か。というか、王子も影響を受けていたのか。

「彼女が率いてる全員がコスモスと同じような状態になっているとしたら……」

春乃さんが、全員に掛けられたギフトを解除していくしかないのだろうか。流石《さすが》にそれは負担が大き過ぎる気が……。

「それについては、ひとつ手があります。あなたも目覚めれば気付けるでしょう」

目覚めれば気付ける……？　どういう事だろうか？

「それについては起きてから考えなさい」

光の女神の言葉の意味を考えていると、いつの間にか逆さまになった混沌の女神が目の前を横切って、それを遮ってきた。

「それよりも母は気になる事があります」

「なんですか？」

「新しい息子は、少し他人行儀ではありませんか？」

「……はい？」

「あ、それは私も気になってた」

呆気《あっけ》に取られていると、まず炎の女神が混沌の女神に同調した。

「単に真面目なだけじゃないかしら？　光のお姉様も、そういうところあるし……」

そして大地の女神はフォローしてくれた。

「でも、せっかくできた新しい弟なんだから、もう少し姉弟《きょうだい》らしく仲良くしたいわ」

しかし、フォローしてくれるだけでは終わらなかった。

なるほど、弟・息子として考えると他人行儀のように思えたという事か。相手が神様だからそれなりの口調でと考えているだけなのだが。

ふと闇の女神ことラクティを見てみると、どこか居心地が悪そうな様子だ。それを気にしている起きている間の話だが、彼女だけは家族同然の態度で接している。それを気にしているのかもしれない。


ラクティがそんな思いをするならば、こちらも態度を改めるべきか。

「でも、努力しますけど、慣れの問題もありますので、すぐにという訳には……」

「つまり、慣れればいいんだね？　その努力、今からしよう！」

乗ってきたのは風の女神。

「そうですね。ここからは、あなたがこの領域にたどり着いたお祝いです」

それに光の女神も同調した。

混沌《こんとん》の女神が、くるりと一回転すると、再び周囲の景色が変わった。場所が広間に変わり、豪華な料理が並べられたパーティー会場になる。

「こうして子供達が集まる事はなかなかありませんからね。さぁ、楽しみましょう」

そう言って母なる女神は笑った。その笑顔は本当に嬉《うれ》しそうで、見た目の年相応だと思えるものだった。


「あら、食べないの？」

「いや、ちょっと……」

翌朝、俺とラクティは、朝ごはんを食べる事ができなかった。夢の中で食べ過ぎたせいだ。夢といっても女神の神域。あれは実際に食べた事になるのだろうか。

うん、今朝はリンゴジュースだけで済ませてしまおう。

という訳で一足先にその場から離れようとすると、フランチェリス王女がコスモスと連れ立ってやってきた。同時に春乃さんもこちらに近付いてくる。

「おかげさまで、コスモス様も落ち着かれました。トウヤ様、ハルノ様、この度はご助力いただき感謝いたします」

「君達のおかげで助かったよ！　よく覚えてないんだけど、ありがとう！」

王女は深々と頭を下げ、コスモスはいつもの元気そうな顔でお礼を言ってきた。なるほど、春乃さんが食事の手を止めて近付いてきたのは、王女達の目的を察したからか。

「いえいえ、あれから様子がおかしくなったりとかはありませんでしたか？」

「おかげさまで何事もなく……」

王女への応対は春乃さんがしてくれているので、こちらはコスモスから話を聞こう。

「ところで、何をされたかは覚えているのか？」

「いや、それが、特に何かされた覚えもないんだよねぇ」

「何もされてない？　中花さんには会ったのか？」

「会ったけど、会話もしてないねぇ。すぐに別の部屋に移されたし」

その後食事を摂《と》ったそうなので、会ってすぐに夢の中に引きずり込まれたという事は無さそうだ。彼女と会った時に何かをされて、その後眠ったら発動するという事だろうか。

ちなみに彼女の周りには五人ほどの親衛隊らしき者達がいたそうだ。

「それは王女親衛隊みたいな？」

「いや、全員男。年齢ももう少し上だったんじゃないかな？」

コスモス曰《いわ》く、歌って踊れるアイドルグループのような人達だったとの事。どこで踊れると判断したのかは謎だ。機敏に動けそうな人達だったのだろうか。

「ただ、ずっと部屋に閉じ込められていたはずなのに、どこか広い場所に連れて行かれた気がするんだよねぇ、不思議な事に。結構きれいなところでさ」

「ここみたいな？」

「いや、ここは違うかな。なんというか……日本じゃない？」

どちらかというとヨーロッパのリゾート地のような雰囲気だったが、具体的にどの国かと言われると困ると、コスモスは首を傾《かし》げた。

まぁ、その辺りは中花さん本人の嗜好《しこう》などが関わっているのだろう。

一通り話を聞き終える頃には王女と春乃さんの話も終わっており、二人は神南《かんなみ》さんの方へと行った。あちらにも今回の件でお礼を言うためだろう。

春乃さんも食事に戻ったため、俺はラクティと手をつないでその場を離れた。

皆から距離を取り、半壊した建物に入る。ここならば残った壁のおかげで向こうからこちらの姿が見えないだろう。

「さて、ラクティ……光の女神が言っていた件についてなんだが」

「はい……もう、気付いてますよね？」

コクリと頷《うなず》く。こうしてこそこそしているのも、その気付いてしまったもののためだ。

「これ、マジなんだな？」

「はい、マジなんです」

ぎゅっと握りこぶしを作って答えるラクティ。そうか、マジか。マジなのか。

そういう事ならば、皆の朝食が終わるのを待ち、必要な荷物を出してもらおうか。それから入浴も済ませてもらうとしよう。まずはそれからだ。

「皆に、どう説明したもんかな……」

正直今話すべきか迷うところなのだが、だからといって隠しておく訳にもいかない。

内容的に、結局のところは説明するしかないのだが……。

その後、皆には入浴を済ませてもらい、荷物も数日分まとめて出してもらう。

数日分というのが引っかかった様子だったが、それは後で説明すると言っておき、作業が一通り終わったところで『無限バスルーム』の外に皆を集めて、扉を閉じた。

廃墟《はいきょ》にあったテーブルやら椅子やらを集め、洞窟内の広い場所に並べ、皆に席に着いてもらう。春乃さん、コスモス、神南さん、それに雪菜《ゆきな》は最前列だ。

なお、『不死鳥』の頭蓋骨はテーブルの上に置いている。今朝ラクティと一緒に確認してみたところ、昨日に引き続きおとなしかったためだ。

なんだかんだでラクティに対しては敬意を払っているようで、高位の闇の神官というのも嘘《うそ》ではない事が窺《うかが》える。

このまま観察して、信用できそうなら身体《からだ》を返してもいいかもしれない。

それはともかく、他の面々も何か起きた事は察していたようで、真剣な面持ちでこちらの言葉を待っている。気分は教壇に立つ先生だ。黒板は無いけど。

皆の視線を一身に受けた俺は、覚悟を決めて口を開いた。

「実は……新しい魔法を覚えた」

「……それだけか？」

肩透かしと感じたのか、神南さんの声には、どこか呆《あき》れの色があった。

「それだけなんだが、魔法の効果がな……」

これぱかりは実際に見た方が早いだろう。

「あ、これから使ってみせるけど、説明が終わるまで全員動かないでくれよ？」

そう注意すると、コスモスと神南さんが不思議そうに顔を見合わせた。

百聞は一見に如《し》かず。皆の前で後ろの何も無い空間に『門』を召喚して見せる。『無限バスルーム』のそれとは大きく異なる門を。

「おお……！」

「これは……！」

まずコスモスと神南さんが感嘆の声をもらした。

「なんですか、この力は……神官魔法!?　でも……!!」

「知らぬ！　知らぬぞこれは!?」

次に驚愕《きょうがく》の声と共に反応したのはセーラさんと『不死鳥』。特にテーブルの上でカタカタ蠢《うごめ》く『不死鳥』の方は、これが六姉妹のものでない事に気付いたようだ。

「鳥居、ですか？」

そして春乃《はるの》さんが、そのものズバリを口にした。

そう、俺の背後に姿を現した門は、日本の神社にある鳥居だ。

振り返ってその姿を見た俺は「……朱《あか》くないんだな」と呟《つぶや》いた。鳥居が出るという事は分かっていたが、色までは分かっていなかったのだ。

その鳥居は青みがかったグレーだった。重量感があり、何かの金属のようにも見える。

神額には「混沌之女神」と書かれている。この世界の文字ではなく漢字だ。力強い毛筆の字、達筆である。そして、その下には大きな注連縄《しめなわ》が垂れ下がっていた。

「ねえ、これ門扉は無いの？」

そう聞いてきたのはクレナ。確かにこちらの世界の人達《たち》から見れば、扉の無いこれは門には見えないかもしれない。

だが、それは勘違いだ。この門は、今は閉じているだけである。

論より証拠。実際に開いてみせよう。

鳥居の内側、注連縄の下に渦が生まれ、人間大のサイズまで広がる。

「ちょ、ちょっと待て。これは……！」

神南さんが思わず腰を浮かし、コスモスは逆に椅子から滑り落ちて尻もちをついた。そして春乃さんと雪菜は、呆然《ぼうぜん》とした顔で渦を見ている。

そういう反応になるのも無理は無い。なにせ、その渦の向こうには……日本の町並み、どこかの高層ビル群が見えていたのだから。

「新しく覚えた魔法は、混沌の女神の神官魔法『異界の門』。効果は見ての通り日本につながる門を開く事ができるんだ」

これが混沌の女神の神域までたどり着いた事で得たものである。

というかラクティが言うには、今までの記憶に残っていない間も、混沌の女神はずっと俺にこの魔法の修業をさせていたらしい。

それがようやく記憶に残るようになった事で、こちらでも使えるようになったのだ。

「これが日本……だと……？」

『不死鳥』がこの光景に呆然としている。彼が思い浮かべる日本は戦国時代のものだろうから無理も無い。

「はい、ストップ」

好奇心が刺激されたのか、ふらふらと近付いてきたリウムちゃんを抱きとめた。

なお、ロンダランは勢いよく飛び込もうとしていたが、そちらはルリトラが取り押さえてくれている。

「お前はさっき、説明が終わるまで動くなと言ったが、これは何かまずいものなのか？」

「ああ、ある意味まずい。見ての通り、この門の向こうは日本につながっているんだが、ここを通ると……女神の祝福が消える」

「？　どういう事だ？」

「つまりだな……」

この世界における強さというのは「肉体の力＋祝福の力」だ。祝福の力があるからこそ現代日本人の俺達でもモンスターと戦えているし、魔法も使えている。

しかし、この祝福はあくまで「この世界に生きる者達に与えられる祝福」なのだ。

俺達は召喚された時に光の女神の祝福を授かったが、この門を潜《くぐ》ると逆の事が起きる。

つまり、日本に帰った時点で「向こうの世界で生きる者」という事になって、祝福が失われてしまうのだ。これはギフトも使えなくなる事を意味する。

更に言うと、俺達がこちらの世界の人達と会話ができているのも光の女神の祝福のおかげなので、祝福が失われると言葉も通じなくなるだろう。

唯一の例外は俺自身。俺だけは日本に戻っても祝福は失われない。理由はよく分からないが『女神姉妹の末弟』というのは伊達《だて》ではないという事らしい。

ここで一旦渦を消して説明を止める。すると皆しばらく無言だったが、しばらくすると理解が追い付いたのかざわめき始めた。

それぞれ隣の人と話し合ったり、一人で考え込んでいるようだ。無理もない。自分でも衝撃的な内容だったと思う。

その様子を眺めていると、珍しく難しい顔をしていたコスモスが立ち上がり、質問を投げかけて来る。

「消えた祝福なんだけど、こっちに戻ってきたら復活するのかな？」

「いや、しないそうだ。俺が各地の神殿で祝福の儀式を受けたように、再び祝福を授かる事はできるが、その時はレベル1からやり直しになる」

再び祝福を授かれば、言葉も通じるようにはなるだろう。

「でも、その時は『勇者召喚』じゃなくて門を通ってこっちの世界に来ているから、ギフトを覚え直す事はできないはずだ」

「……『勇者召喚』は、特定の個人を狙って召喚する事はできませんので、こちらで召喚し直すという事は難しいでしょうね」

仮にできたとしても、再び同じギフトを授かるかどうかも不透明である。

「オゥ……」

王女の説明も聞いたコスモスは、両手で頭を抱えてしゃがみ込んだ。

おそらく門を見た時は、これで自由に行き来ができるようになると考えたのだろう。

だが現実は、こちらに召喚されて得たものを捨てるかどうかという二者択一を迫るものだったのだから、ショックを受けるのも無理は無い。

この件については、じっくり時間を掛けて考えてもらうしかないだろう。

本音を言えば、最終的に帰る事を選ぶにしても、中花《なかはな》さんの件が解決するまでは協力してほしいところではあるが。

それに、それだけのために『異界の門』について説明した訳ではないのだ。

手を叩《たた》いて注意を引き、皆が静かになったところで俺は再び口を開く。

「皆、落ち着いてくれ。この魔法は、現状を打破するための手段でもあるんだ」

「それはつまり……中花さんを日本に帰すという事ですか？」

すぐさま反応したのは、ずっと黙って考え込んでいた春乃さんだった。

「そうだ。中花さんを日本に帰せばギフトも消えて、昨日のコスモスみたいになっている人達は全員元に戻るはずだ」

夢の中で光の女神が言っていた手というのは、この事だろう。

混沌《こんとん》の女神も、こうなる事が分かっていて、ずっと『異界の門』の修業をさせていたのかもしれない。

「光の女神によると、聖王家の王子も中花さんのギフトの影響を受けているらしいんですけど、それが消えたらアレス遠征はどうなります？　王子が主導していたんですよね？」

軍船を使えなくしたが、時間を掛ければ再び軍船を用意する事もできるだろうし、陸路から攻め込む事も有り得る。

つまりは時間稼ぎにしかなっていないので、これは確認しておかねばならない。

「……中止になるのではないか？　確かに亜人嫌いではあったが、こんな強硬手段を取る方ではなかったしの」

「アキレスの言う通りでしょうね。どこまで影響を受けているかは分かりませんが、正気に戻ればその辺りの判断を間違える人ではありませんわ」

対する二人の返事は、期待通りのものだった。何より下手をすれば聖王と魔王の戦い再びとなりかねない。戦争になるのはなんとしても阻止しなければならないだろう。

「それなら、ひとつ提案があるんだが……中花さんより先に聖王都に行って、王子を元に戻すのはどうだろう?」

そう提案すると、王女とアキレスは怪訝《けげん》そうな顔をした。

そんな目で見ないでくれ。ちゃんと成算があって話してるから。

「『不死鳥』、ここがハデスの港だったとすれば、あるんじゃないのか? ハデス・ポリスへとつながっている地下通路が」

わざわざ洞窟内に港を作っているのだから、その可能性は十分考えられる。

ネプトゥヌス・ポリスとの距離がさほど離れていない事から考えるに、もしかしたらここは隠し港だったのではないだろうか。

「ある……と思うが、詳しい場所までは分からんな」

「心当たりがあるぞ。道ではないが、奥に一箇所洞窟の壁が崩れている場所がある」

ここを隠し実験場に使っていたロンダランの方が知っていた。

早速案内してもらい、大地の『精霊召喚』を掛けてみる。するとまだ無事な通路が姿を現した。崩れていたのは入り口だけだったようだ。

以前使った地下通路に似ているがサイズは大きく、プラエちゃんでも楽々通れそうだ。

ひとまずどけた土を魔法で固め、再び崩れないようにしてから、皆の方に向き直った。

「それじゃ、東西と南に地下通路が延びてるんだから……北にもあるのか?」

「うむ、あるぞ」

あっさり答えたその言葉に、元将軍のアキレスはピクリと眉を動かして反応した。

「……アキレス、いけそうですか？」

「はい、姫様。通路が無事であれば、遠征軍よりも先に帰還できるかと」

アキレスがチラリとこちらに視線を送りつつ答えた。そう、ここから地下通路を通ってユピテルまで戻れば、中花さん達の遠征軍よりも先に聖王都まで戻れるのだ。

「なるほど、先に王子を元に戻して遠征軍の指揮権を取り上げてもらえば……」

「それ、ナイスアイデア！　遠征軍と戦わずに済むね！」

「……聖王都からの援軍は無くなるでしょうね」

コスモスは笑顔でサムズアップするが、春乃さんの表情は晴れない。

彼女も分かっているのだろう。中花さんが遠征軍にもギフトを使っていれば、指揮権に関係無くこちらと敵対する可能性がある事が。

だが、遠征軍・聖王都の軍と同時に戦わずに済むようになるのだから無意味ではない。

「ハデス・ポリス跡地がどうなっているかが気になりますが……」

「残っているのは中心部分だけですね。あと、アンデッドがそれなりに」

王女も行く気になってきたようだ。クレナの説明を聞き、少し眉をひそめた。

聖王家の王女としてアンデッドは許せない……という訳でもなさそうだ。『不死鳥』の事も、特に気にした様子はないし。

……ああ、そうか。アンデッドは、元々はハデスの人達。王女から見れば、かつて聖王家が中心となって仕掛けた戦争の犠牲者達なのか。

俺も結構倒したんだよな。そうしなければ、こちらがやられていたんだけど。

「……王女様、そういうアンデッド達を浄化とか昇天させるとかできますか？」

「光の神官魔法ならば可能です。機会があれば、やりましょう」

「私はいらんからな！　というか貴様のような未熟者の魔法など効かんわ!!」

騒ぎ出す『不死鳥』を、ルリトラが背後から頭蓋骨を押さえて黙らせてくれた。

多分本当に効かないのだろうが、今はおとなしくしていてくれ。

「聖王都に殴り込みか、面白そうだな」

そして神南《かんなみ》さんは違う事を考えているようだった。

結局この案に対する反対は特に無く、ハデスを経由しての聖王都行きが決まった。

皆も早速準備に取り掛かる。と言っても、野宿のために出した物を再び『無限《アンリミテッド》バスルーム』内に仕舞うぐらいだが。

「せっかくだし、メンテナンスをしておいてやろう」

「よろしくお願いします」

グラン・ノーチラス号についてはロンダランに任せる事になった。彼は遠征軍がいなくなるのを見計らってネプトゥヌス・ポリスに戻るそうだ。

本人はここに保存食を置いてあるから必要無いと言っていたが、念のため一週間分ほどの食料を渡しておいた。

あと通路は肌寒かったので、マント等の防寒具も用意しておこう。

そして荷物を全て『無限バスルーム』に仕舞い終えて、これで準備完了だ。

地下通路を先行するのは、俺、ルリトラ、クレナ、ロニ、そしてリウムちゃんという奇《く》しくもかつてハデスに向かった時と同じメンバーになった。

ハデス側からアンデッドが来る可能性を考えて、俺、ルリトラ、クレナ。ロニは鋭い感覚での索敵を、リウムちゃんは水晶術での通路の状態のチェックを担当して貰《もら》う。

前はクレナが通路の換気をしていたが、今回は風の神官であるプラエちゃんが風の『精霊召喚』を使ってくれるそうだ。

彼女は後続チームだが、そこからでも先行チームがいる辺りまで換気できるとの事だ。

今回は背後を気にしなくていいし、あの時よりも楽かもしれない。

俺も光の『精霊召喚』で俺、ルリトラ、クレナの武器に光を灯《とも》し、更に隊列の前後に一つずつ配置して光源を確保する。

先頭はロニで、そのすぐ後ろにルリトラ。後ろは俺とクレナで、間のリウムちゃんを守る形で進んでいく。

リウムちゃんの調査によると所々にヒビが入っていたようなので、その部分を魔法で修繕しながら進んでいくが、完全に崩れている部分は無かった。

どうやらこちらの通路も頑丈だったらしい。これなら特に問題も無く進めそうだ。

警戒していたが、アンデッドの気配は無い。昼は定期的に連絡を取り合いながら進み、夜は合流して『無限バスルーム』で休むの繰り返しだ。

あの頃と比べると、『無限バスルーム』も成長したので余裕をもって休む事ができる。夜は思い出話に花が咲いたりもした。

そして三日目の昼頃、あの時と同じように通路が土に埋まった場所までたどり着いた。

ここまで掛かった時間から考えるに、おそらくハデス・ポリスの崩落と一緒に埋まってしまった場所だろう。ここまで来れればあと少しだ。

「ここからは俺が。リウムちゃん、方向が北からズレたら教えてくれ」

「……任せて」

気合いを入れて大地の『精霊召喚』を詠唱し、埋まった土を押し広げていく。

流石《さすが》にこれまで通りのスピードで進む事はできず後続チームが追い付いてきたが、ここで手抜きをするとしっかりした通路はできない。安全第一である。

しばらく黙々と作業を続ける事になるが、この先にハデス・ポリスの跡地がある事は分かっているので、あの時よりも精神的には余裕があった。

「……よし、見えた」

そのままゆっくり進んでいくと、小さな穴が開き、光が差し込んできた。その穴を広げると、かつて見た光景が広がる。

倒れた十六の塔が天井となって支える、大きなすり鉢状の地下空間。塔の隙間から光と共に砂が流れ落ち、白糸の滝のように見える。

「ここが……」

「ハデス……かつての魔王の国……」

続けて出てきた面々が、そのどこか幻想的な光景に圧倒されている。

「こ、これが、あのハデスの都なのか……!?」

「無事でない事は分かっていたが……」

『不死鳥』が思わず顎骨を落とし、『百獣将軍』がガクリと膝を突く。無理もない、彼等《かれら》にとっては衝撃的な光景だろう。

対してルリトラは、辺りを見回しながら警戒を続けている。

その一方で自分のルーツを知ったクレナは、感慨深げにその光景を眺めていた。ロニはそれを見て少し涙ぐんでいる。

そして俺は、少し懐かしさを感じていた。ここでラクティと出会ったんだったな。そして女神の夢を初めて見たのもここだった。

そしてアンデッドに襲われた事も思い出す。ここでぼうっとしていたら、アンデッドが集まってくるかもしれない。その前に移動しよう。

「ひとまず、中央の建物があるところに。ここからはアンデッドが現れる可能性があるので、気を付けて！」

皆に声を掛けてから移動を開始する。見たところプラエちゃんもまだまだ余裕はありそうだし、俺もあの時より余裕があるが、今日のところはここで休んだ方が良いだろう。

あの時休んだ場所は闇の神殿跡だったが、今回はどうしたものか。

そんな事を考えていた時だった、周囲を警戒していたルリトラが声をあげたのは。

「トウヤ様、あちらから誰か来ます」

「なに？　もうアンデッドが集まってきたのか？」

ルリトラの視線の先を見てみると、砂埃《すなぼこり》が上がっていた。何が来たんだ。

その中の人影……スケルトン、ではない。ハッキリとは見えないが、もっと大きい。

「『無限弾丸《アンリミテッドブリット》』ォッ!!」

いの一番に動いたのはコスモス。ギフトの二丁拳銃を召喚して身構える。

神南さん達《たち》も前に出てきて、俺とルリトラも武器を構える。

「あれは……」

しかし、何故《なぜ》かルリトラが構えを解いてしまった。

「おお！　ルリトラか!!」

続けて聞こえてくる懐かしい大声、俺も思わず構えを解いてしまう。

「知り合い、か？」

神南さんが、怪訝そうな顔で尋ねてきた。そうだ、俺はこの声の主を知っている。

砂埃を巻き上げながら近付いてきた集団は、俺達の近くまで来ると動きを止め、その中の一際身体《からだ》が大きい一人が、縞模様《しまもよう》の長い尾を揺らしながら近付いてきた。

黄色いウロコに包まれた太鼓腹の巨漢。その姿には見覚えがある。

「やっぱりドクトラだ！」

そう、それはこの『空白地帯』の地上に住んでいたサンド・リザードマン、トラノオ族の戦士長・ドクトラであった。

ルリトラが駆け出していく。俺も後を追おうと思ったが、彼等トラノオ族の事を知らない面々もいるため、まずはそちらへの説明を優先する。

「ああ、マイウスを倒したのってあんた達だったんだ」

俺達が『空白地帯』で戦った魔族・マイウスが、元々バルサミナの部下だった事には驚いたが、彼を倒した件についてはさほど気にしていない様子だ。

「だってあいつ、私が離れた隙に、勝手に部隊動かしたし」

彼女の中では、マイウスに裏切られたという印象があるようだ。普段から割と野心溢《あふ》れる下剋上《げこくじょう》を狙っているような人物だったとか。

それはともかく、皆ドクトラ達が敵でない事については納得してくれたようだ。

「トウヤ様、ドクトラ達がここにいた理由が分かりました」

その間に、ルリトラ達の話も終わっていた。

「人間の軍勢を目撃したため、念のためこちらに避難していたようです」

「それってネプトゥヌスに来てた遠征軍？」

「ヘパイストス側で見かけたという話ですので、おそらくは」

「ああ、『空白地帯』の中で見た訳ではないぞ。境界線の向こう側にいるのを見たんだ」

彼等トラノオ族は季節ごとに水のある溜《た》め池《いけ》の近くに集落を移動させて暮らしている。

ドクトラの説明によると、若い戦士三人を連れて狩りに出掛けている時に見掛けたそうだ。四人組を作って狩りをするの、続けているんだな。

どこの軍かは分からなかったがかなりの規模だったため、俺達も使ったヘパイストス側の地下通路を使ってここに避難したそうだ。

「あの入り口、遠目には分からないようにカモフラージュしたはずだったんだが」

「ああ、カモフラージュされていたぞ。逃げ回るゴールドオックスがいきなり姿を消した時は何事かと思った」

しっかり埋めたつもりだったが奥までは埋まっていなかったらしく、その巨体に耐えられず、落とし穴のようになってゴールドオックスは地面の中に消えてしまったらしい。

そこをドクトラ達が掘ってみたらゴールドオックスと一緒に地下道も発見したそうだ。

広大な『空白地帯』で、地下道を埋めた場所をピンポイントで通ろうとするとは、なんという幸運……いや、不運なのか、これは。

結果としてハデス・ポリス跡地に避難できたのだから、トラノオ族にとって幸運だったのは間違いないだろう。

それはともかくドクトラ達が目撃したのは、中花《なかはな》さんと一緒にいた遠征軍だろう。

「あいつら、あのまま南下していたのか」

「今はユピテルに戻るために北上している真っ最中だと思うぞ」

向こうは軍隊、こちらはほとんど足止め無しでここまで来られたので、現時点では俺達の方が先行していると思う。

「となると、まだ避難させていた方が良さそうだな……」

「今回の件が収束するまでは、そうしていた方がいい」

ドクトラとルリトラの二人が、そんな話をしていた。確かにこの後の事を考えると、このまま隠れていた方が無難だろう。

「とにかくトウヤ殿、長老に会ってくれ！　皆も喜ぶ！」

「そうだな、今日はこのままここで休みたいし……」

王女達にも確認を取ってみたが、異論は無かった。トラノオ族と一緒という事に戸惑ってはいるようだが、皆それ以上にここまでの道程で疲れていたのだろう。

ドクトラ達に連れられてハデスの中心街跡地へ。大通りを進んでいくと見覚えのある白いテントが並んでいるのが見えた。

「あの広場を使っていたのか」

「あそこ以外だと、まとまってテントが張れる場所がな……」

なるほど、選択の余地が無かったのか。広場の中央にある人間の姿をした魔王像も健在である。そういえばアレスでは、あの姿を見なかったな。

像のすぐ近くにある一回り大きいテントに案内され、ルリトラ、クレナ、ロニと一緒に中に入る。あの時の面々だ。

「おお、トウヤ殿！」

長老が、頑丈そうな椅子から立ち上がり、両手を広げて歓迎してくれた。

テントには他に三人の若い戦士がいた。どこか見覚えがあると思ったら、俺が集落にいた頃にゴールドオックスを仕留めた三人だった。

俺が集落にいた頃は、長老のそばに控えるのはベテラン戦士の役目だったはずだが、それを任される程になったのか。立派になったものだ。

クレナとロニも慣れたもので、長老の次は三人と和やかに挨拶を交わしている。そしてルリトラは長老に恭しく頭を下げ、かしこまらなくていいとたしなめられていた。

「ところでトウヤ殿、如何《いか》なる理由で再びハデスへ？」

ひとしきり再会の挨拶を終えたところで、長老はそう尋ねてきた。

「実は……」

ドクトラ達が目撃した軍勢が遠征軍であり、ネプトゥヌスを経由してアレスを攻めようとしていた事。そしてそれを止めるためにユピテルに向かっている事を説明する。

「なるほど、あの軍勢はここを狙っていた訳ではなかったのですな」

「それは大丈夫……だと思います。今、ユピテルに戻っている最中ですけど、『空白地帯』を通るって事は無いはずですから」

しっかりした準備も無しに入るなんて自殺行為に等しい。チラリと視線を向けると、クレナはすっと視線を逸《そ》らした。

中花さんのギフトについても説明しておこう。彼女が『空白地帯』に来る事は無さそうだが、念のためである。

「ほぅ……ならば、今こそ御恩を返す時ですな」

すると、説明を聞き終えた長老はそんな事を言いだした。

「そのようなギフトを持っている者がいるとすれば、聖王都の軍もどれだけ影響下にあるか分かりませぬ。ドクトラ達を供に付けましょう」

「……危険ですよ？」

「なればこそです。我等の命の恩、軽くはありませんぞ？」

「その気持ちはうれしいんですけど、トラノオ族は戦士の数が減っているんでしょう？俺としては、恩のためにって無理をしてほしくはないんですが」

「ご安心ください。例の四人一組のやり方のおかげで、若手が順調に育っております」

例の三人も、長老の後ろでどこか自慢気だ。

「……分かりました。よろしくお願いします」

「お任せを。我等トラノオ族の力をお見せしましょう」

そこまで言われては断る事はできない、か。王女達もこの状況で戦力が増える分には文句は言わないだろう。俺はその申し出を受け容《い》れる事にした。

「という訳で、トラノオ族の戦士達が協力してくれる事になりました」

「お見事ですっ！」

この事を皆に伝えると、真っ先に喜びの声を上げたのは王女だった。

どうやら彼女も、トラノオ族の力を借りられないかと考えていたようだ。俺の話は渡りに船だったのだろう。

現在彼女達は、広場周辺の中でも比較的損傷の少ない建物を選び、そこで休む準備をしていた。俺のＭＰ《マジックパワー》の回復のため、『無限《アンリミテッド》バスルーム』での宿泊は控えたいそうだ。

それはそれとして入浴だけはさせてほしいと申し訳なさそうに頼んできたが、その程度ならば大した事では無いので承諾しておく。

それと、屋内露天風呂で遠征軍の現在位置を確認しておきたい。

こちらについては元が付くとはいえ専門家であるアキレスにも協力してもらおう。おおよそでも位置を絞る事ができれば御の字である。

へパイストスの地理に詳しいパルドーとシャコバにも協力してもらい、短時間で探す事ができれば、ＭＰの消費は抑えられるはずだ。

ちなみに聖王都の王子の様子も確認できないかと考えてみたが、そちらは王女から無駄だと止められてしまった。後で一応試してみたが、本当に駄目だった。

聖王の城には魔法に対する備えも施されており、特に外からの攻撃に対しては強いとの事。たとえギフトでも見る事はできないだろうと言われた。

セーラさん曰《いわ》く、神殿も城程ではないが備えはしてあるそうだ。その話を聞いて、俺は春乃《はるの》さんと顔を見合わせた。おそらく同じ事を考えたのだろう。

そう、春乃さんのギフトもそれに近い。MPを使用した攻撃全般を防ぐものだと考えられる。ギフトもMPを使用しているので例外ではないという事だろう。

そういう事ならば、王子については直接聖王都まで行くしかなさそうだ。


という訳で全員の入浴が終わってから、遠征軍を探してみる。人手があった方が良いという事で、ありったけのメンバーを総動員しての捜索だ。

アキレスが絞り込んだ場所を中心に捜索していく。広大な捜索範囲となるのだが、夜に灯《あか》りも使わずにいるとは考えにくい。それを頼りに探せば見つけられるはずだ。

「お兄ちゃん、あそこに光が！」

「あの辺りに人里は無《にゃ》いはずにゃ！」

雪菜《ゆきな》が指差す先の映像を映してみると、陣を張って休息中の遠征軍の姿があった。

シャコバによると、そこは国境を越えて、ヘパイストスに入った辺りのようだ。

こちらはスムーズに地下道を進めたおかげか、それなりに先行できたらしい。

「そういえば……ユピテルの遠征軍って、勝手にヘパイストスを通っていいんですか？」

「そんな訳なかろう。何事もなくヘパイストスを通過し、ネプトゥヌスに入っていたという事は、両国には話を通してあるはずだ」

俺の疑問を、アキレスはあっさりと否定した。

「勇者が率いる軍とにゃれば、断る事はできにゃいにゃ」

「そうか、春乃さんだって『巡礼団』を連れて旅をしていたんだったな」

言われてみればコスモスも王女親衛隊を連れて旅をしていたし、俺も軍ではないが大人数のキュクロプス達《たち》を引き連れてアレスに入国している。

あの時も『魔犬』がいなければ、アレス王家や大地の神殿に話を通すまで港で足止めされていた事も考えられるのか。

ましてやヘパイストス王は、中花さんのギフトを知らないはず。拒むという選択肢は無かったのだろう。

この話を聞いていたパルドーが、怪訝《けげん》そうに眉をひそめて口を開く。

「……ヘパイストス王も洗脳されてるって事はにゃいだろうにゃ？」

「微妙なところだな。話を通すにしても、指揮官が直接行く事は無いと思うが……」

アキレスが唸《うな》りながら答えた。普通の軍として考えると無い。しかし、ギフトを使う事自体が目的だと考えれば、無いとは言い切れないといったところか。

「多分だけど、そっちは大丈夫だと思う」

「どうしてそう思うにゃ？」

「もし洗脳されていたら、ネプトゥヌスに来ていた軍の中に、ヘパイストス軍も混じっていたんじゃないでしょうか。ですよね？　冬夜君《とうや》」

春乃さんの問い掛けに、頷《うなず》いて応える。そう、先程遠征軍を見た時も、兵の中にケトルトの姿は無かった。

シャコバも、もしヘパイストスが協力していたら兵の装備がもう少し良い物になっていると言う。アキレスも面白くなさそうだったが、装備の話については認めた。

「それなら……逆に、ヘパイストス軍を味方にできないか？」

ふと、そんな事を思い付いた。

「冬夜君、それはヘパイストス軍に遠征軍を足止めしてもらうという事ですか？」

「いや、どっちかというと、俺達が遠征軍と相対する時に挟み撃ちにしてほしい」

もちろん、戦いを避けられるに越した事はない。そのための努力を忘れるつもりはないが、それはそれとして避けられなかった時に備えて手は打っておきたい。

「まぁ、いいんじゃない？　戦いを避けられたとしても、どさくさで逃げ出す兵がいないとも限らないし、ヘパイストスとしてもそれに備えておきたいんじゃないかしら？」

「……まぁ、無いとは言わん」

アキレスはやはり面白くなさそうだったが、クレナの言葉を否定しなかった。

それどころか、ネプトゥヌスから撤退した時点で、既に逃亡兵が出ている可能性もあると教えてくれた。その逃亡兵が盗賊になる可能性もあるという事か。

それなら尚更《なおさら》、ヘパイストスに知らせておく必要があるな。

「でも、どうやって連絡するんだ？　これ見えてもメッセージは送れないよな？」

デイジィが肩に降りてきて、そう尋ねてきた。

「大丈夫だ。トラノオ族に連れて行ってもらえばいい。五日以内に着くんじゃないか？」

そういえば、ここにいる面々ではクレナしか知らなかったか。トラノオ族の足は。

「そういう事にゃら、わたしとマークで行ってくるにゃ」

立候補してくれたので、この件についてはシャコバ親子に任せる事にする。長老への話は、この後俺がやっておくとしよう。


その件について長老に話してみたところ、三人の戦士を派遣してくれる事になった。

他国に行くという事でベテランが一人。残り二人の若い戦士の内、一人はシャコバ達をまとめて背中に乗せられそうな大柄な戦士だった。

大柄な戦士がシャコバ達を乗せ、残り二人が護衛してヘパイストスまで駆けるらしい。

「――という訳で、五人分の保存食を準備してほしい」

「分かりました。ケトルト二人に、サンド・リザードマン三人ですね」

ロニに頼み、その日の内に準備を済ませて、今夜は広場に面した建物で休む。ＭＰを回復させないといけないので就寝時間は早めだ。

ここにはまだスケルトンなどがいるのだろうが、そこはトラノオ族を信用しよう。

「心安らかに休まないといけませんよ～」

ラクティにそう言われた結果、「ならば誰と一緒に寝るのが心安らぐか？」で真剣な話し合いになったのはご愛敬《あいきょう》である。

今夜はいつもの天守閣のベッドのように皆一緒という訳にはいかないのだから、仕方がない……のだろうか？

「ここは私とロニが両隣に……！」

「いえいえ、ここは私とセーラさん……は恥ずかしそうだから、リウムちゃんとで！」

積極的なのは春乃さんとクレナ。ロニとリウムも乗り気のようだ。セーラさんは、流石《さすが》に真横で引っ付いて寝るのは恥ずかしいらしい。

「お兄ちゃん、昔みたいに一緒に寝よっ♪」

更に雪菜が立候補してきて、プラエちゃんも入浴時のように自分の上にと誘ってくる。

そしてリンもノリノリでルミスとサンドラを巻き込もうとし始めた。

「どうすんだよ、これ」

その騒ぎを見て、頭の上から呆《あき》れた声を投げかけてきたのはデイジィ。確かにこのままでは収まりそうにないな。ここは他ならぬ俺が決断を下さなくてはならないだろう。

「私でいいんですか？」

という訳で、今夜はラクティと一緒に寝る事になった。一番安らぎそうだからだ。

クレナ達はがっかりした様子だったが、騒ぎ過ぎていた事も自覚しているようだ。

皆の気持ちもうれしいし、一緒に寝られなくて惜しいと感じているのは確かだが……。

「お兄ちゃん、せめておやすみのちゅぅ～」

「そんな声、出さなくてもいいから」

いつもは頬にキスをするだけだが、今日は皆への感謝の気持ちも込めてハグも追加だ。

これは生前の雪菜としていた挨拶だったのだが、雪菜と再会してこちらでもするようになったところ、クレナ、春乃さん、リウムちゃんも乗ってきたのだ。

そこにプラエちゃんが加わり、面白がってデイジィとリンが加わり、皆がやるならばとロニとルミスが加わり、最後にセーラさん、サンドラが恥ずかしがりつつ加わった。

今では俺が皆の頬にキスをし、キスをされるのが毎晩のおやすみの挨拶になっている。

当然ハグも皆にするのだが、今夜はクレナと春乃さんがいつもより積極的だった。

そしてラクティを抱っこして寝ようとしたのだが……何故《なぜ》か俺は、逆にラクティに抱っこされる形になって横たわっていた。

「……ラクティ？」

「はい、目をつむって～、ゆ～っくり休んでくださいね～」

その慎《つつ》ましやかな胸に抱きしめられ、頭を撫《な》でられている。その細い腕が痛くならないよう、上側になる片腕だけで抱き寄せる形だ。

以前からお姉さん振るようになっていると思っていたが、まさかこう来るとは。

視線を周りに向けてみると、皆微笑《ほほえ》ましそうにこちらを見ていて気恥ずかしい。

とはいえ、ラクティも嬉《うれ》しそうなので止めるのは憚《はばか》られた。

こうなったら開き直って受け容《い》れよう。その方が心安らかになれるはずだ。そのまま目を閉じ、頭を撫でられながら眠りについた。

なお、夢の中では母と五柱の姉達も布団を敷いて待ち構えていたのは言うまでもない。

そしてクレナ達の間で、一緒に寝る時は俺を甘えさせる事が流行《はや》り、特にセーラさんがハマる事になるのは、もう少し先の話である。


そして翌朝早々にシャコバ達が出発、俺達もユピテルに向かう準備を始める。

トラノオ族からドクトラ含む十五人が同行してくれるので、その分の食料も運び込まなければならない。その間に俺は、ラクティ達を連れて長老に会いに行った。

「長老、これを見てもらえませんか？」

「……申し訳ありません。私には読めぬ字です」

「……すいません、光の女神の祝福を忘れてました」

そうだった。俺は祝福のおかげで、この世界の文字ならば大抵理解できるんだった。

俺が見せたのは、魔王からもらった『ハデス一国譲り状』。ハデス、つまりこの『空白長老に見せたのは『ハデス一国譲り状』。俺が読めているという事はこの世界の文字だと思うが、ハデスの文字なのだろうか。

「それは、魔王からもらった『ハデス一国譲り状』。ハデス、つまりこの『空白地帯』一帯を俺に譲るという書状です」

「なんと!? 何故、魔王が!?」

長老が目を見開き、身を乗り出してきた。確かに、そこは疑問に思うよな。

「色々とあったんだけど、私が魔王の孫だったというのも大きな理由の一つでしょうね」

「クレナ殿が……」

その疑問に答えたのはクレナ。この件は俺が魔王の封印を解いた礼でもあるが、クレナがいなければここまでのものにはならなかっただろう。

生前の魔王の後継者が授かった刀と同じ銘を持つ『星切』までもらってしまったし。

「実は今、六柱の女神の神殿を一箇所に集めるというのを考えてまして……できれば、協力してもらえたらありがたいのですが」

「トラノオ族の恩人であるトウヤ殿が、この地の長《おさ》になるというのであれば、我々としても歓迎しますが……この地は人間には厳しいですぞ?」

「その、元々ここは、私が封印されたからこうなったんです」

ラクティが申し訳なさそうに答えた。それだけでは分からないだろうから、闇の神殿を再興すれば環境も少しずつ戻せるかもしれないとフォローしておく。

「ふむ……それでルリトラが戻ってくるならば、再び戦士長になってもらうのも良いかもしれませんな」

「……ドクトラも上手《うま》くやってそうですけど？」

「あやつは前に出て戦いたがりますからな。戦士長は、時には後ろでどっしりと構えている事も大事なのです」

要するに、ドクトラもう少し落ち着けという事だろうか。確かに、そういう事ならばルリトラの方が向いていそうではあるが。

とにかく、彼等《かれら》にとっては他人事《ひとごと》ではないため出発前に話をしてみたが、長老もこの地に女神の神殿を集める事について反対はしないようだ。

とはいえ全ては中花《なかはな》さんの件を解決してからなので、ひとまずここまでにしておこう。


そして準備を終えて、いざユピテルへ。

「北側の通路の位置なら大体分かる。こっちだ」

埋まっている地下道の位置だが、こちらは『百獣将軍』が案内してくれた。『不死鳥』とは担当が違うのか、こちらは『百獣将軍』の方が詳しいようだ。

『百獣将軍』は、度々振り返って魔王城の位置を確認しながら進んでいく。

そのまま進む事しばし。この辺りだと指し示された辺りを探してみると、一時間ほどもしない内に埋まっていた通路を発見する事ができた。

「さて、この通路は無事かな……」

中を覗《のぞ》き込みながら『百獣将軍』が呟《つぶや》く。彼によると、この地下通路はユピテルと『空白地帯』の間にある山につながっているらしい。

俺が旅立った直後に通った山か。あの時はルリトラの曳《ひ》く人力車に乗っていたな。

その呟きを聞いてフランチェリス王女がピクリと反応した。

「あの山……昔からユピテル領なんですけど……」

王女によると、五百年前の戦いでは、ハデスに攻め込んだユピテル軍の後方を、神出鬼没のハデス軍が荒らしまわったという記録が残っているらしい。

「ああ、あったなぁ。そんな事も」

北側の通路に詳しいってそういう事か、『百獣将軍』。

気になるが、今それを追及しても仕方が無い。ここは流して出発しよう。

「では、我々が先行しましょう」

「頼む」

「『百獣将軍』、お前も行ってこい」

「おう！」

ルリトラとドクトラが率いる二つのチームと『百獣将軍』を先行させ、その後に続く。

この地下通路を抜ければ、いよいよユピテルである。

二の湯　聖王都激洗

北の地下道を進む一行。こちらは他の地下道より短かったようで、二日で出口に到着する事ができた。まだお昼にはなっていない。午前中のはずだ。

地下道を出た先は、鬱蒼《うっそう》とした森だった。足元が斜面になっている。どうやら山中のようだ。おそらく俺とルリトラが旅立ってすぐに越えた山だろう。

「本当にユピテル領内なんですね……」

「まあな」

当時「他国と連携させないため、ユピテルの進軍を遅らせろ」と命じられてゲリラ戦を仕掛けていたのが当の『百獣将軍』だ。それはこの地下道にも詳しいというものだろう。

それはさておき、ここまで来るとユピテルの聖王都まであと少しだ。

ただ、ここから聖王都まではなだらかな草原が広がっており、身を隠す場所はほとんど無い。ここを集団で進めば、すぐに見つかってしまいそうだ。

ここはいかにして早く聖王都までたどり着くかの勝負となるだろう。

「あと少しと言っても、それなりに距離があるし」

「隠れながら……というのは現実的ではありませんね」

春乃《はるの》さんとクレナの言う通り、隠れながら進むというのは難しい。

ならば向こうに対応する間を与えず、風の如《ごと》く聖王都まで行くしかないだろう。そう、ルリトラの曳く人力車で旅立ったあの時のように。

ここに人力車は無いが、トラノオ族の戦士達《たち》がいる。

「やっぱりルリトラ達の背に乗って走ってもらうのが、一番速いと思う」

「我々は構いませんが、敵襲だと思われませんか？」

猛スピードで接近してくるトラノオ族の戦士集団。うん、そう思われても無理は無い。

「それは、まぁ……でも、ルリトラ。それが一番速いのは間違いないだろう？」

「そこは否定しませんが……」

「ならば、アレを使いましょう。リコット、あれを」

リコットはコクリと頷《うなず》き、『無限《アンリミテッド》バスルーム』の中に置いていた荷物の中から大きく豪華な旗を出してきた。白地に金糸で刺繍《ししゅう》が施された豪華な旗だ。

「これは我々が王女殿下一行である事を示す旗です」

「つまりは親衛隊の旗？」

「いえ、隊旗は別にあります。これは王女殿下がいる時のみ掲げる事が許される旗です」

人里に入る時や、出立する時は、きっちり隊列を組んで、この旗を掲げながら行進するそうだ。出立する時はともかく、入る時は疲れているので結構大変らしい。

「あ〜、分かる分かる。大変だよねぇ、ああいうのって」

　それに同意したのはリン。ルミスもうんうんと頷いて同意しており、サンドラは視線を逸《そ》らしてそっぽを向いている。なるほど、『巡礼団』も同じような事をしていたのか。

「へ～、そうだったんだ」

　そして素直な反応を見せるコスモス。どうしてそこでお前が驚いているんだ。

　詳しく聞いてみたところ、毎回掲げる旗の内のひとつぐらいとしか認識していなかったらしい。そうか、常に王女が一緒だったからこの旗を掲げない時が無かったのか。

　それはともかく、この旗があれば襲撃と勘違いされる事は無いだろうと王女は言う。

「お兄さんが、聖王都に入る前に王女様を始末しろと命じても？」

「誰が、そんな命令を聞くと……」

「そりゃあ、中花さんのギフトの影響下にある人？」

　王女は黙ってしまった。有り得ない、とは言い切れないのだろう。

　結局のところ、怖いのはそこなのだ。コスモス誘拐は、明らかに王女に対する敵対行為である。ここでもやられない保証は無い。

「そ、それでも、全員が影響下にあるのでなければ効果はあるでしょう」

「なるほど……でも、これって王女様が一緒じゃないと掲げてはダメなんですよね？」

「そうですね。その一団に私がいると知らしめるための旗ですから」

「……つまり、王女様もトラノオ族の戦士の背に乗って聖王都まで行くと？」

「もちろんです」

「正直、おすすめしませんよ？　物凄《ものすご》いスピードが出ますから」

「ユピテルのため、耐えてみせましょう」

胸を張って答える王女。決意は固いようだ。

不安はあるが、そこまで言うのならば安定感があるドクトラに任せてみようか。

「それにしても……」

「なぁ……」

「はっはっはっ」

俺と神南《かんなみ》さんで顔を見合わせる。コスモスは笑っている。

「リザードマンの戦士達を連れて、爆走しながら帰ってくる王女……」

「なんというか……暴走族っぽいな」

「フランチェリス、グレた君もステキだよっ☆」

「……意味の分からない言葉もありますが、誉《ほ》め言葉《ことば》として受け取っておきますわ」

そう言いつつも、彼女は複雑そうな顔をしていた。俺と神南さんの表情から、単に褒めている訳ではないと察したのだろう。

親衛隊の体格ならば、トラノオ族の戦士一人で二人運ぶ事もできる。

「ああ、俺は乗らんぞ。リザードマン程度のスピードならついて行ける」

もっとも『百獣将軍』は乗る必要が無いらしいが。

「あたしも多分大丈夫だよ～」

同じく自前の足で問題が無いというのはプラエちゃん。歩幅の違いだろうか。

という訳で、自前の足で走る二人以外は全員トラノオ族の戦士達の背に乗ってもらう。

旗を掲げるのは親衛隊長のリコット。彼女は馬に乗るような体勢で旗を掲げるつもりだったようなので、それは無茶だと止める。

「あの、大きな旗を高く掲げると、風の抵抗を受けてスピードが落ちませんか？」

春乃さんも加勢してくれた。しかしリコットも、旗があるからこそ安全が確保できると引き下がらない。

「まだ距離があるし、ある程度近付くまでは旗を掲げなくてもいいんじゃないですか？」

「それならば……」

全速力で聖王都にある程度まで近付き、そこからは旗を掲げて堂々と進むという事だ。

無論、いつでも掲げられるよう、リコットには旗を持って先頭集団に加わってもらう。

先頭集団は、ルリトラに乗る俺達、クレナ達、春乃さん達、ロニ、サンドラ、それに神南さんと『百獣将軍』が加わってリコットを守る形だ。

ドクトラは申し訳ないが、王女を乗せるので後方に行ってもらおう。あちらはあちらで王女を守ってもらわなければならない。

全速力で走るルリトラ達にしがみついているのは大変なので、念のためロープも使う。

「じゃあ、私はここで」

「そこは止《や》めておけ」

俺の胸元に潜り込もうとしたデイジィは、マントのフード部分に入ってもらう。

という訳で隊列も決まり、全員がトラノオ族の戦士達の背に跨《またが》って準備完了だ。

「よし、行くぞ！　皆、ちゃんとしがみついてろよ！」

俺の号令と同時に、一斉に地響きを立てて走り始める。先導するのは俺達だ。

盛大に土煙を上げながら爆走。あの時の人力車よりもスピードが出ているんじゃないだろうか。それでも『百獣将軍』とプラエちゃんは平然とした顔でついて来ている。

このままある程度の距離まで休息無しで進みたいところだ。

「お兄ちゃん……これ、聖王都までどれくらい……？」

やはり揺れが激しいのか、雪菜《ゆきな》が弱々しい声で尋ねてくる。

「人力車の時は半日以上掛かったけど、途中までだしそれよりは短いと思う、多分」

「うえぇ～……気持ち悪くなりそう……」

こればかりは仕方がない。なんとか耐えてくれ、雪菜。

デイジィもフードのおかげで振り落とされてはいないが、必死にしがみついているようだ。髪を摑《つか》まれているが、我慢である。

そのまま一時間程走っただろうか。デイジィも慣れてきたのか、髪を引っ張られる事は無くなってきた。

それにしても、あの頃は余裕が無くて分からなかったが、よく見てみるとただ平坦《へいたん》な地面が広がっている訳ではない事が分かる。

なだらかながらも起伏があり、進行方向右手の地面が少し盛り上がっていた。

ささやかで丘という程でもないが、あの陰ならば聖王都側から俺達の姿を見えなくするぐらいはできるんじゃないだろうか。

「ルリトラ、あの起伏に隠れるように進むんだ」

「ハッ！」

このスピードだと二、三時間ぐらいであの起伏辺りまで到着できるだろうか。

周りの様子を窺《うかが》った感じ、無理をして聖王都までというのは難しそうだ。

「よし、あの起伏の陰で休息を取るぞ」

「分かりました。皆、スピードを上げるぞ！」

ルリトラの掛け声に、トラノオ族の戦士達が一斉に返事をした。その威勢の良い声に合わせてスピードが上がる。

続けて背後から悲鳴が上がった。親衛隊の少女達だ、セーラさん達も混じっているかもしれない。物凄いスピードが出ているし、無理もないが……これはまずい。

「声を出すな！　舌を噛《か》むぞ！」

俺より先に神南さんの怒声が飛び、悲鳴は収まった。皆必死に声を抑えているようだ。

とはいえ、この調子だと休息時は『無限バスルーム』が活躍する事になりそうだな。主に風呂ではなくトイレが。

向こうに到着しても、皆へろへろでろくに動けない状態になっていては意味が無い。せっかく先行できているし、『無限バスルーム』の中に入れば見つからないのだ。ここはしっかり休息を取って、万全の状態で聖王都に到着できるようにしよう。


幸い敵に遭遇する事なく聖王都に近付き、起伏の陰まで到着する事ができた。一面が草原のおかげか『空白地帯』の時ほど土煙も上がっていない。

振り返ってみると、皆の消耗が酷《ひど》い。特に王女は車酔いならぬリザードマン酔いで、一人で立つ事もできない様子だ。

車に慣れているはずの春乃さん達もフラフラしている。平気そうなのは俺と雪菜、それにリウムちゃんぐらいだ。

すぐさま『無限バスルーム』の扉を開き、中に入って休んでもらう。

入った途端に十数人がトイレの前に列を作っていたが、そちらの詳細は割愛しておく。酔ったのだから仕方がない。

扉を閉じると見つかる心配は無いので、ゆっくり休んでほしい。

俺は余裕があったので、皆が休んでいる間に偵察をしておく事にした。遠征軍を見るのはＭＰ《マジックパワー》の消耗が激しいので避けるが、聖王都の様子は見ておきたい。

雪菜とリウムちゃんを伴って屋内露天風呂に向かう。聖王都の門付近を映し出して様子を見てみたが、衛兵達は落ち着いたものだった。

「これは、気付かれてないのか？」

「気付いていたら……もう少し慌てていると思う」

リウムちゃんの言う通りだ。こちらに気付いていたら守りを固めようとするなり、こちらを確認しようとするなりするだろう。しかし、それらしい動きは無い。

「お兄ちゃん、町の方も落ち着いた感じだよ。これって普段通り？」

「俺も普段の様子をそこまで知ってる訳じゃないが、緊張は感じられない……か？」

改めて門を見てみるが、守っている兵の数も特別多くはなさそうだ。

この様子だと、衛兵達には気付かれていないと判断していいだろう。


その情報を携えて皆のところに戻ってみると、ほとんどの者がグロッキー状態だった。

本丸一階中央の板の間では、少女達がぐったりと倒れ伏している。王女は闇の和室に運び込まれたようだ。彼女、気苦労が絶えないせいか常連になっているような……。

それはともかく、比較的マシそうな者達の中にリコットがいたので、彼女と衛兵の様子について話してみる。

「という訳で、まだ聖王都からは見つかってないみたいなんですけど、この先どう進めばいいと思います？」

今回俺達《たち》は、王女の一行という形で聖王都に戻る事になるので、できる範囲で彼女達のやり方に合わせなければならない。

「このまま進むと到着は夕方か夜にあたり……まずいですね」

「ダメなんですか？」

聞いてみたところ、町に入る場合は先触れを出して出迎えの準備をさせるそうだ。

出迎える方も事前に準備をして、当日は朝から待っていなければならないので、午前中に町に入れるように調整するのが不文律らしい。

負担を掛けないため、小さな村などには入らない事も多いそうだ。

「それってつまり……先触れの使者無しで聖王都に行くと怪しまれます？」

「何事かと思われるでしょうね」

「でも今回の場合、下手に事前に知らせると……」

「……ええ、まぁ」

リコットは視線を逸らして言葉を濁した。王子がどう動くか分からない、か。

王女達のやり方に合わせるつもりだが、それで危険を呼び込むのは避けねばならない。

「……ダメだ。普通に使者を出して打ち合わせなんてやっていられない」

聖王都は最近まで中花《なかはな》さんがいた。彼女のギフトの影響がどこまで及んでいるのか分からない。たとえば各門の指揮官全員が影響下にあるかもしれない。

王女が戻ってきたら足止め、最悪攻撃するよう命じられている可能性も考えられる。

コスモスを誘拐してきたのだ。それぐらいやってきても不思議ではない。

「かといって形式を無視するのもまずいですよ。隙を見せる事になります」

リコットの言う事にも一理ある。非常時だと判断されると、向こうもそれを理由に兵を集められるそうだ。足止めと合わせてやられると非常にまずい。

どうしたものかと悩んでいると、クレナと春乃《はるの》さんが近付いてきて、話し合いに参加してくれた。こういう時の二人は頼もしい。

「先触れの使者は、ちゃんと出さないとダメよ」

話していた内容を説明すると、クレナはすぐさまそう言ってきた。

「こっちはやるべき事を、ちゃんとしてましたって言えるようにしておきましょう。その後、向こうの準備が整うまで待ってあげる必要はありませんけど」

春乃さんが、そう付け足して悪戯《いたずら》っぽく笑った。

「実際その準備も、何の準備か分かったものじゃないしね」

クレナも、そう言って春乃さんに同意した。

二人の言う通り、こちらに槍《やり》を向けての物騒な歓迎となる可能性も考えられる。だから向こうの準備が整う前に行くというのは間違っていないだろう。

とは言っても、それは事実上の強行突破のようなものだ。上手《うま》く行くかもしれないが、衛兵との正面衝突になる可能性も高い。

「ここは二人の提案通り、使者は出すけど準備の時間は与えない方向でいきましょう」

つまりは隙は見せずに行くという事だ。リコットも不承不承ではあるが頷《うなず》いてくれた。できるだけ穏便に城に行くためなので勘弁してほしい。

先触れの使者については、王女に任せる。そしてこちらも戦いを避けるために、できるだけの手を打っておこう。

「……仕方ないですね」

そして翌日、夜も明けない内に改めて聖王都に向けて出発する。今から出発すれば、ある程度ペースを落としても夜明け頃には聖王都に到着できるそうだ。

先触れの使者となったのはリコットとアキレス。リコットは親衛隊の代表だ。アキレスは、衛兵に一番顔が利くという事で王女が指名した。

リコットは立派な角を持つ若い戦士が、アキレスは巨漢のドクトラがそれぞれ乗せて、一足先に走っていく。それを追い掛けて俺達も走り出した。

昨日よりもゆっくりのペースなので王女達も酔うような事はない、と思いたい。

そのまま走る事数時間。俺達は夜明け頃には聖王都の門の前に到着する事ができた。

皆もまったく問題無しという訳にはいかないようだが、昨日よりはしっかりしている。

門の方を見ると、昨日屋内露天風呂で見た時と同じぐらいの数の衛兵達の姿が。歓迎は不要だと伝わっているはずだが、皆緊張した面持ちで背筋を伸ばして並んでいる。

緊張の原因は王女か、アキレスか、俺達が連れているトラノオ族か。それとも……衛兵達以外にここにいる、同じぐらいの人数のもう一グループか。

そのグループの先頭に立つ人物が、俺の前に出てくる。

「久しいの」

「またお世話になります」

長い髭《ひげ》をたくわえた老人。以前お世話になった光の神殿の神殿長さんだ。落ち着いた雰囲気で、威厳のある白いローブを身に纏《まと》っている。

何故《なぜ》彼が、早朝のこんな時間にここにいるのか。種明かしをしてしまうと、王女と同じように俺も先触れの使者を出していたのだ。ただし、衛兵にバレないよう密《ひそ》かに。

どうしてそんな事ができたのか？　その秘密は神殿長さんの後ろに立っているマントに付いたフードを目深に被《かぶ》った二人にある。

「お疲れさま、バルサミナ！」

「ホント、疲れたわ。こういうのはこれっきりにしてよね」

コスモスが、その内の一人にサムズアップしながら労《ねぎら》いの言葉を掛けた。

「ロニもよくやってくれたな。ありがとう」

遅れて俺も声を掛けると、ロニの方から近付いてきたのでその頭を撫《な》でると、彼女は嬉《うれ》しそうにしっぽを振った。

今回ロニには光の神殿への使者になってもらった訳だが、実は鍵を握っていたのは彼女ではなくバルサミナの方である。

思い出してほしい。バルサミナは、この聖王都に潜入してコスモスと王女を襲撃した事がある。そう、彼女は元々、密かに聖王都に潜入するルートを知っていたのだ。

そこで夜の内にこっそり、神殿長さんに俺の手紙を届けてもらったのである。

もちろんこの件は王女にも話は通してあり、潜入ルートについても既に知らせている。

それはともかく、手紙の内容は現在の状況の説明と、スムーズに城に行けるよう神殿騎士を使って衛兵達を牽制《けんせい》してほしいというもの。

神殿長自ら率いてくるというのは予想外だったが、それだけこの件を重要視しているという事か。こちらとしてはありがたい話である。

衛兵達が迂闊《うかつ》に手を出せないようにするために神殿騎士を呼んだ訳だが、神殿長さんがいることでその効果は跳ね上がる。おかげで不必要なトラブルは起こさずに済むだろう。

「それでは、どうします？　まずは神殿に？」

「いえ、直接城へ」

無事にユピテルに入国できた俺達は、王女の提案もあって城へと直行する。時間を掛ければ王子側も準備を整えるだけなので、寄り道している暇は無い。

「……ルリトラ達に乗って行きます？」

「コホン、馬で行きます。ここなら伝令用の馬がありますから」

流石《さすが》に『暴走王女フランチェリス』状態で聖王都に入る気は無いようで、ここからは王女だけが馬に乗り、残りは徒歩で進む事になった。

どちらにせよ全員分の馬は用意できないし、ルリトラ達に走らせれば道行く人に被害が出るかもしれないので、そうするしかない。


王女一行と一緒なので、堂々と大通りを通って行く。門を潜《くぐ》った時点で王子側にはバレているはずなので、コソコソする必要は無いのだ。

といっても全速力ではない。コスモスが「急がなくていいのかい？」とチラチラ王女の様子を窺《うかが》っているが、それは物理的に無理な話だった。

それとなく周囲を観察してみたが、急な帰国だったため、道の両脇にズラッと並んで歓迎とはいかなかったのだろう。人々が平穏な日常を過ごす平和な町並みが広がっている。

トラノオ族が全速力で突撃すれば、間違いなく街の人たちに被害が出るだろう。とはいえここは可能な限り早く、馬に乗らない皆も早足で進んで行く。

そんな状況にもかかわらず、馬上で笑顔を振りまき、小さな子供達に手を振って応える王女は流石としか言いようがないだろう。

しかし、最後尾のドクトラ達も注目されているのではないだろうか。何故リザードマンの集団が聖王都に来たのかと。

先程まで王女がそのリザードマンに跨《また》がっていたと知れば、町の人達がどんな顔をするか気になるところではある。流石に口には出さないが。

なお兵の姿もちらほら見えた。巡回中の兵士が、俺達と出くわしてしまったのだろう。

こっそりデイジィに様子を窺ってもらったが、兵士達は驚くばかりで誰かを報告に走らせているような様子も無いとの事。王女が急に帰国したため驚いたといったところか。

「……妙ね」

隣のクレナが、顔を寄せて耳元でささやいてきた。

「コスモスを誘拐するために軍を動かすって事は王女と争うって事でしょ？　なのにあの人達は王女を見ても驚くだけで何もしようとしない」

「ありがたい話だが……止めに来ないとおかしいって事か」

クレナはコクリと頷いた。

「でも、門は怪しくなかったか？　神殿長がいなければどうなっていたか……」

「それも変じゃない？　つまり、門の兵は今回の件について知っていて、町の兵は知らないって事でしょ？」

「……そうか、確かにそうなるな」

つまり王子の影響力は限定的、聖王都全体に及んでいるという訳ではないのか。

しかし、そうするとひとつ疑問が生まれる。

「そもそも、コスモス一人誘拐するために軍を動かすってどうなんだ？」

「……あ、そっか。軍船も用意してたし」

つまり、中花さんの目的はコスモスの誘拐にあったとしても、あの軍自体はアレス攻めを目的に動いていたと考えた方が自然だという事だ。

中花さんの目的を知っていれば、流石に聖王が止めていただろう。

いや、これも疑問が残る。確かにアレス攻めは軍を動かす理由になりうるが、この状況で攻めようとするだろうか？

「そもそも今回の出兵、どこまで聖王が関わっているんだ？　王子に関しては中花さんのギフトの影響だと思うが……」

「聖王様は、止められない状態にあるのかもしれませんね」

春乃さんも隣に来て、クレナにも負けないぐらいに顔を近付け、そうささやいてきた。

思わず振り向くと、間近で見つめ合う形になる。

「亡くなっているという事はないと思います。それだと王子がフリーハンドで動ける事になりますから」

「……なるほど、王子が目的を誤魔化しながら軍を動かせるけど、聖王の影響力も完全には無視できない状態といったところか」

「ひょっとしたら王子が聖王を押し込めて実権を奪っていたりするのかもしれませんね」

「まったく、どこの親子も……」

そう言いつつも視線を逸《そ》らすクレナは、自分もその一組だという自覚があるのだろう。

俺達の話を聞いていたのか、ここで王女が動いた。

「アキレス……あなた達《たち》は町にいる兵の掌握を」

「ハッ！」

王女の命令を受け、アキレスが神南《かんなみ》さんと『百獣将軍』を連れて離脱した。

「いいのですか？」

これには思わず口を挟んだ。神南さん達の強さは、この中でもトップクラスだ。その三人を別行動させるなんて。

「大丈夫ですよ。あなた達もいますし、トラノオ族の助勢もあります。アキレス達には町の兵を押さえてもらった方が良いでしょう」

「王子の影響下に無い兵をこちらの味方に付けると？」

「どちらかというと、町を巻き込まないためですね」

こちらの戦力にするというより、あちらの戦力にさせないためという事か。

そういう事ならば元・将軍のアキレスに頼んだ方が良いだろう。

「今回の件は兄の独断であり、父はそれを止められない状態にある。あなた達の予想、当たっているでしょう」

やはり町の兵達の様子から、王女は聖王が賛同している事は無いと考えているようだ。

「城はどうでしょう？」

「兄が独断で兵を出せるくらい、父の影響力は抑えられていると思われます」

「……戦いになりますか？」

「おそらく」

王女はハッキリと肯定した。こちらも覚悟を決める必要がありそうだ。

彼女は小声で会話をしながらも、にこやかに微笑《ほほえ》んで町の人達に手を振っている。

こそっと「あなた達も」と言われたため、元気よく手を振る子供達に、空いている方の手を振り返してみる。

正直王女のように上手《うま》く笑顔を作る自信が無かったので、『魔力喰《ぐ》い』のフルフェイスヘルムがありがたかった。


その後も城までは何事もなく進む事ができた。しかし、そこまでだった。

王女が手を挙げ、馬を止めたため、俺達も門から少し距離があるところで足を止める。

「はっはっはっ、懐かしいね〜」

コスモスはのん気な事を言っているが、城の前には数十人の兵が待ち構えていた。

「ねっ、バルサミナ！」

「知らないわよ」

ああ、そうか。バルサミナがコスモスを襲撃したのがここなのか。なるほど、防衛に適した場所なのだろう。

まずいな、ここはまだ人の目がある。せっかく何事も無いように見せながらここまで来たというのに、ここで戦ってしまっては台無しだ。

「このまま普通に進んで、向こうから手を出してもらいますか？　物理的な攻撃なら冬夜《とうや》君が、魔法的な攻撃なら私が防げますよ」

春乃《はるの》さんがつつつっと寄ってきて、そんな事を言い出した。向こうから手を出させる事で大義名分を得る策だ。

「それは聖王家の名に傷が付いてしまいますので、最後の手段で」

民衆の前で王子と王女が争う訳にもいかない。王女も迷ったようだがひとまず保留だ。

「というか、その時は俺だけで。『魔力喰い』は魔法も防げますから。春乃さん、そんな顔してもダメ。守るのは俺の役目」

春乃さんの力は信じているが、それはそれとして状況が許す限り俺が守る。そこは譲れないところである。

ふと皆を見るとクレナ達も揃《そろ》って何か言いたげな顔をしていた。心配しなくても皆が守る対象だぞ。周りの目があるので今は口にしないが。

俺達の姿を見たからか、王女は苦笑している。

「ふふっ、その時はお願いしますが、避けられる内は避けなければいけません」

「えっ？　撃っちゃダメなのかい？」

「ダメです。私が良いと言うまで」

上手くコスモスをコントロールしているな、王女。

とはいえ、ここはどうするべきか。ここで睨《にら》み合っていても仕方がない。

「ひとまずこちらは通常通りに。リコット、衛兵に開門要請を」

「では早速！」

「付き添います」

リコットが一人で行こうとしたので、ここは俺が付き添う事にする。はい、そこの春乃さん、うらやましそうに見ない。

そのまま二人で進んで行くと、門の兵達が一斉に構えて槍《やり》の穂先をこちらに向けた。

これはこちらの話を聞く気が無さそうだな。しかも、向こうから攻撃するような隙は見せてくれそうにない。

見ると兵の中に三人ほど、煌《きら》びやかな出《い》で立《た》ちの者がいる。全員スマートで、整った顔立ちだ。彼等《かれら》が指揮官だろうか。

「王女殿下のご帰還である！　開門!!」

槍に怯《ひる》む事なく、リコットは前に出てそう宣言した。俺は彼女の斜め後ろに控え、いつでも動けるように身構える。

すると兵達は穂先は下ろさなかったが、互いの顔を見合わせてざわめき始めた。しかし三人の男達は動じず、剣を抜いて一喝し、兵達を引き締めようとする。

「怯むな！　反逆者を通してはならん!!」

「貴様ッ!!」

その言葉に弾《はじ》かれるように激昂《げきこう》したリコットが飛び出そうとしたが、咄嗟《とっさ》に手を取り引き留めた。まさかこちらで出番がくるとは。

だが「反逆者」か。王女の事だよな？　魔王を復活させた俺の事じゃないよな？

下手に心当たりがあるせいか、リコットのように熱くならず、冷静に対応できている。

「話になりません。ここは一度引き下がるべきでは？」

「いや、それではあちらの言い分を認める事に……！」

「リコット！　何やら誤解があるようです！　戻ってきなさい！」

背後から届く大声、フランチェリス王女だ。

「くっ……！　下がりましょう」

リコットもこれには従うしかないようで、悔し気な声を漏らした。しかし、それ以上は騒がず、おとなしく下がる。俺も彼女をガードしながらそれに続いた。

王女が大声を出すなんて珍しいと思ったが、あれは町の人達に「誤解しているのは城の兵達の方だ」と聞かせる事が目的か。

三人の男の内一人が攻撃しろ、蹴散らせと剣を振り回しながら騒いでいるが、それを残りの二人が必死に止めている。

しかし、その唾を飛ばす程の勢いでわめく姿と騒がずに下がる姿、町の人達は、どちらに非があると見るだろうか。

残りの二人の方はそれが分かっているようで、騒いでいた一人はそのまま引きずられて城の中へと連れて行かれてしまった。

「あら、これでは向こうから手を出させるのは難しそうですね」

なお、リコットを連れて戻った時の、王女の第一声がこれだった。

「春乃さんの策を使う気満々だったのか？」

「さっきの男に責任押し付けられるならアリとか考えてたみたいね」

隣に来たクレナがポツリとつぶやいた。フランチェリス王女、相変わらず頼もしい。


「ここはじっくりと腰を据えていきましょう」

コホンと小さく咳払《せきばら》いをした王女は、そう提案してきた。

遠征軍が今日明日帰ってくる訳ではないが、時間を掛けて大丈夫なのだろうか？

「いいのですか？」

「問題ありません」

こちらの心配をよそに、王女はにっこり微笑んで答える。

「注目を集める私は、落ち着いた姿を見せておきます。その間に……任せましたよ？」

実に良い笑顔だった。

要するに王女が囮《おとり》になっている間に、城に潜入してきてほしいという事か。

親衛隊の少女達がテキパキとテントを張り始める。手慣れた様子だ。

なるほど、人目の有るところでは話せないという事か。周りを見てみると、町の人達が何事かとこちらを見ている。俺達が城に入らないので不思議に思っているのだろう。

王女に伴われてテントに入った。ここなら大きな声でも出さない限り大丈夫なはずだ。

時間は掛けない方が良いだろう。早速一番大事な事を尋ねる。

「それで、城内の聖王様と接触してこいという事だと思いますけど、城に入るルートはあるんですか？」

「教えます。他言しないでくださいね？　後で使えないようにしておきますけど」

「もしかして、王族用の秘密の抜け道ですか？」

「流石《さすが》にそんなものは教えられませんよ……私専用の抜け道です」

王女専用ってなんだ。もしやこの王女、密《ひそ》かに城を抜け出していた事があるのか。

ふとリコットの方を見てみると、彼女は虚《うつ》ろな表情で遠い目をしていた。彼女の過去に一体何があったのやら。いや、想像つくけど。

「ハハハ、フランチェリスはお転婆だなぁ」

そうなんだけど、そういう問題じゃないぞ、コスモス。

それはともかく、王女はさらさらっと何かを書き、大きなハンコを押して渡してきた。

どうやら城に入って王と接触せよという命令書のようだ。

「それがあれば抜け道に入る事ができますし、城に潜入しても咎《とが》められません……が、どこまで通じるかも分かりませんので、過信はしないでください」

「王子の影響力次第という事ですね」

王女はコクリと頷《うなず》いた。これはあくまで保険、基本的には見つからないようにしながら進んだ方が良さそうだな。

まぁ、これがあれば俺達は「王女の密使」であって「城に忍び込んだ盗賊」ではなくなる。それだけでもありがたい話だった。

同時に穏便に事を進めてほしいという事でもあるのだろう。こちらとしても過激な事をしたい訳ではないので安心してほしい。

さて、こうなると誰を連れて行くかだ。テントを出て集まり、潜入メンバーを考える。

「ここは自分が！」

「いや、ルリトラは流石に目立ち過ぎる」

真っ先に護衛として付いて行くと言ってきたルリトラだったが、残念ながらルリトラは大き過ぎる。彼を連れての潜入はかえって危険になってしまうだろう。

「逆にルリトラは、こっちで目立っててくれ。俺がいないとバレないように」

「そういう事ならば……」

俺はルリトラと二人で聖王都から旅立った。神殿にいた頃から目立っていたし、ユピテルではそれなりに知られているはずだ。

「私は……行った方が良さそうですね」

「お願い。春乃さんの力が必要になるだろうから」

逆に城内でこそ必要となるのは春乃さん。彼女は嘘《うそ》を見抜くのが上手い。

「私も行くわ。場合によっては魔王の事を説明する必要があるかもしれないし」

クレナも来るという事で、ロニ、ブラムス、メムも来る事になる。ブラムスとメムは特に潜入に長《た》けているのでありがたい。

「デイジィも来てくれ」

「あいよー」

このメンバーに、小さな身体《からだ》で空も飛べるデイジィも加えた。

他の面々は、潜入に向いていないため残ってもらおう。雪菜《ゆきな》が自分も空を飛べると食い下がってきたが、雪菜は大きくて目立ってしまうためアウトである。


という訳で、メンバーが決まったところで秘密のルートへ。

王女が教えてくれたのは、城内へ水を引くための水路だった。メンテナンスのためか両脇に人が歩ける通路がある。

物陰でかなり分かりにくく、リコットの案内が無ければ迷っていたかもしれない。

流石に番兵がいたが、そこはリコットが少し話をすると、すぐに通してくれた。なんというか、どちらも手慣れている気がする。

おそらく王女が、このルートを度々利用していたのだろう。しかし、リコットも番兵も疲れた顔をしていたので、それについては深く聞かない方が良さそうだ。

「王女殿下の要請だから通すが……」

　番兵の方も、気が進まない様子だ。王女の密使とはいえ、ここで通してしまえば自分の責任になりかねないからだろう。

「それなら、ここで殴り倒された事にして眠ったフリでもしときます？」

「……いや、その間に誰かが潜入しようとしてきても困るから」

　強引に潜入した事にしようかと提案したが、番兵としての使命感の方が勝ったようだ。

「あの、せっかくだから聞いておきたいんですけど……今、お城の中ってどうなってるんですか？　王女様も入るのを止められたんですけど」

　春乃さんが尋ねたが、番兵の男は困ったような顔をする。

「俺も普段から城に入る訳じゃないから詳しくはないんだが……聖王陛下がご病気だって噂《うわさ》は聞いた事がある。だから今は王子が取り仕切っているって」

「噂……神官が呼ばれたとか？」

「司祭が何度か呼ばれてるらしい。俺も城門前で一度見掛けた事がある」

「司祭が？」

　クレナが怪訝《けげん》そうな顔をした。

「王様が病気なら、それこそ国一番の神官を呼ぶはずよ」

「……そうか、呼ぶなら神殿長か」

　にもかかわらず司祭を呼ぶ。そこに何か理由があるはずだ。

「その、あの方は、フランチェリス様と懇意ですので……」

口を挟んできたのはリコット。そこから導き出されるのは……。

「つまり司祭を呼んだのは聖王陛下ではなく、王子殿下という事ですね」

ロニがまとめてくれた。その可能性が高いだろうな。こうなってくると、聖王は病気ではなく、幽閉されてるだけの可能性が浮かんでくる。

司祭を呼んでいるのは、聖王が姿を現さないのは病気だからだと思わせるためか。

俺達《たち》は、番兵にお礼を言って水路に入った。リコットの案内はここまでだ。

中は足元がじめじめして、空気がひんやりしている。臭いとは感じない。これは水の匂いだろうか。水路の水も透き通っている。

壁や天井は飾り気が無いが、苔《こけ》なども無くきれいだ。

どことなくだが、ハデスの地下道に似ている気がする。同じ頃に造られたのだろうか。

一歩進んでみると、水音が鳴った。小さいが、水路の中ではよく響く。これは慎重に進んだ方が良さそうだ。

「デイジィ、先行してくれ」

「……見捨てて逃げるなよ？」

「誰が逃げるか。むしろ助けるわ」

穏便に事を進めるつもりだが、味方を犠牲にしてまでとは考えていないからな。

するとデイジィはチラチラとこちらを見ながら飛んで行った。あまり離れたくないようで、度々こちらを振り返って距離を確認してくる。

俺達も離れ過ぎないように歩みを進めていくが、足元に罠《わな》が仕掛けられている可能性もあるのでロニ達に確認してもらいながら進んで行かなければならない。

デイジィだけでなく、こちらも気を付けるしかないだろう。


そのまま進む事しばし。アイコンタクトで確認し合っているものの会話もほとんど無いため、時折天井から水路に落ちる水滴の音がやけに響く。

交差点に差し掛かったところで、デイジィが急に方向転換し慌てて戻ってきた。

「来た来た、角の向こうにいる、三人！」

そして俺の頭に飛びつき、耳元で小さく、しかし鋭い口調で報告してくる。

「よし、隠れるぞ」

といっても一本道の水路。隠れられそうな場所は水の中しかない。普通ならば。

しかし慌てず騒がず『無限《アンリミテッド》バスルーム』の扉を開くと、皆も即座に中に飛び込んだ。

角の向こう側から足音だけでなく話し声も聞こえてきた。だが、遅い。最後に俺とデイジィも中に入って扉を閉めた。これで外側の扉は消える。

「これで向こうには分からなくなるはずだ」

「今更だけど、反則だよな～」

そう言ってデイジィはケラケラと笑った。

その後、屋内露天風呂で外を見て、兵達が何事もなく通り過ぎて行った事を確認。

兵は城に仕えているユピテルの兵のようだ。町の巡回兵よりも立派な装備をしている。

ついでに水路全体を確認してみたところ、もう一組兵達がいる事が分かった。

だが、これで大体の場所は分かった。同じようにデイジィに先行してもらい、兵が近付いてくれれば『無限バスルーム』でやり過ごす。

そして水路を突破。城内の庭園に出るようなので、ここでもう一度『無限バスルーム』に入る。今度は屋内露天風呂で城内を調べてみるのだ。

「春乃《はるの》さん、城の中ってどれぐらい覚えてる？」

「実は、あまり……」

「俺も謁見の間ぐらいしか覚えてないんだよなぁ……」

俺達は神殿に滞在していたので、これればかりは仕方がない。

ひとまず謁見の間から見て、そこを起点に探して行く事にする。聖王の部屋があるとすれば、おそらくそこよりも更に奥だ。

屋内露天風呂の映像を操作し、謁見の間を映す。

ヘパイストスのそれに負けていない大きく立派な部屋。玉座の手前の赤絨毯《あかじゅうたん》。大きな金糸の刺繍《ししゅう》が懐かしい。

多くの人が謁見の間にいた。王女が城門前にいる事も報告されているのかもしれない。

玉座には聖王ではなく若い男が座っている。金色の長い髪を中央で分けている。額はやや広めで透き通るような色白の肌をしていた。

どことなく王女に似た、知性を感じさせる顔立ち。いや、この男の方が目付きが鋭いだろうか。良く言えばクール、悪く言えば冷たさを感じさせる。

その男はゆったりとした、豪華な白いローブに身を包んでいる。悠然と玉座に座っている。彼の前に十人の男達が跪《ひざまず》いていた。

聖王のような力強さは感じない。しかし、威圧感を覚える。

初めて見る顔だが、ハッキリと分かった。彼こそがユピテルの王子であると。


「冬夜《とうや》君、どうします？」

「スルーで」

「ですよね」

春乃さんに問われた俺は、迷わずスルーする決断を下した。

いや、本当に、現時点では手が出せないのだ。もし彼が戦場に出てくれば容赦なく倒すが、現時点では彼と戦うのは聖王かフランチェリス王女の役目である。

だが、堂々と玉座に座っているというのは重要な情報だ。

周りの人間を見た感じ、それを受け容《い》れている様子。聖王の代理を務める事を納得させられているのか、或《ある》いは共犯者が多いのか。

どちらにせよ、王女の入城を止めているのはやはり彼で間違いないだろう。

となると問題は聖王がどこにいるのかだ。まず映像を上空からのものに切り替える。謁見の間は城の中央やや北寄りにあるようだ。

正門は南側にあり、王女のテントも見える。周りに人だかりができているが、兵達だけでなく町の人も集まってきているようだ。

それにしてもここからでも目立つな、ルリトラとドクトラ。

町の人達は王女が入城しない事を不思議に思って集まってきたのだろうか。彼女ならば上手《うま》く立ち回っているだろうから、あちらは心配しなくていいだろう。

「閉じ込めるなら、塔の一室というのも考えられますね」

そう言ってロニは城壁の一部である塔を指差した。

塔はそれほど高くはない。窓から中を見てみたが、どちらも見張り中の兵と休憩中の兵ばかり。塔の中に王はいないようだ。

「この規模の城ならば、牢《ろう》がどこかにあるかと」

「……地下牢とか？」

「そこまでは……」

「アレスとは趣が違い過ぎるので……」

ブラムスとメムは言葉を濁した。確かに地下都市のアレスの城とは比較できないか。

という訳で視点を地下に移して調べてみると、倉庫ばかりで地下牢は無かった。そういうものは別の場所にあるのかもしれない。

聖王を移動させると流石《さすが》にまずそうだし、この可能性は低いとみていいかもしれない。

「となると、城のどこかに囚《とら》われてるのか？」

「それなら正門とは反対の北側かしら？　多分、王族の居住エリアよ。病気って事にして聖王の部屋に軟禁……比較的穏便な方法ね」

城の構造から、クレナがそう推測する。なるほど、病床の聖王に代わって王子が代行しているという事か。それなら表向きは何の問題も無い。王女が戻ってこない限りは。

それならコスモスに手を出さなければ、王女も普通に旅を続けていたのではないかと思うが、そこは中花《なかはな》さんの意志が絡んできているのだろうか。

それはともかく、城の北側を調べてみる。北側は一階建てになっており、屋上も無いようだ。全体的にこぢんまりした印象がある。

聖王家のプライベート空間だと考えると、大勢の人を通す事を想定していないのかもしれない。もしかしたら、その方が守りやすいのだろうか。

ここに聖王がいたら厄介かも……などと考えながら調べていると、案の定というか最も奥の部屋で聖王の姿を見つけてしまった。

「いましたね～……一番厳重そうなところに」

そう口にしたロニは、若干引き気味だった。

ここまで順番に見てきたが、見張りの兵が多い。部屋の入口に二人が見張りに立ち、他の面々もそれぞれ二人組になって油断無く巡回している。

王子直属の騎士あたりだろうか。派手ながらもしっかりした装備で身を固めている。

聖王の部屋は城内の庭園に面しているため、当然そこにも騎士がいる。

完全武装で美しい庭園を闊歩《かっぽ》する姿を見て、クレナが「無粋ね」と呟《つぶや》いていた。言いたい事は分かる。

部屋を確認してみると、大きなベッドに横たわる聖王の姿があった。

「あの、冬夜君……あれ、目開けて寝てませんか？」

「えっ？」

春乃さんに指摘されてよく見てみると、確かに聖王は目を見開いていた。これは本当に寝ているのだろうか。

その顔付きは痩せた、いや、やつれた印象を受ける。立派なカイゼル髭《ひげ》も心なしか元気が無いように見えた。かつての威厳ある姿が、今は見る影もない。

「もしかして、本当に病気……？」

「トウヤ殿、もう少しその男に近付いていただけますか？」

「えっ？　ああ、これでいいか？」

ブラムスに頼まれて映像を聖王に近付ける。

「フム……ッ!?」

顔を近付け覗《のぞ》き込もうとしたブラムスは、壁にぶつかり額を押さえた。ドーム状の壁に映すという仕様上横からしか見られないのだ。

俺の肩に乗るデイジィは、笑いそうになって口を押さえている。

ともかく、聖王の様子を見たブラムスは、こちらに向き直り深刻そうな顔で口を開く。

「これは……薬を使われていますね。一種の睡眠薬です」

「睡眠薬？　やっぱり寝ているって事か？」

ブラムスの説明によると、人を仮死状態にしてしまう、非常に強力な薬らしい。それは睡眠薬の範疇《はんちゅう》に収めていいのだろうか。いや、「永遠の眠り」って言うけど。

それだけ聞くと呪いのようだが、使いようによっては病気の進行を止める事もできるそうだ。毒も薬も表裏一体という事か。

「つまり、聖王は本当に病気？」

「さて、そこまではなんとも……手に負えない重罪人をおとなしくさせるために使う事もあるそうですし」

単に聖王が動かないように盛った可能性もあるという事か。

「解毒剤はあるのか？」

「それはもちろん。といっても私は持っていませんが」

その辺りは王女に聞いた方が良さそうだな。

この状態では交渉どころではないし、聖王を王女のところに連れていった方が良いだろう。そうすれば、いざという時に人質にされる事を防ぐ事ができる。

問題があるとすれば、警備がかなり厳重な事だ。さて、どう近付いたものか。

「デイジィだけなら近付けるかも？」

「あんなデカい身体《からだ》、運べないからな？」

聖王が動けるならばこの手も使えたかもしれないが、あの状態では無理だろう。

「ねえロニ、バレずにあの部屋まで行ける？」

「昼の内は厳しいですね」

クレナの問い掛けに、ロニは首を横に振った。

「あの、始末しながら近付くという方法もありますが……」

「それはできるだけ避けよう」

メムの物騒な提案は、最後の手段という事にしてひとまず保留である。

「……見張りの騎士さん達《たち》は、中花さんのギフトで操られているんですよね？」

そう、操られてるだけの人をどうにかするのは避けたいのだ。

「私のギフトでその効果を無効化するというのはどうでしょう？」

確かに、操られているのならば春乃さんのギフトで元に戻せる。コスモスのように。

「でも、全員そうとは限らないんだよなぁ……」

問題は、操られてるかどうかを区別する手段が無い事だ。

なにせ王子と騎士。ただ王子に忠誠を誓っているだけの人もいる可能性が考えられる。

操られているだけの人間ならばギフトの効果を解けば済むが、そうでなければ戦闘だ。

できるだけそれは避けたい。

「でも、あんたらが見つからずに行く方法なんてないだろ？」

デイジィが俺の頭の周りを飛び回りながら言ってくる。

確かにその通りだ。メムの言う通り夜になればなんとかなるのかもしれないが、王女達が城門前にいる事を考えると、時間を掛け過ぎるのはやはり避けたい。

となると、一番安全かつ穏便に事を進められそうなのは春乃さんの案だが……。

「………あ」

その瞬間、俺はある事を思い付いた。


真っ暗闇の通路を、召喚した光の精霊を頼りに進んで行く。

しばらく進むと突き当たりに到着。そこには上に延びる梯子《はしご》があった。

それを登っていくと硬い天井があるが……。

「『精霊召喚』」

大地の精霊召喚で穴を開ける。天井の向こうは分厚い布地で塞がれていたが、それは切り取って穴を開けた。

そのまま上に顔を出すと……聖王の部屋に到着である。

種明かしをすると、俺達が通ってきた通路は王族のための秘密の抜け道だ。

王女は言っていた、王族用の秘密の抜け道は流石に教えられないと。それはすなわち抜け道が存在している事を示している。

それと気になったのが、何故《なぜ》聖王を自室で眠らせていたのかだ。

おそらく病床の聖王に代わって王子が政務を取り仕切るというカバーストーリーのためだろうが、それならば眠らせる必要は無いと思うのだ。

あれだけ厳重に見張っているのだ。聖王は逃げる事もできないだろう。普通ならば。

にもかかわらず薬を使って眠らせた。そこに理由があるとすれば何か。

それがこの答え、「聖王の部屋に抜け道の入り口があった」である。

抜け道は床下だろうと当たりを付けて調べてみたらすぐに見つかった。

なにせ屋内露天風呂の視点は、壁でも洞窟でも平気ですり抜けられる。当たりを付ければ、隠し通路だろうと隠し部屋だろうと見つけるのは難しくないのだ。

抜け道がどこにつながっているかを調べたところ、先程通ってきた水路につながっている事が分かった。

今にして思えば、水路に番兵を置いていたのは、抜け道につながっているからという理由もあるのだろう。

それはともかく、水路の奥から抜け道に入り、そこを通ってここまで来たのである。

なお抜け道の扉は見た目ではまったく分からず、かつ開け方も分からなかったので、そちらも大地の『精霊召喚』で穴を開けた。

結局両側に穴を開けた事になり、切り取った布は高級そうな絨毯《じゅうたん》だったが、人命方面を穏便に済ませるためなので勘弁してほしい。

さて、種明かしが済んだところで手早く事を進めていこう。

部屋の中に聖王以外いない事を確認し、部屋に入る。庭園から見られるのを防ぐためかカーテンも閉め切られていた。こちらにとっては好都合だ。

動かない聖王は、俺が背負って梯子を下りるしかないだろう。春乃《はるの》さん、クレナ、ロニに手伝ってもらい、聖王の大柄な身体を背負い、落ちないように縛ってもらう。

ここにブラムスがいれば彼に手伝ってもらっていたのだが、彼とメムには水路側の入り口を見張ってもらっているのだ。

しっかり背負えたら長居は無用だ。見張りの騎士に気付かれる前に再び抜け道に入る。切った絨毯の方はどうしようもないが、抜け道は大地の『精霊召喚』でしっかり塞いでおこう。これで気付かれても追撃を防ぐ事ができるはずだ。

梯子を下りても、背負ったまま早足で通路を進んで行く。そして水路に入ったところでブラムスとメムと合流。そのまま水路も脱出する。

「へ、陛下!? 貴様、陛下をどこに連れて行く気……だ……」

番兵に止められかけたが、メムが魔法を使って眠らせてくれた。

起きてもらっては困るので、彼もブラムスに背負ってもらって連れて行くとしよう。

水路の方は、大地の『精霊召喚』で格子状に石柱を生やして入れないようにしておく。

これで追撃を防いでくれるはずだ。

後は聖王を王女のところまで連れて行くだけである。ああ、周りに聖王だと分からないようフード付きマントを羽織らせて顔を隠しておこう。

「なんていうか、勇者の仕事じゃないでしょ、これ。王族を誘拐とかむしろ……」

「誘拐じゃなくて救出だから大丈夫ですよっ！」

背後で行われているクレナと春乃さんの会話も、謹んでスルーしておこう。

我ながら変な方向に進んでいる気もするが、元々求められていた「復活しそうな魔王をどうにかする」に比べればマシであり、穏便なはずである。多分。

城を出た俺達は、フード付きマントのおかげか聖王について誰にも見咎《みとが》められる事もなく町を進んで行く。しかし魔法で眠らせていた番兵が、すぐに目を覚ました。

騒がれると面倒な事になるのでもう一度眠らせようとしたが、彼もこのまま王女のところに付いて行くと言い出した。

「王子殿下が支配する城から、王女殿下の密使が、聖王陛下を拉致……厄介事に巻き込まれた……よりによって俺が当番の日にやらなくても……」

何やらぶつぶつ言っているが、納得したというか諦めたようなので、このままおとなしく付いて来てもらおう。

その後は何事も無く、王女の待つテントまでたどり着く事ができた。

テントの周りには町の人達が集まっているが、こちらがぐったりした男を背負っているのを見て、更に番兵も一緒である事に気付き、慌てた様子で道をあけてくれる。

そのままテントに入ると、王女は俺が人を背負っているのを見て駆け寄ってきた。この状況で連れてくるのは聖王しかいないと判断したのだろう。

「城を出る際に聖王陛下に気付いたので、そのまま連れてきました」

「ああ、なるほど」

「あの、この人は番兵としては持ち場を離れてしまった事になりますが、聖王を守ろうとした結果なので、この件で罰するとかは勘弁してあげてくださいね」

「…………今、水路は？」

「大地の『精霊召喚』で塞いでいます」

「……そういう魔法は効かないはずなんですけどね」

そう言われても、実際できてしまったのだから仕方がない。

王女はしばし考え込んでいたが、顔を上げ、番兵に向かって口を開く。

「まぁ、いいでしょう。この件であなたが処罰される事はありません」

そう言われて番兵は露骨にホッとした様子だった。

「ですが、このまま帰す訳にはいきません。最後まで付き合ってもらいますよ」

しかし、直後にガックリと肩を落とした。

「では、下がりなさい」

「は、はい！………貧乏くじだ」

後半は小声でぼそっとつぶやいていたが、近くにいたからか聞こえていた。でも、聞かなかった事にしておこう。

番兵はそのままテントから出て行ったので、改めて王女に聖王の顔を見せる。

するとと王女は声を上げそうになったが、慌てて口を押さえる。テントの周りの人達に聞かれてはまずいと思ったのだろう。

改めて近付いてきた王女は小さく声を掛けるが、当然聖王の反応は無い。

薬に関してはブラムスに説明してもらおう。といっても、アレスでも基本的に王家が管理しているものらしいので、そこまで詳しくは無いそうだが。

コスモスがテーブルに毛布を被《かぶ》せて簡易ベッドを作ってくれたので、聖王をその上に寝かせておく。

「……その薬は確かに、聖王家が管理しているものです。まさかお父様に使うとは……」

基本的に犯罪者の中でも特に手が付けられない者限定で使うものであるためか、その国の治安を担う者が管理するのが通例らしい。

ユピテルの場合は、それが聖王家という事なのだろう。そのため薬に関しては、王女の方が詳しい事を知っているようだ。

王女曰《いわ》くヘパイストスでは、王家ではなく炎の神殿が管理しているとの事。そういうのはあまり表沙汰にされる情報ではないのだろうが、国内の力関係が見えてくる。

あの国はケトルトの鍛冶師《かじし》達が一番強いが、鍛冶に打ち込めなくなるからという理由で人間に王家を任せている国らしいからな。

もしかしたら薬の管理も押し付けたが、王家が遠慮して神殿に任せたのかもしれない。

それはさておき、こうなってくると聖王を起こしたい。

王女も交渉を続けていたが返事は無し。王子側に、まともに話し合う気が無いようだ。

しかし、ここで聖王が出るとなると、向こうは無視する訳にはいかなくなる。形勢は一気にこちら側に傾くだろう。

問題は、起こす事ができるかどうかだが……。

「この薬、どうにかできるんですか？」

「解毒剤も王家が管理していますが、流石《さすが》に手元には……」

やっぱりあるのか、解毒剤。ん、解毒……？

「やっぱり毒なんですか、これ。睡眠薬ではなく」

「冬夜《とうや》君、冬夜君、薬も毒も表裏一体ですよ」

春乃さんにツッコまれた。言われてみれば確かに、麻酔薬とか麻痺《まひ》毒みたいなものか。

いや、この場合は睡眠薬と昏睡《こんすい》毒とでも言うべきかもしれない。そんな毒があるとは聞いた事がないが、呪いに近いそうなので魔法等も絡んでいるのかもしれない。

「それなら『解毒』の魔法で治せます？」

「治せません」

もしやと思って尋ねてみたが、あっさり否定されてしまった。

使用目的が目的だけに、簡単に治せるようでは話にならないそうだ。

「『解毒』できない毒って、どういうものなんです？」

「薬の方にも強力な魔法が使われているため、単純に力が足りないのです」

詳しくは教えてくれなかったが、使用直前に儀式を行い、数人掛かりで薬にＭＰ《マジックパワー》を注ぎ込むらしい。その大量のＭＰが『解毒』も防いでしまうそうだ。

つまりは一種の魔法薬という事か。それが解ける解毒剤の方も同様なのだろう。

「大量のＭＰ……」

クレナが、そう呟《つぶや》きながらこちらを見てきた。うん、俺も同じ事を考えた。

ここに大量のＭＰを持った人が一人います。

「そのＭＰに勝てるなら『解毒』できます？」

「理論上は……どれ程なのです？」

王女も察してくれたのか、確認してきた。魔法が効かないはずの水路を魔法で変形させてきた話をしたばかりなので、もしやと考えたのだろう。

「知識や技術はともかく、魔法の力では聖《サン》ピラカを超えているかも」

聖ピラカは、初代聖王と共に戦ったという大神官である。

「……冗談にしては笑えませんよ？」

「冗談ではありませんよ。あくまで魔法の力だけですが」

何柱の女神の祝福を授かれるかは当人の力量による。ほとんどの人は一柱、聖ピラカも五柱が限界だったそうだ。

対する俺は女神姉妹と母である混沌《こんとん》の女神も合わせた七柱。単純な魔法の力では俺が上なのは間違いない。

もっとも使える魔法の数や技術では勝てる気もしないが。

「失敗すると悪化するとかなら止《や》めておきますが……」

「……いえ、失敗しても解毒できないだけですし、試してみましょう」

そう言う王女も半信半疑の様子だったが、試しても損は無いと判断したようだ。

ならばと、俺も気合を入れて聖王の傍らに立つ。

「では、早速……『解毒』！」

聖王の額に手を置き魔法を唱えると、強い光が放たれた。

ドラゴンに掛けた時とは違う手応え。何やら抵抗感を覚える。なるほど、これが薬に込められたＭＰ。これが『解毒』の魔法を防いでしまうのか。

だが、この程度ならば大したものではない。これならば行ける。

更にＭＰを込めていくと、フッと抵抗感が消えた。薬のＭＰを相殺できたようだ。

後は聖王を昏睡させている薬を浄化するのみだ。ここでしくじる訳にはいかない。俺は

込めるMPを加減しつつ、慎重に浄化を進めていった。

そして聖王が目を覚ましたのは、魔法を掛け終えてから間もなくの事だった。

「お父様！」

そうすると、本当に薬だけで昏睡していたのか。恐ろしい効果である。俺達《たち》は少し離れて控え、視線が合った時には会釈しておく。

抱き着く王女に戸惑いながらも、聖王は周りを見回す。

「む、ここは……」

「ここはどこだ？　私は自室にいたはずだが」

真《ま》っ直《す》ぐにコスモスを見据えて尋ねる。やつれているが、その視線には力がある。

「えっ？　あ～、お城の前に張られたテントです」

コスモスはキョロキョロしていたが、やがて自分に向けられた問い掛けだと気付くと、しどろもどろになりつつも答えた。

神南《かんなみ》さんがいないと『聖王の勇者』はコスモスだけなのだ。ここは頑張ってくれ。

「城の前にテント？　どうしてそんな所に……」

「それは入れてもらえないから？」

「フランチェリスをか？　誰だその不敬者は」

「フケイ!?　え、え〜っと……」

「王子ですよ。おそらく、陛下を薬で眠らせたのも」

コスモスがそろそろ限界そうだったのでフォローしておく。

すると聖王は黙り込んでしまった。「王子」と「薬」、どちらに反応したのかは分からないが、何か心当たりがあったのだろうか。

ここは分かっている事を一通り説明しておこう。俺達が王女の密使として城に潜入して聖王を救出した事、昏睡は『解毒』の魔法で治した事。

「あの薬を魔法で解毒した？　信じられん！」

「お父様、それくらいで。本当の事ですから……」

王女にたしなめられる聖王。聖王家が管理しているという解毒剤を密《ひそ》かに手に入れるよりは楽だと思う、多分。

聖王は起き上がろうとしたが、足に力が入らなかったのか、そのまま倒れそうになってしまう。

やつれていても大人の男性の身体《からだ》、王女の小柄な身体では支えられない。慌てて助けようとしたが、その前にコスモスが助けに入った。

聖王がいなくなった事がバレない内に行動したいが、休ませない事にはどうしようもなさそうだ。

「昏睡中は、何も食べていなかったという事ですよね？　王女様、まずは食事を……」

その様子を見て、春乃《はるの》さんが提案した。

「そうですね。お父様、ここで休んでいてください。テントの周りはリコット達が守っていますので」

「う、うむ、そうだな。ああ、酒も頼む。蒸留酒を」

「そんな体調で何を飲もうとしているのですか、お父様！　ワインにしてください、すぐに用意させますから！」

再び聖王をたしなめつつ、王女はすぐに親衛隊の隊員を使いに走らせた。

そんな微笑《ほほえ》ましい様子を見ながら、俺は王女にある提案をする。

「王女様、あの畳の部屋を使いましょう」

畳の部屋とは、王女も使った闇の和室の事である。闇のギフトであり、疲労回復を促進する効果があるので、休むのならばあそこが一番良い。

「お願いできますか？」

「もちろんです。コスモス、一人で支えられるか？」

「ハッハッハッ、任せてくれたまえ！」

「待て、ここは城の前なのだろう？　ここまで来て城に入らずに退《ひ》く訳には……」

「お父様、大丈夫ですよ」

王としての立場からか、ここから動く訳にはいかないと言う聖王。

だが、安心してほしい。これから案内するのは『無限《アンリミテッド》バスルーム』なのだから。

「では陛下、こちらへ……」

そう言って俺は、テントの中で扉を開いた。

「ここが……そなたのギフトか。報告では、これほど大規模ではなかったはずだが……」

コスモスに肩を借りながら『無限バスルーム』の中に足を踏み入れた聖王は、目の前の大きな建物を見上げてそう呟いた。

報告というのは旅立つ前、まだ小さなバスルームしか出せなかった頃のものだろう。

「旅の間に、他の女神様の祝福も授かって成長しました」

「では、これは？」

次に聖王が目を留めたのはソトバの剣。いざという時にすぐに持ち出せるよう、入り口脇に立てている。

「初代聖王が魔王を封印する際に使用したものを、剣にしました」

「ほう、これが……」

実際は間違えて魔王だけでなく闇の女神も封印。その結果、『空白地帯』が生まれた。

その事は聖王も知っているかもしれないが、わざわざ今彼の胃にダメージを与える必要は無いので伏せておくとしよう。

「コスモス、陛下を和室へ」

「オーケイ！　フランチェリスを休ませた部屋だね！」

良い事を言ってくれた。王女も使った部屋と聞けば、聖王も安心して休めるだろう。

コスモスに支えられながら中に入っていく聖王。その背中が小さく見える。

目が覚めると、いつの間にか城外に拉致されていた。ずっと昏睡《こんすい》状態だった聖王の認識はそんなところだろうか。

それ以前の記憶はどうなのだろう？　彼は、自分の息子に毒を盛られた事を理解しているのだろうか？　それとも気付いているからこそ、あんな様子なのだろうか？

そんな事を考えていると、春乃さんが近付いてきた。

「見た感じ、私達については半信半疑みたいですね」

「やっぱりそうか。この状況だとなぁ……」

その分析には同意する。今の状況は王女がいてこそだろう。王女がいなければ、俺達は誘拐犯扱いだったかもしれない。

「あなた達は『女神の勇者』だからねぇ」

「その辺りの枠組みは、あまり気にしていないんだがなぁ……」

「そうもいかないわよ、当の聖王としては」

クレナも隣に来て、そう呟いた。確かに、そうかもしれない。

聖王はこの後、食事と湯浴《ゆあ》みをして身嗜《みだしな》みを整えるだろう。あまり時間は無いが、それぐらいしなければ人前には出られない。

その間に、こちらに敵対の意志は無いと分かってもらえれば良いのだが……。

「あ、ロニかメムが飲み物を運んで大丈夫かな？」

「今は止めておいた方が良いかと。お父様が二人を知らないという意味で、ですが」

そう答えたのはフランチェリス王女。なるほど、亜人だからという理由ではなく、か。

かく言う彼女は、聖王について行かずこちらに残っていた。これからの事の打ち合わせをするためだろう。

「あの、ここは私が」

自ら手を挙げてくれたので、飲み物を運ぶのはフォーリィに任せる事になった。彼女は旅立ち前から、例の「予言」の関係で聖王とは顔見知りである。

「それで、何を持っていきましょうか？」

「一通り持って行って選んでもらいたいところですが……」

王女はチラリとこちらを見てきた。

「構いませんよ。好きなのを選んでもらってください。今はお酒はありませんけど」

「好都合です」

そう言って王女は笑った。

なお、この後聖王は、美しい琥珀《こはく》色と爽やかな味わいが素晴らしいとリンゴジュースを絶賛する事になる。

魔王も気に入っていたと知ればどんな顔をするか、気になるところだ。

それはともかく、コスモスだけに任せておくのも不安なので、飲み物について決まったところでフォーリィには早速行ってもらおう。

そしてこちらは料理の準備である。メニューについては王女も交えて話し合い、おかゆにする事に決まった。病み上がりである事を考えると、妥当なところだろう。

「オカユというのは、ゴハンとは違うのですか？」

「もっと柔らかく煮て消化しやすく……身体が弱っていても食べやすくした感じですね」

「なるほど。麦を使ったものなら、似たような料理がありますね」

ポリッジみたいなものだろうか。ともかく大丈夫と判断されたようだ。

お米は聖王にとって未知の物だろうが、それは飲み物も同じ事なので、その辺りの説明は王女に任せてしまう事にしよう。

なお、おかゆは王女が自ら運ぶそうだ。王女がそんな事をしていいのかとも思ったが、父親の看病なので問題は無いとのこと。

ちなみに料理をするのは俺だ。久しぶりに作るが、おかゆは作り慣れている。

調理は一人で大丈夫だ。あまり時間は無いが潜入組だった春乃さん達には休んでいてもらおう。俺はラクティを呼び、王女を連れてキッチンに移動する。

「それじゃお姉さまの石臼でお米を……えっ、タマゴも使うんですか？」

「ああ、俺の得意メニューだ」

ところが、いざおかゆを作っていると、雪菜《ゆきな》がふわふわとキッチンに入ってきていた。

そのまま近付いてきて、背中に抱き着いてくる。

「この匂い……お兄ちゃんのたまごがゆ～……」

匂いに釣られたのか。好きだったもんな、このちょっと濃いめの味付けのおかゆ。

「もう少し待っててくれ。たくさん作ってるから、雪菜の分もあるぞ」

聖王がどれだけ食べるか分からないため、おかゆは結構多めに作っている。聖王がおかわりする事を考えても、雪菜の分は十分にあるだろう。

すると雪菜はえへへ～と嬉《うれ》しそうな声を漏らしながら頬を擦り付けてきた。

「あらあら、良いお兄さんですね」

「……あ、すいません」

「……お気になさらずに」

そう言う彼女の表情は優れない。王女の兄はアレだからな。

安全な料理であると証明するために調理するところを見てもらっていたが、辛《つら》いものを見せてしまったかもしれない。

「むしろ、これで確信しましたわ。やはり、あの兄は……フ、フフフ……」

いきなり笑い出した。案外平気なのかもしれない。

雪菜は先程とは違い、おびえるようにひしっと抱き着いてきた。ラクティも同じように腰にしがみ付いてくる。

「あ、あの、俺達兄妹《きょうだい》は、あまり参考にならないと思いますよ？」

一応そう忠告はしておいたが、聞いてくれたかどうかは定かではない。

その後は何事もなくおかゆは完成。王女もハッと我に返り、聖王の下へと急いだ。後は聖王の準備が整うまで向こうに任せておけばいい。

俺達《たち》も城に潜入して帰ってきたところなので、少し休んでおこう。

聖王がおかわりをする可能性もあるので、雪菜と、欲しそうにしていたラクティの分だけをお椀《わん》に入れて食べさせる。

俺は食べないのかと聞かれたが、二人の嬉しそうな顔だけでお腹《なか》いっぱいだ。

しばらく眺めていると、二人が食べ終わる頃に空の器を持った王女が戻ってきた。

「聞いてくださいっ!!」

かなり興奮した様子で。

「どうかしたんですか？」

「どうもこうもありません！　オカユを持って行ったら、お父様ったら……！」

「お、落ち着いてくださ〜い」

ラクティが宥《なだ》めながら、なんとか話を聞き出していく。

「お父様ったら、コスモスと私の小さい頃の話で盛り上がってましたのよ!?」

なんと、王女がおかゆを持って行くと、既に二人が意気投合をして、リンゴジュースが入ったグラスを手に盛り上がっていたらしい。

「しかも、よりによってあの事まで喋《しゃべ》るなんて……!!」

わなわなと震える王女。何を話したんだ、聖王。そして何を聞いたんだ、コスモス。

ちなみにフォーリィは呆然《ぼうぜん》としつつも、リンゴジュースをお酌していたそうだ。どんな話かは知らないが、彼女がその事を覚えているかどうかは定かではない。

それにしてもコスモス、なんというコミュ力。

でも王女にしてみれば、自分が子供の頃の話で盛り上がられるのって居たたまれないよな。共通の話題がそれしか無かったにしても。

「それで、えっと、おかわりですか？」

「結構です！　お父様は大浴場に行きましたわ！　コスモスと肩を組みながら！」

話題を変えようとしたが失敗した。ホントに何やってるの、コスモス。

というか聖王……。いや、お風呂まで連れて行く訳にはいかないのは分かるけど。

興奮冷めやらぬ王女は、ラクティに泣きつき、愚痴をまくし立てた。コスモスが誘拐されてから今日まで、なんだかんだでストレスが溜《た》まっていたのかもしれない。

光の女神信仰の総本山であるユピテルの王女が、闇の女神に泣きつく構図になっているが、今はそれを忘れよう。

それよりも慈愛に満ちた顔で王女を慰めるラクティの姿は、いつもより「お姉ちゃん」をしているような気がした。

もっとも本人にそれを言うと、またえへんと胸を張っていつもの彼女に戻ってしまいそうだ。ここは黙って見守っていた方がいいだろう。

しばらくすると愚痴って気が晴れたのか、王女はスッキリした顔で復活。

聖王がお風呂から上がってきたようなので、俺は王女と一緒に事情を説明しに行く。といっても主に話すのは王女だ。聖王にとっては、同じ内容でも彼女が話した方が信じられるだろうからな。

向かう先は二の丸大浴場のロビー。

「あ～～～～……」

「あ～～～～～……」

ロビーに入ってみると、並んだマッサージチェアに身を沈めて野太い声を上げる聖王とコスモスの姿があった。それを見た王女がピシっと固まった、ような気がした。

「すー……はー……お父様、よろしいでしょうか？」

王女が大きく深呼吸をしてから、聖王に声を掛けた。心無しか強い口調だ。

「む、なんだ……？」

マッサージされながらだったので、その声は振動で震えていた。王女から感じる圧が、少し増したような気がする。

それでも王女は、聖王の前に立って現在の状況を説明。俺はその斜め後ろに控える。

説明が始まると、聖王もマッサージチェアを止めて真剣な表情になった。

王子に毒を盛られていたと聞いた時は、聖王も流石《さすが》にショックを受けたようだ。

力無く顔を伏せる聖王を、元気付けるのはコスモス。本当に仲良くなったな。

それはともかく、聖王は状況を理解してくれたようだ。

だがここで、彼は怪訝《けげん》そうな顔をしてこちらを見てくる。

「事情は分かったが、どうして『女神の勇者』と一緒に……？」

「ハッキリ答えますが、その分類はあくまでそちらの都合ですからね。正直我々には競い合う理由も、争い合う理由もありませんから」

「リツとは敵対しているようだが？」

「向こうが理由を作ってきた場合は別です」

「なるほど」

「ここには春乃《はるの》さんもいますし、神南《かんなみ》さんはアキレス将軍と町の方に行っていますから、五人中四人がこちらに揃《そろ》っていますよ」

「……これは、フランチェリスを褒めるべきかな」

「お父様、その話は後程……」

流石に恥ずかしかったのか、真っ赤な顔をした王女が止めに入ってきた。

確かに、まだ神託の件や魔王については話していない。その辺りは城に入ってからだ。

「この服は、このまま人前に出ても良い物なのかな？」

マッサージチェアから立ち上がった聖王が、浴衣を指差してそう尋ねてきた。

「故郷では、縁日等にそれを着て出歩いたりしますが、公的な場で使える訳では……」

「異界の服ならば、公的な場でも着ても良いという事にもできるぞ？」

そんな簡単な話なのか。いや、葉っぱ一枚がフォーマルウェア扱いになっているのだ。それと比べれば大した事ないのかもしれないが。

「もしかして、気に入ったんですか？　俺としては、そんな堅苦しい服にはなってほしくないのですが……」

「ム、それもそうか。確かにそうだな」

「それはそのまま……。それと後程何着か献上させていただきます」

「これと同じ柄で頼む」

かく言う聖王は、しっかり光の女神のシンボル柄の浴衣を選んでいた。せっかくなので十着ぐらい贈っておこう。六女神の神殿の件では味方になってもらいたいからな。

結局、聖王の服については王女が既に手配していたようだ。親衛隊にフィークス・ブランドまで買いに行かせていたらしい。

普段のものと比べると何段か落ちるが、それでも最低限恥ずかしくないレベルだという装束一式が届けられたので、俺達は一旦退室する。

食事に入浴と、聖王も十分かは分からないが休めたようだ。彼の準備が整えば、こちらも動く事になる。春乃さん達にも知らせ、準備を整えて待つとしよう。

王子側の抵抗も予想されるため、こちらは当然完全武装である。

魔法の鎧《よろい》『魔力喰《ぐ》い』に身を包んでいると……王女の親衛隊員達から遠巻きにされてしまっている気がする。見た目が怖いから仕方がない。

春乃さんとクレナが、ぴったり両隣に寄り添ってくれているからいいのだ。

武器は魔法の斧《おの》『三日月《クレセントムーン》』といきたいところだったが、流石に人間相手には強過ぎるという事で『星切』である。魔王の後継者の証《あかし》みたいな刀である事は秘密だ。

無駄な犠牲者を出さないよう、いざという時は峰打ちで攻撃しよう。

一方聖王の方も正装に着替え、威厳のある姿となっていた。

聖王、王女、コスモスの三人を先頭に、門の前に整列する王女親衛隊。神南さん達が兵を連れて戻ってきたので、俺達と彼等《かれら》がその左右に並ぶ形だ。

更にその周りには町の人達。遠巻きに見ている分には構わないから、それ以上は近付かないでくれよ。向こうの動き次第で危なくなるから。

そして門の方では、守備兵達が何やらひそひそと囁《ささや》き合っている。おそらく聖王の姿がこちらにある事に気付いたのだろう。

「そういえば守備兵、増やすかと思ったが……変わってない、よな？」

「はい、ずっと見ておりましたが、兵の数に変化はありません」

ルリトラがハッキリと断言した。こちらが聖王を休ませている間、あちらは何も手を打たなかったというのか。

いや、単に外に見える形で迎撃態勢を取るのを避けているのかもしれない。町の人から見れば、王女に剣を向けようとしているようにしか見えないからな。

　となると、外から見えないだけで、門の向こうで待ち構えている可能性も考えられる。油断は禁物だ。皆にもそう伝えておこう。

　そんな中、リコットが一人門に近付き、手にした槍《やり》を高々と掲げた。

「聖王陛下の帰還である！　開門！」

　その言葉にざわめきだす守備兵達。彼等は王子の命令で門を閉じているのだろうが、王子と聖王の命令では、明らかに後者の方が重いのだ。

　だが、今玉座に座っているのは王子。そして彼等は、聖王が病床に臥《ふ》せていると聞かされているのだろう。

　それにしても動きが無いな。開門するにしても、何かしらの反撃に出るにしても、そろそろ動いても良さそうなものだが。責任者が門にいなかったのだろうか。

「今ここにいる聖王陛下が、本物だと確信が持てないのかもしれませんね」

「それについては……トウヤのせいね」

　春乃さんとクレナが、そう言ってきた。

　ああ、そうか。騒ぎを起こさないどころか、全く見つからずに聖王を連れ出したから、まだ向こうが気付いていなかった可能性があるのか。

　もしかしたら、今城内では慌てて聖王の所在を確認しているのかもしれない。

　それは確かに俺のせいだ。すまない。心の中で謝っておく。

「まぁ、降伏する気が無ければ門は開かないわよ」

そう言ってクレナは城を見上げていた。

彼女の言う通りだろう。聖王がこちらについた以上、彼にはもう後が無い。

そう、これは門を開けさせるためにやっているのではない。それを断らせて、王子を明確に、聖王に反逆させるためのものなのだ。


それから待たされる事しばし、こちらで動いたのは隣のクレナだった。

「凪よッ!!」

『吉光』を抜き放った精霊魔法が、リコットを狙っていた矢を弾《はじ》き飛ばした。

撃ったのは門の上の櫓《やぐら》にいた兵だ。クレナは門を見上げていたので、真っ先にその動きに気付いたのだろう。

いきなり矢で攻撃してくるのも、想定されていた内のひとつ。抜かりは無い。

決まりだ。王子は明確に聖王に敵対した。俺は走り出し、リコットの前に出て盾を構えた。その直後、櫓の兵達が次々に矢を放ってくる。

「大丈夫か!?」

「あ……はい！」

リコットは槍を構えたまま呆気《あっけ》に取られていた。初撃への対処は、魔法で防ぐか彼女が槍で払うかの二つ。彼女自身、自力で切り抜けるつもりだったのだろう。

そして追撃から守るのは、『魔力喰い』を装備した俺だ。無数の矢が降り注いでくるがダメージは一切無い。

「『無限弾丸《アンリミテッドブリット》』ォッ!!」

その間にコスモスが、二丁拳銃を生み出して櫓の射手を倒していく。

だが、向こうもやられっぱなしではない。櫓の兵は胸壁の向こう側に身を隠し、同時に音を立てて門が開いていく。

門の向こうは大勢の兵。やはり兵を用意していたか。

コスモスは櫓に向かって『無限弾丸』を乱射。リコットは王女と合流し、その場で聖王を守っている。

代わりに前に立つのは、トラノオ族の戦士達《たち》と、神南さんが連れてきた兵達だ。

「うおりゃあぁぁぁッ!!」

トラノオ族の方が先に来ると思っていたが、それよりも先に「紅《あか》い」砲弾が轟音《ごうおん》と共に門に突っ込んだ。神南さんのショルダータックルだ。

それだけで数人を軽く吹き飛ばした彼は、両肩から紅い光を陽炎《かげろう》のように立ち昇らせ、ドドドドと重低音を響かせている。

怯《ひる》む守備兵。だが、その隙を見逃してくれるほど甘い人じゃないぞ、神南さんは。

「せいやァッ!!」

紅い弧を描く回し蹴りが、更に数人を弾き飛ばす。

弾かれるように周りの兵が一斉に襲い掛かるが、神南さんはその全てを腕で、脚で、次々に打ち倒していった。

「あれが、神南さんのギフトか……！」

訓練でも使用していなかったから初めて見た。話には聞いていたが、凄《すさ》まじい。

あれが魔将『百獣将軍』も倒した神南さんのギフト。己の力を『無限』に増幅する、ただそれだけのギフト。その名も『無限《アンリミテッド》エンジン』。

それは紅い炎のようなオーラを身に纏《まと》わせ、本当にエンジンを動かしているような音と共に、神南さんに力を与えるのだ。

ただし、その力によって受ける反動に対しては全くの無防備という、大きな欠陥も抱えているらしい。

普通に激しい運動をするだけでも筋肉痛になるというのに、ギフトによって『無限』に増幅された力を使えばどうなるのかは火を見るより明らかである。

だから神南さんは、これまでの旅で鍛え続けてきたそうだ。ギフトの反動に耐えられる肉体を得るために。

その結果魔将に勝利するまでに鍛え上げたのだから、凄まじいとしか言いようが無い。

神南さんはそのまま城内に突入。中で待ち構えていた兵達を次々に薙《な》ぎ倒している。

そこにルリトラ達が突っ込み、門は完全にこちらの制圧下となった。

そこに神南さんの兵が来て、町に被害が広がらないよう門の守りに就く。

「ハハハ！　負けないよ!!」

そこに負けじと飛び込んでいくコスモス。味方は巻き込むなよ。

「冬夜《とうや》君、私達は櫓を占拠します！」

春乃さんも、セーラさん、サンドラ、リン、ルミスを連れて城内に入って行った。

「トウヤ、私は水路の方に回るわ。誰かが脱出しようとするかもしれない」

そう言ってクレナは、ロニ、ブラムス、メムを連れて行った。

確かにこの状況では、王子が脱出しようとするかもしれない。そちらも対処しておかなければならないだろう。そちらは彼女に任せておく。

「よし、俺達も行くぞ！」

俺もプラエちゃん、リウムちゃん、雪菜《ゆきな》、ラクティ、デイジィを連れて城に入る。

俺達のやるべき事は一つ。聖王と王女を、無事に王子の下までたどり着かせるのだ。

城内は既に乱戦になっていた。神南さんとコスモスが大暴れしているが、トラノオ族も負けていない。

「ドクトラはそのまま兵を制圧していってくれ！　ルリトラは俺と一緒に！」

大声を張り上げて、彼等に指示を出す。

「おう、任せておけぃ!!」

「一部隊、連れて行きます」

ドクトラは大声で笑いながら返事と共に槍を振るい、ルリトラは四人の戦士を連れてこちらに駆け寄ってきた。

「俺達は謁見の間までのルートを確保する。行くぞ！」

「ハッ！」

「は～い！」

後に続く聖王達の安全が確保できなければ意味が無いので、一気に突撃はしない。

俺、ルリトラ、プラエちゃんが前に立って進んで行き、リウムちゃんと雪菜が魔法で援護。四人の戦士達で後衛のラクティ達を守りつつ周囲を制圧していく。

後方は親衛隊に守られた聖王が付いて来ているので心配は無い。俺達はルリトラを先頭に着実に城内を進んで行く。

「中花《なかはな》さんのギフト……全ての兵に影響を及ぼしているという訳でもなさそうだな」

向かってくる兵を『星切』の峰打ちで叩《たた》き伏せながら、そう呟《つぶや》いた。

庭の方に目を向けると、神南《かんなみ》さんが騎士らしき四人に囲まれて激戦を繰り広げている。

彼等《かれら》は明らかに他の兵とは動きが違う。おそらく中花さんのギフト『無限の愛《アンリミテッドラブ》』の影響を受けているのだろう。

四人掛かりとはいえ、魔将『百獣将軍』にも勝った神南さんと戦えている。あの騎士達相当強くなっているぞ。

だが、神南さんも負けていない。『無限エンジン』の轟音を響かせながら、一人で四人を押している。

見るとアキレスさんと『百獣将軍』も騎士達に囲まれていた。亜人だから警戒されているのか、『百獣将軍』の方は兵も合わせると数十人はいるんじゃないだろうか。

しかし、『無限の愛』の影響を受けている者達があれだけとは思えない。

あれだけなら、神南さんの方ではなく、今謁見の間に近付いている俺達の方に来るはずだ。他にもいると考えた方が良いだろう。

「……ルリトラ」

「分かっております」

皆まで言う必要は無さそうだ。慎重に扉を開け、不意打ちしようとしてた兵を返り討ちにしながら奥へと進むと、二階に続く階段を見つけた。

かつて謁見した時の記憶をたどる。ここを昇り、真《ま》っ直《す》ぐ廊下を抜ければ、謁見の間直前の控室だったはずだ。あそこは敵が待ち構えている可能性が高い。

だが、その前に……。

「『精霊召喚』……」

小声で詠唱し、光の精霊を呼び出す。

皆にこちらを見ないよう伝えた後、精霊に指で行き先を指示。五つの光球がすーっと階段を通って二階に向かっていく。

そして俺が後ろに振り向いた瞬間、全ての光球が同時に強烈な光を放った。

「ぐあっ!?」

「目が！　目があぁぁぁ!!」

「よし、突入だ！」

悲鳴が聞こえてきたと同時に先陣を駆け上がる。転げ落ちてきた兵を弾き飛ばして二階に上がると、目を押さえて転げまわる十人程の兵がいた。やはり待ち構えていたか。

ルリトラと四人の戦士達が後に続き、瞬く間に取り押さえて制圧する。

「油断するな！」

すぐさま声を上げて警戒を促す。ルリトラ達も顔を上げて身構えると、奥の扉が開いて兵達が雪崩《なだ》れ込んで来た。案の定だ。

先程の大声、向こうにも聞こえているだろうから動くと思っていた。

飛び出してきたのは先頭に騎士らしきものが二人、兵が十数人。

騎士は全身鎧《よろい》だが、どちらも兜《かぶと》は被《かぶ》っていない。両方若い男、二十歳と少しといったところか。整った顔立ちを歪《ゆが》めてこちらに向かってくる。

兵達とは明らかに違う顔、俺達への敵意か。騎士二人が『無限の愛』の影響下と見た。

「ルリトラ！　右は任せた！」

そう言うやいなや、返事を待たずに騎士に突撃。盾で殴り掛かる。

しかし、騎士は素早い動きでそれを避け、ガラ空きの脇腹を斬り付けてきた。だが、効かない。その攻撃は『魔力喰《ぐ》い』で無効化だ。

ルリトラももう一人に斬り掛かっていた。空いた隙間に兵士達が雪崩れ込むが、そこは四人の戦士にプラエちゃんが加わって押さえてくれている。

大丈夫だ。あちらは任せておけばいい。こちらは、こちらに集中する。

騎士は金属鎧相手でも斬れる自信があるのか、更に連撃を繰り出してくる。その剣は速く、俺の腕ではまともに切り結ぶ事もできない。

元々の腕……ならば、旅立ち前の神南さんにも勝っていそうだ。そういう人がいたとは聞いていないし、やはり『無限の愛』による教導の効果か。

だが、負けはしない。いかに鋭い攻撃を繰り出そうとも『魔力喰い』の前には無力だ。技で勝てないのならば力尽くだ。盾を投げつけ、相手がそれを弾いた隙を突いて前進。

相手はすぐさま攻撃を再開するが、それを無視して更に距離を詰める。

相手は気絶を狙っているのか執拗《しつよう》に頭を攻撃してくるが、無駄だ。こちらはＭＰ《マジックパワー》が続く限り、中に衝撃も伝わらない。音は煩《うるさ》いが。

そのまま押し切り、相手の左腕を捕まえると、そのまま壁に押し付ける。

「この反逆者が……！」

腹に蹴りを入れて来たが、それも無駄だ。こちらは揺らぎもしない。そのまま壁に手を当てて大地の『精霊召喚』を発動、騎士の左腕を変形させた壁で問答無用に拘束する。

「なっ……!?　こ、これは……!?」

空いている手を壁に当て、大地の『精霊召喚』を発動。騎士が態勢を立て直さない内に捕まえた左腕を変形させた壁でガチガチに拘束する。

流石《さすが》に予想外だったであろう現象に相手も目を白黒させている。その隙に両足も拘束。残った剣を持った右腕も拘束し、最後に剣を落とさせた。

いかに剣技を磨こうとも、石による枷《かせ》を抜ける事はできないだろう。壁が一部壊れてしまったが、そこは勘弁してもらいたい。


ルリトラ達の方を見ると、既に他の騎士、兵士達を片付けていた。

若い戦士の内、二人が腕と肩から派手に出血していた。他の小さな傷はともかく、それだけは治しておいた方が良さそうだ。すぐに『癒しの光』で治療を開始する。

クレナの火傷《やけど》を治療した頃と比べれば、見違えるような速さで癒えていく傷。よし、完全に傷は塞がった。他もひとまず大丈夫そうだな。

階下の聖王達に大丈夫だと声を掛け、俺達は先に進むとしよう。


「冬夜君！」

控室の手前、左右に分かれ道があるところで春乃《はるの》さん達が合流した。櫓《やぐら》の方に『無限の愛』の影響を受けたような者はいなかったらしく、すぐに制圧できたそうだ。

「城全体に配置できる程多くは無いのか」

「主力は、中花さんと一緒にいる軍の中にいるんでしょうね」

数少ない『無限の愛』を受けた騎士を、謁見の間の守りと、神南さんの対処に割いたといったところか。的確な判断だと思う。

謁見の間の扉の前には兵が四人残っていたが、そちらは既に戦意を失っていたようで、ルリトラがグレイブを突き付けると、我先にと武器を捨てて投降してきた。

ナイフぐらいは隠し持っているかもと警戒していたが、そういう事も無かった。先程の騎士と同じように壁に……とも思ったが、余裕があったのでロープで縛っておく。

そうこうしている内に聖王達《たち》も追いついてきた。後を追ってきた兵達に何度か襲撃されたそうだが、王女親衛隊のおかげで大した被害は出ていないようだ。

いや、一人だけ腕に巻いた布が真っ赤に染まっている子がいる。

「そっちの子は、治療していないのか？」

「その、神官魔法が使える子はコスモス様の方に……」

「ああ、そういう事か。見せてみろ」

血に染まった布を取り、『癒しの光』で治療する。

他に大きな怪我《けが》をしている者はいないかと確認したところ、三人ほどいたのでそちらもセーラさんと手分けをしてすぐに治療しておいた。

この間、ルリトラ達に警戒させておいたが、謁見の間からの動きは無い。

「……逃げたか？」

「いえ、気配はあります」

中で待ち構えている、か。治療は数分も掛からずに済んだが、中ではいつ入ってくるかと焦《じ》れているかもしれない。

もう少し焦らしたい気がしないでもないが、ここで聖王と王子が決着を付ければ城内で起きている戦闘も終わるはず。ここはすぐに踏み込もう。

「まずは自分が」

扉は両開きだ。いきなり両方を開け放とうとはせず、右側だけ開けて中に入る。

同時に聞こえてくる弓弦の鳴る音。俺は咄嗟《とっさ》に盾を持った左腕で顔をガードすると、直後に無数の矢が俺に降り注いだ。

やはりか。待ち構えているという事は、それぐらい用意していると思っていた。

盾の陰から見ると、四人の弓兵が次の矢を番《つが》えようとしていた。

「『精霊召喚』！……今だ、ルリトラ！」

すかさず風の『精霊召喚』。中の者達が急な突風に顔を庇《かば》ったタイミングを逃さずルリトラ達を突入させる。

弓兵達が改めて矢を射ようとするが、遅い。左側の扉を蹴破り突入したルリトラがグレイブを一閃《いっせん》すると、四人をまとめて弾《はじ》き飛ばし、壁に、柱に激突させた。

四人の戦士がすぐにルリトラの周りを固め、俺は春乃さんとセーラさん達を連れて中に入っていく。

改めて謁見の間の中を確認すると、正面の弓兵だけでなく入ってすぐの左右に四人ずつの騎士が控えていた。なるほど、矢の後に挟み撃ちする手はずだったのか。

だが、ルリトラの突入に反応できず、俺の方もすぐにサンドラ達が周りを固めたため、攻撃するタイミングを摑《つか》めないようだ。

「リコット、左右に騎士が四人ずつ。左側を頼む」

「承知した！」

するとリコットは三人の親衛隊員を連れて入ってきたので、俺達は右側の騎士達に意識を向ける。

そして、俺達とリコット達の間を通り、堂々と入室するのは聖王その人。傍らに王女を控えさせ、周りは親衛隊員達が固めている。

それに対するは奥の玉座に座る王子と、その周りを固める三人の側近であろう騎士達。王子は苛立《いらだ》たしげに立ち上がり、聖王を見下ろした。騎士達が剣を抜き、それを見た王女が親衛隊員に身構えさせる。

しかし当の聖王は微動だにせず、ただ真っ直ぐに王子を見据えているようだった。

聖王と王子、因縁の親子がここに顔を合わせたのである。

「この……愚か者が！　何故《なぜ》、このような事を……！」

口火を切ったのは聖王。その声は怒気を帯びており、握りこぶしを震わせている。

中花さんのギフトについて王女が説明したはずだが、それでも納得できないのだろう。無理も無い。王子は元々聖王家の後継者の立場、何もしなくてもあの玉座が手に入っていたはずなのだから。もしかしたら、今回の件で台無しになるかもしれないが。

対する王子はまったく動じていない。それどころか聖王を鼻で笑い、「分かってないなこいつ」とでも言いたげに大袈裟《おおげさ》な仕草で肩をすくめて首を横に振る。

「何をおっしゃいますか、父上。勇者の手助けをする。これは彼女達を召喚した我々の役目、いえ義務でしょう」

聖王家に召喚した責任があるというのは正論のように聞こえなくもないが、コスモスを誘拐しておいてその言い分は通らないぞ。

聖王もすぐさまそれを指摘したが、王子はのらりくらりとかわすばかり。

「我等《われら》も！　勇者達も！　リツの下に集わねばならぬのです！　さすればユピテルがこのオリュンポス連合を統べる事も……！」

興奮気味にまくし立てる王子。あれは自分が正しいと信じ切っていそうだ。

それにしてもオリュンポス連合を統べるとは、また大それた事を。

中花《なかはな》さんが野心も「教導」したのか、あるいは元々そういう野心は持っていたのか。

その辺りは分からないが、ひとつだけ分かる事がある。あれは話が通じない。

中花さんがいなければ、家族による説得も可能ではと考えていたが甘かったようだ。

「冬夜《とうや》君、まずは周りを無力化しましょう」

春乃さんも同じように判断したようで、そう提案してきた。

よし、切り替えよう。聖王と王子が売り言葉に買い言葉で言い争いをしている内に、こちらはこっそり動く。

「向こうが攻撃してきたらフォローをお願いします」

それだけ言った春乃さんは剣を納め、真っ直《まっす》ぐ相対する騎士の方へと近付いていく。向こうもその動きに戸惑っているようで、剣を突き付けるが、それ以上は動かない。

彼女が騎士の目の前まで来たタイミングで、俺は『星切』を構えて一歩踏み込む。

春乃さんは囮《おとり》と思ったのか、すぐさまこちらに反応する四人の騎士達。良い反応だ。

だが悪いな、こちらが囮だ。

「えいっ！」

俺の方に意識を向けた隙を見逃さず、春乃さんは騎士の頭にチョップを叩《たた》き込んだ。

「なっ!?　いきなり何を……!?」

突然の攻撃に戸惑う騎士。周りの三人は驚きつつも春乃さんに剣を向け、俺達は助けに入るために動き出そうとする。

「えいっ！　えいっ！　えいっ！」

しかし、春乃さんの方が早かった。残りの三人にも次々にチョップを叩き込んでいく。

そして身を翻して俺の隣まで戻ってきた春乃さんは、改めて剣を抜いて構えた。

すると、最初にチョップを食らった騎士がピタリと動きを止め、キョロキョロと辺りを見回し始めた。その表情に見えるのは戸惑い……いや、困惑だろうか。

「私は一体何を……？　陛下……殿下……これは反逆……!?　バカな、一体何が!?」

状況が理解できず、混乱しているのだろう。他の三人も同じような反応をしている。

流石に分からないだろうな。今の「はるのんチョップ」で、『無限リフレクション《アンリミテッド》』を

叩き込んだ事は。

成長か、風の女神の影響か。MP《マジックパワー》を用いたもの一切を「反射」だけではなく「消失」できるようにもなっている『無限リフレクション』。

つまり春乃さんは、中花さんのギフトの効果も同じように消す事ができる。

しかし、あれではどこまで自分の行動を覚えているかも判断できないな。

おそらくやった事は覚えていても、肝心要の「中花さんへの愛」が消えているはず。

自分達の行動は覚えていても、その動機となる部分が消えた。どうして自分がこんな事をしたのか理解できないといったところか……想像してみると怖いな。

だが、春乃さんがすぐさま戻って来た理由も理解できた。

騎士達は、聖王に反逆してしまった事は覚えている。そして動機は思い出せなくても、反逆してしまった者達の末路を想像する事はできる。

つまり「もはやこれまで！」と自棄《やけ》になる可能性があるという事だ。だから春乃さんは油断せずに、こちらに戻ってきたのだろう。

ここで一手、騎士達を懐柔するものが欲しいところだが……。

チラリと聖王の方に視線を向けると、その隣にいたフランチェリス王女と目が合った。

彼女はコクリと頷《うなず》くと、皆に聞こえるよう父と兄に負けない声で宣言する。

「皆の者！　貴方《あなた》達がリツによって操られていた事は分かっています！　今ならまだ間に合います！　降伏すれば罪には問いません!!」

謁見の間に響き渡る朗々とした声。皆の注目が王女に集まり、聖王と王子も思わず言い争いを止《や》める。しばしの静寂が、場を支配した。

流石《さすが》王女、分かっている。それだ、その降伏後の保証が欲しかった。

案の定俺達と相対していた騎士達は、その言葉を聞いて安堵《あんど》した様子で構えを解いた。

直後、ガシャンとけたたましい金属音が静寂を切り裂く。

視線をそちらに向けると、呆気《あっけ》に取られるリコット達の向こう側に、手刀を構えた春乃《はるの》さんと、頭を押さえてうずくまる騎士四人の姿があった。

皆の注目が王女に集まった隙を逃さず、リコット達が相対していた騎士達にもはるのんチョップを食らわせたようだ。流石春乃さん、見事な手際である。


これでリコット側の四人も降伏。これで入り口左右の敵は無力化した。

彼等がいた場所を押さえれば、謁見の間の入り口側三分の一程を押さえた事になる。広さよりも、少し前に出る形になっていた聖王達の左右を守れるのがありがたい。

聖王と王子の言い争いは、既に再開している。王子が不意打ちとは卑怯《ひきょう》なと責めれば、聖王が彼等は反逆に与《くみ》しないという正しい選択をしたのだと返す。

さて、誘拐と不意打ちはどちらが卑怯なのか。尋ねてみたい気もするが、親子喧嘩《げんか》に首を突っ込んでもろくな事が無さそうなので我慢である。

これで王子の周りの者達が雪崩を打って降伏してくれれば楽なのだが、そう甘くはない。

しかし、騎士達《たち》が揺るがないのは分かるが、周りの兵達も動じていないというのはどういう事だ。『無限の愛《アンリミテッドラブ》』の教導を受けたのは一部の騎士達だけではなかったのか。

王女が聖王に何やら耳打ちしている。彼女も気付いたか、騎士だけでなく兵に至るまで『無限の愛』の影響下にある可能性を。

ここに来るまでの戦い、飛び抜けて強いのは騎士だけだったから俺とルリトラだけで対応するという手が使えたが、敵全員があのレベルとなると今の戦況が逆転しかねないぞ。

おそらくトラノオ族の戦士達や、王女の親衛隊では太刀打ちできない。サンドラ達でも厳しいかもしれない。

言い争いが続いているから皆その行方を見守っているが、今の王子がそれで折れるという事は無いだろう。このまま延々と続くか、聖王が根負けするかのどちらかだ。

状況的に根負けできないだろうが、今日まで薬で眠らされていた聖王には体力的な問題がある。彼がもつ内に、なんとかしなければならない。

前方をルリトラに任せて一歩下がり、チョップで正気に戻った騎士達に声を掛ける。

「自分達が正気じゃなかったのは理解できたか？」

「……それは、まぁ」

よし、混乱はしているのだろうが、考える事はできている。これなら話が聞ける。

「確認するが……中花さんのギフトの影響を受けているのは、ここにいる全員だな？　騎士だけでなく兵に至るまで」

「ああ、ここにいるのはリツ……様？　に選ばれた精鋭達だ」

多分影響下にあった時は、何の疑問も持たずに様付けで呼んでいたのだろうな。それが前提となる感情が無くなった事で、戸惑いを覚えているのだろう。

それはともかく兵まで『無限の愛』の影響下、これで確定だ。

「身をもって知ったと思うが、こちらには他の者達を正気に戻す術《すべ》がある」

「チョップか」

「チョップだ」

なお、『無限の愛』を解除するだけならば、触れるだけでもいいはずだが、それについては触れないでおこう。

騎士達が兜《かぶと》を被《かぶ》っていれば、春乃さんも別の方法を使っていたと思う。多分。

しかし、これまでの事から考えるに、兜で隠れてしまう部分、顔こそが中花さんの判断基準だった可能性が高い。

騎士達が揃《そろ》って兜を使っていないのも、中花さんが止めていたからとも考えられるな。

つまりはるのんチョップは使われるべくして使われた、すなわち運命だったのだ。

……うん、落ち着こう。

今の状況は、あまり良いとはいえない。極力敵味方双方の被害を抑えて勝つという条件を付けての話ではあるが。

　左右の八人は不意を突けたが、それで完全に相手を警戒させてしまった。残った敵は聖王と王子の言い争いだけでなく、こちらにも注意を払っている。

　このまま相手を無力化しようとすれば、真正面からのぶつかり合いになるだろう。ハッキリと言ってしまうが、そうなるとこちらは手加減ができない。

　騎士だけでなく兵もあのレベルに準ずるとすれば、手加減をすればこちらに被害が出るばかりだ。そうなるぐらいならば、俺はやる。

　だが、それは一種の諦めだ。その判断を下すのは、ギリギリまで知恵を振り絞ってからでも遅くはない。考えろ、考えるんだ。被害を出さずに無力化する方法を。

　聖王も疲れ切った様子だ。これは説得できないと思い知り、徒労感がドッと襲い掛かったのかもしれない。王女に支えられ、立つのもやっとの様子だ。

　二人の言い争いが終わる時が、今の膠着《こうちゃく》状態が終わる時だ。それまでに何か手を考えなければならない。

「手を貸してほしい。双方の被害を減らすためには、あなた達の協力が必要だ」

「……被害を減らすためならば」

　話を聞いていた騎士だけでなく、残り七人も協力してくれる事になった。

「正気に戻ると……それまでの言動が、言動が……忌むべき恥として襲い掛かってくるのです……！　ああっ……‼」

「殿下は、今もそれを次々と……!!」

なるほど、そういう意味でも止めたいのか。そっちは考えていなかった。

だが、彼等《かれら》にもそういう目的があるとなれば、ひとまずは信じてもいいだろう。

こちらが増やせる札は、これぐらいだ。後はこの手札でどう勝負をするか。知恵を絞って考えるとしよう。


謁見の間の入り口側三分の一ほどがこちら側、残りが王子側という勢力図。

あちらは正面の弓兵達が玉座の前を固め、左右に剣を構えた騎士達が五人ずつ。

そして玉座には王子、その周囲を一際豪華な鎧《よろい》を身に纏《まと》った側近であろう三人が固めている。全員が中花《なかはな》さんのギフトの影響下にある。

この謁見の間の横幅は、武器を振り回せる間隔で二十人も並べば一杯になるだろう。大広間としても十分な広さだが、大勢で戦うにはやはり狭い。

ここで両者がぶつかり合えば、弓兵はすぐに無力化できるかもしれないが、その後の乱戦は避けられないだろう。

まだ過ちを繰り返す仲間を、できるだけ傷付けずに止めたい者達。

対するはそれを正しいと信じ込み、止めようとしてくるのは全て敵という者達。

両者が戦えば少なくない被害が出るだろう。言うまでもなくこちら側に。

やはり真正面から戦っては駄目だ。何か手を打たなければ。

「……デイジィ、伝言を頼む」

頬に身を寄せてきた彼女だけに聞こえるよう、小声で作戦を伝える。

「よし、任せろ」

王子側にバレないように準備をしていく。俺の『魔力喰《ぐ》い』は目立って大っぴらに動けないため、デイジィに飛び回ってもらおう。

最初に伝言を伝えたのはルリトラとトラノオ族の戦士達、それにプラエちゃんだ。その次に八人の騎士達。

作戦を聞いた彼等には、相対する騎士達を牽制《けんせい》するようにジリジリと動きつつ、俺を隠すポジションに移動してもらう。

「お前達、正気に戻れ！」

ここで突然、八人の騎士の内の一人が声を張り上げた。王子ではなく、その周りを説得しようとしているようだ。それに触発されるように他の七人も口々に声を上げ始める。

向こう側は自分達が正しいと信じ切っているので当然耳を貸さない。逆にお前達こそ正気を失っていると言い返している。

そうか、こちらが準備しているのを目立たないようにしてくれているのか。作戦の中には入れていなかったが、ありがたい一手だ。

王子も、聖王そっちのけで八人の騎士達に矛先を向け始めている。聖王も流石に疲弊していたようで、王女に支えられていた。

そんな騒ぎの中、雪菜《ゆきな》、ラクティ、そしてリウムちゃんが近付いてきた。

作戦は既に伝わっているはずなので、黙って背後に『無限《アンリミテッド》バスルーム』の扉を開く。

現れた扉は、俺がギリギリ入れるサイズ。ルリトラとプラエちゃんの大きな身体《からだ》で隠れて向こうからは見えないだろう。

三人に中で準備をしてもらっている間に、春乃さんも腰を屈《かが》めて隠れながら近付いて来た。デイジィも一緒だ。

「デイジィから聞いたと思うけど……大丈夫か？」

そう尋ねると、春乃さんは緊張気味の面持ちでコクリと頷いた。

不安になるのも分かるが、無茶という程でもないので頑張ってほしい。

そうしている内にデイジィが飛んできて「準備ができた」と耳元で囁《ささや》いてきた。思っていたより早い。三人で手分けして急いでくれたようだ。

「春乃さん」

「……はい、やっちゃってください！」

春乃さんも覚悟を決めてくれた。そのまま俺とルリトラの間に入る。

そして雪菜とリウムちゃんが二人がかりで「それ」を持ち出してきた。かつてユピテルで買ったホースである。

扉の側《そば》にある水飲み場につながっていて、そちらにはラクティがいる。

それは以前のままではない。二人が持つホースの先端にはリウムちゃんとシャコバ達が協力して作ったノズルが装着されている。

更にノズルにはシャンプーボトルが装着されている。ここまでくればもうお分かりだろう。これは石鹸水《せっけんすい》を放射するためのノズルなのだ。しかも泡立てた状態で。

詳しくは知らないが、シャコバ達だけでは水とシャンプーを混ぜるまでしかできず、リウムちゃんの水晶術で泡立てているらしい。

そのため使用にはＭＰ《マジックパワー》が必要になるが、二人ならば問題は無い。

「作戦開始！　ラクティ！」

は～いと小さな返事が聞こえたと同時に足元から大地の『精霊召喚』を発動。

グレイブを構えていたルリトラが、春乃さんごと床を滑るように勢いよく飛び出した。

ただし、真横に。

「これでもくらえ～ぃ！」

そして元気の良い雪菜の声と共に、ルリトラがいなくなったスペースを使って大量の石鹸水が放射される。

流石にこれは予想外だったようで、騎士達は反応できずにモロに泡を被る。シャンプーボトル一本分が丸々無くなるまで大量に。

おかげで騎士達はおろか、足元も床も真っ白の層ができるぐらいに泡だらけになった。

数人が目に入ったようで、思わず武器を落として目を押さえた。痛みから声を上げる者もいる。兜を被っていないのが仇《あだ》になったな。

だが残りは泡に戸惑いながらも、対応しようとしてくる。一人の騎士が、飛び出してきたルリトラに向かって走り出した。

「どぅわっ!?」

そして盛大にすっ転んだ。

この部屋、絨毯《じゅうたん》が無いところは大理石のような光沢のあるつるつるの石の床だから、泡だらけにすれば当然滑る。

他の者達も状況を理解したようで、動く事ができない。

その間にルリトラ達は壁際に到達する。

「何をするつもりかわからんが、やらせん!」

歩けないならばと、一人の騎士が剣を投げた。

だが、遅い。次の瞬間、床を滑っていたルリトラ達は浮上し、その足元を通り抜けた剣は壁にぶつかって甲高い音を立てて床に落ちる。

咄嗟《とっさ》の事で分からなかっただろうが、ルリトラ達の足元には壁から生えた足場がある。

最初に床を滑らせたのも合わせて『精霊召喚』による即席エレベーターの応用だ。

床上二ストゥートほどに上昇した即席エレベーターは、そのまま壁沿いに、謁見の間の奥へと猛スピードで突進する。

更に三人の騎士が剣を投げて追撃してきたが、一本は外れ、二本はルリトラが防いだ。

「ならば術者を！」

「させないよ～！」

俺を狙って投げてきた者もいたが、こちらはプラエちゃんが叩《たた》き落としてくれた。

「な、何をしている！　奴《やつ》を近付けさせるな!!」

王子もこちらの動きに気付き、迎撃させようとしてきた。

だが、それも遅い。リウムちゃんは既に新しいシャンプーボトルに取り換えた。

王子の命令で弓兵、それに泡を浴びていない左側の騎士達《たち》も動き出そうとするが、機先を制する形で雪菜達が泡を浴びせる。

特に弓を構えていた弓兵達は泡を防ぐ術《すべ》が無かったようで、全員目に食らったようだ。堪《こら》え切れなかったのか、何人か的外れの方向に矢を放つ。あ、一本騎士の腕に刺さった。弓兵がルリトラの方を向こうとしていて良かった。聖王の方に飛んでいたら、シャレにならなかったぞ。

そして残りの泡は左側の騎士達に浴びせ、リウムちゃんはすかさずシャンプーボトルを三本目に取り換える。

右側に比べると泡は少ない。しかし、実際に転んでいる者を見ている事が心理的な足止めになっているのか、左側の騎士達はすぐに動く事ができなかった。

それで十分だ。ルリトラ達は、もう奥まで到達した。

「どけぇッ!!」

王子の周りを固める三人に、ルリトラが躍り掛かる。

側近を任されるだけあって、三人は見事に対応する。ルリトラでも一人倒すのは難しいかもしれない。

だが、それでもいい。三人の動きを数秒止めてくれれば。

その隙を突いて、春乃《はるの》さんがルリトラの陰から飛び出す。

側近の一人が気付いて防ごうとするが、その前にルリトラが立ち塞がる。春乃さんはそのまま王子に肉迫、他の側近は反応できていない。

鋭いチョップが頭目掛けて振り下ろされ――

「甘いわ！」

――王子は、意外と機敏な動きでそれを避《よ》けた。

王子もまた中花さんのギフトの影響を受けた者。他の騎士と同じように動けるというのは大いに考えられた。

「……だから、こちらも予想はしていた！」

再び大地の『精霊召喚』を発動。今度は避けた王子の足元を凸凹にする。

「なっ!?」

着地の瞬間を狙って、足元を崩す。いかに優れた技術を身に付けていようとも、これには対処できまい。

凸凹になった床に足を取られ、バランスを崩す王子。その先にいるのは……春乃さん。

「『無限リフレクション』ッ!!」

倒れる王子に、彼女の放つ掌底を避ける術《すべ》は無かった。

一瞬王子の身体が浮き上がり、糸が切れたマリオネットのようにドサリと倒れた。

「お、おい！　頭打ってないか!?　確認を!!」

俺が声を張り上げると、呆然《ぼうぜん》としていた側近の三人が、慌てた様子でルリトラに背を向けて王子に駆け寄る。……掛かったな。

「えいっ！」

すかさず春乃さんが、無防備になった三つの後頭部にチョップを叩き込んだ。

それで三人は正気に戻ったようで、戸惑った様子で辺りを見回している。

これで王子達は無力化する事ができた。残るは泡のシャワーでまともに動けない騎士と弓兵達。こうなれば、後はこちらのものである。

抵抗する気は無くしていないだろうが、それを警戒しながら取り押さえていけばいい。

「弓兵は押さえているから、まずは騎士達から！」

弓兵を泡で牽制しつつ、騎士達から取り押さえてもらう。

投げて武器を失った騎士も最後まで素手で抵抗しようとしていたが、もはやどうにもならなかったようで、次々に取り押さえられていく。

続いて弓兵を取り押さえる間に、聖王は王女とセーラさん達を連れて王子に近付く。

セーラさんが王子の容態を確認。特に問題は無かったようで、最後の弓兵が取り押さえられる頃には、王子も目を覚ましていた。

直後に落ちていた剣を拾って自害しようとしたが、聖王と王女、それに三人の側近に慌てて止められていた。さては、ここまでの記憶が残っていたか……。

きっちり止められたようだし、外聞の良いものでも無さそうだから、ここは見なかった事にしておこう。

それから春乃さんが取り押さえられた騎士達、弓兵達にぺちっとチョップ。彼等《かれら》からギフトの影響が消えて、謁見の間の戦いは終わりとなる。

やはり記憶が残っているようで、頭を抱える者、天を仰いで叫ぶ者と反応は様々だ。

だが、それは後にしてほしい。城内の戦いはまだ終わっていないのだから。

彼等を宥《なだ》めるのは先に正気に戻った八人に任せ、リコットは数人の親衛隊員を連れて王子が降伏し戦いが終わった事を報《しら》せに走る。

城内には他にも中花《なかはな》さんのギフトの影響を受けた者がいる。俺も春乃さんと一緒にそちらに向かう。セーラさん達は謁見の間の怪我人《けがにん》を治療するために残ってもらおう。

王子に関しては……家族に任せる。あれは部外者が口出ししない方が良いだろう。

謁見の間を出た俺達は、まず先程大地の『精霊召喚』で捕らえた騎士達を正気に戻してから解放。真っ青な顔をしていたので謁見の間に放り込んでから中庭に向かった。

すると戦いは既に終わっており、光の神官達が来て、怪我人の治療も始まっていた。

神南《かんなみ》さんは、アキレス達と共に暴れる騎士達を取り押さえている。おそらくギフトの影響が残っていて、本人はまだ戦う気なのだろう。

春乃さんが近付き、ギフトの影響を消す。すると騎士はすぐに呆然とした表情になっておとなしくなった。そのままおとなしく治療されてくれ。

コスモスも見かけたが、忙しそうに怪我人を運んでいたので声は掛けないでおく。

しかし怪我人が多いな。相当激しい戦いが繰り広げられたようだ。

「ドクトラ達、大丈夫かな……」

「冬夜《とうや》君、行ってあげてください。私の方は大丈夫ですから」

「いや、あいつら今でも抵抗する気満々みたいだし、春乃さんも危ないだろ」

「ハルノ殿には我々が」

「私もいるよ～」

ルリトラとトラノオ族の戦士達、それにプラエちゃんが、春乃さんの護衛を買って出てくれた。風の神官であるプラエちゃんは、怪我人の治療も手伝ってくれるらしい。

「……分かった、頼む」

春乃さんの事はルリトラ達に任せ、雪菜とデイジィに空から探してもらう。

すると雪菜が、すぐに中庭の一角に集まっているドクトラ達を見つけ出してくれた。

近付いてみると、ドクトラ達も皆負傷していた。サンド・リザードマンの強靱《きょうじん》な肉体のおかげか、戦死者までは出さずに済んだようなのは不幸中の幸いか。

「神官は？」

「怪我が重い者が優先のようだな」

もっとも、そのため治療が後回しにされているようなので良《よ》し悪《あ》しではあるが。

とはいえ神官達も余裕が無いのだろう。彼等の傷は、俺の神官魔法で治すとしよう。

しかし、中庭で戦っていたためか土汚れも酷《ひど》いな。『無限《アンリミテッド》バスルーム』の扉を開き、傷口を洗ってから治療を開始する。

当然注目され、周りでも水が必要だったのか神官達が水が欲しいと言ってきた。よく見ると光の神殿にいた頃の顔見知りだ。

ＭＰにはまだ余裕があるので、治療に必要なら遠慮なく持って行ってくれ。

「ラクティ、頼む。俺はドクトラ達の治療をするから」

「分かりましたっ！」

蛇口とホースはラクティに預け、俺はドクトラ達の治療に専念しよう。

その後、ラクティの所には神官達がひっきりなしに来ていたが、今水を出してくれているのが闇の女神と知ればどんな顔をするのか、ちょっと気になるところである。

だが、今はそれどころではない。またいずれという事にしておこう。

中庭での治療が一段落ついた頃、抜け道の方に行っていたクレナ達が戻って来た。

縄で縛り、猿ぐつわを噛《か》ませた状態の二人を連れてきている。

「その二人は？」

「城を脱出しようとしていたの」

見たところ一人は武装した騎士、兜《かぶと》は被《かぶ》っていない。もう一人の方は非武装の豪華な装いの人物だ。どちらも若い。王子と同年代ぐらいだろうか。

「一応聞いておくが……言動は？」

「例のギフトの影響を受けているわね」

この二人は城が襲撃された事を中花さん達に報せに行こうとしていたらしい。

なるほど、王子達は謁見の間で待ち構えていたが、密《ひそ》かに中花さんへ連絡しようとしていたのか。クレナが抜け道を押さえてくれていて良かった。

「それより、ブラムスの治療を頼めるかしら？」

そちらでも負傷者が出たか。応急処置は既にしているようだが、腕に巻かれた布が赤く染まっている。浅い傷ではなさそうだ。

「すぐに治療しよう。他は？」

「大丈夫よ。ブラムスが守ってくれたからだけど」

「そうか……それじゃ、その二人は春乃さんの所に。ギフトの影響を消してくれるから」

「分かったわ。ユキナ、手伝ってくれる？　こいつら抵抗して動こうとしないから」

「引きずるのね、オッケー」

二人はそのまま、春乃さんの所へ連行されて行く。

ブラムスの怪我は、軽くはなかったが俺の魔法ですぐに治療できた。

俺達はそのまま謁見の間には戻らず、神官達と共に他の怪我人達の治療を手伝った。

怪我人を放っておけなかったというのもあるが、聖王家の問題に巻き込まれたくなかったのは秘密である。

なんというか戦闘よりも、その後始末の方が大変な気がする。

だが、クレナが例の二人を捕まえてくれたおかげで、中花さん側に知られる事なく聖王を解放し、聖王都を取り戻す事ができた。

念のため正気に戻った騎士に確認してみたが、他に連絡員などもいないようだ。

しかし、MP《マジックパワー》を大量消費した事もあって流石《さすが》に疲れた。今日ぐらいは一息ついて休みたいところである。

リコットが通りかかったので話を聞いてみたところ、今回の戦いは表向きは何もなかったようにするとの事だ。

なお、聖王家は家族会議に突入しているらしい。

王子がどうなるかは分からないが、そこは聖王家の問題なので放っておこう。

リコットが通り掛かったのも、コスモスを探しに来たそうだ。

「……お役に立てますか？　コスモス」

「フランチェリス様の御側《おそば》にいていただければ……」

心の支えにいて欲しいといったところだろうか。

しかし、何事も無かったようにしたいというならば、トラノオ族が大勢城内に入り込んでいるのもまずそうだ。

「俺達《たち》は一度、光の神殿の方に顔を出してきます」

「……分かりました。また、こちらからお呼びします」

リコットは察してくれたようだ。

呼ばれるタイミングは家族会議が終わってから、かな。

「ほどほどのところで呼んでください」

「勿論《もちろん》です」

そう言ってリコットは、力強く頷《うなず》いた。

俺はすぐに皆を集め、下手にこそこそせず、普通に城を出る。この時、町の人達に見られてしまうが、そこは勘弁してほしい。

城外に出たところで空を見上げる。先程まで城内で激戦が繰り広げられていたとは信じられないような澄んだ青空だ。

今も中花さん率いる遠征軍が、この空の下をユピテルに向けて帰国してきている。

そう、戦いはまだ終わった訳ではない。むしろ、ここからが本番だ。

だが今は、少し休ませてもらうとしよう。

三の湯　湯けむり、決戦、そして……

城を出た俺達は光の神殿に向かったのだが、到着したところでひとつ問題が起きた。

「い――――や――――――っ!!」

絹を裂くよう……でもない野太い声。『不死鳥』が光の神殿に入るのを嫌がったのだ。

「あ、あの、それは一体……」

門番をしていた若い神殿騎士がおずおずと尋ねてきた。警戒するのも無理は無い。見た目は骸骨なのだから。

そこで俺は、見ての通り魔族だが危険は無いと答えておいた。嘘《うそ》ではない、彼は元魔将であるが、同時に闇の神官だ。それも高位の。

それだけにラクティへの信仰心が篤《あつ》く、彼女の嫌がる事はしない。

光の神殿に入るのを嫌がっているのも、闇の神官だからなのだろう。

「ラクティ、先に入ってくれ」

「えっ？　あ、はい」

「女神さまぁぁぁぁぁぁっ!!」

ラクティが先に光の神殿に入ると、『不死鳥』は態度を豹変《ひょうへん》させてその後を追った。その唐突な動きに神殿騎士達は反応できていない。

無理もない。『百戦百敗将軍』といっても、それは軍の指揮官としての話。とてもそうは見えないが、個人としては五大魔将と並ぶ力を持っているのだから。

実際城での戦闘中も一人で勝手に中庭に吶喊《とっかん》し、十人以上の騎士達を一人で相手取って大立ち回りを演じていたらしい。

しかも一度倒されたが、すぐに復活してリベンジしたそうだ。やはり不死身である。

「……多分、魔将やってた時もあんな感じだったんでしょうね」

クレナが呆《あき》れ顔《がお》でそう呟《つぶや》くと、春乃《はるの》さん達もうんうんと頷いた。

なるほど、指揮官が真っ先に突っ込んでしまっては指揮するどころではないだろう。彼が百戦百敗なのは、その辺りにも原因があったのかもしれない。

それはさておき、神殿の外にトラノオ族の戦士達がたむろしていると周りの人達は不安に思うだろう。俺達もすぐに神殿に入る。

とはいえこちらは人数が多いので、すぐに神殿長に挨拶をして許可を取り、中庭に『無限バスルーム』の扉を開かせてもらおう。

今回は寄進の果物を買う暇が無かったので、『無限バスルーム』が生み出す石鹸《せっけん》セットを寄進しよう。神殿長も知っているものなので問題は無い。

せっかくだし、今夜は夕食に招待しよう。どれだけ成長したかを見てもらうのだ。

その時に六女神の神殿を集める事についても話すとしよう。

その後、中庭を使用する許可はすぐに出た。神殿長の部屋の窓からは、中庭がトラノオ族で埋め尽くされている様子が見えていたはずなので、当然といえば当然である。

すぐに中庭に戻り、皆を『無限バスルーム』に入れて休ませる。

「冬夜君、大丈夫ですか？　謁見の間でも結構ＭＰを使ったはずですけど……」

「ああ、問題無い問題無い」

大量の泡を謁見の間に撒《ま》き散らしたが、逆に言えばそれだけだ。大したものではない。

「春乃さんの方は大丈夫なのか？」

「正直、疲れました……」

やはりか、『無限リフレクション』を連発していたから無理もない。

そういう事ならば、ゆっくりと休んでもらおう。遠慮しないで休んでくれと皆を『無限バスルーム』に入れる。

「プールをお借りします」

早速ルリトラは、ドクトラ達を連れて奥のプールに水浴びをしに行った。

「それじゃトウヤ、私達もお風呂入りましょ」

クレナに誘われ、俺達も二の丸大浴場で休ませてもらう事にする。

「そういえば水浴びもお風呂も、トウヤさまのＭＰを使ってるんですよねぇ……」

「ああ、でも負担は掛かってないから、気にせず休んでくれ」

ふと思い出したかのようにロニが言う。

とはいえ航海中の滞在人数を考えれば、謁見の間で使ったMPなんて、それこそ「大したものではない」事が分かるだろう。

来客があった時に備えて、普段から二人だけで入浴しているブラムスとメムに加え、サンドラ、リン、ルミスも後回しにする事になった。

サンド・リザードマンはルリトラで知っているだろうが、闇エルフを初めて見る人も多いだろうから、神殿騎士であるサンドラ達がいてくれた方がいいだろう。

「あの、私も……」

「いや、セーラも休め」

セーラは自分もと手を挙げたが、サンドラに止められている。

彼女も城では治療に駆け回っていた。隠しているが、やはり疲れているのだろう。

こういう時、休みた～いと言いそうなリンもうんうんと頷いてセーラの背を押しているあたり、彼女もセーラが疲れている事を分かっているのだろう。

「それじゃ行っくよ～♪」

ここはゆっくりと休んでもらわねばなるまい。そう考えていると、プラエちゃんが動いた。早速セーラさんを抱き上げて駆け出していく。

「えっ？　ちょっ、この年で抱っこは～……！」

瞬く間にセーラさんの声が遠ざかっていった。

そりゃ恥ずかしいだろう。彼女の抱っこの仕方は、赤ん坊を抱き上げるような縦抱きなのだから。俺も皆に見られている所では遠慮したい。

俺も行こうかと思っていると、くいっくいっと袖を引っ張られた。何事かとそちらを見てみると、キラキラした目でこちらを見ている雪菜《ゆきな》の姿が。

プラエちゃん達を見てあの頃を、生前の事を思い出したか。

そういう事ならばと雪菜を横抱き、いわゆるお姫様抱っこにする。

「おにいちゃぁ～ん～❤」

すると雪菜はへにゃ～っと緩んだ笑みを浮かべ、俺の首に腕を回して頬を寄せてきた。

肩に乗っていたデイジィが、雪菜に巻き込まれないよう、俺の頭の上に移動する。

その様子をリウムちゃんとラクティがうらやましそうに見ている。更に二人の後ろに、こっそり春乃さんも加わっていたりする。

流石に全員抱っこするのは厳しいので、後でという事にしてほしい。

着替えの準備をして二の丸大浴場の脱衣場に入ると、既にセーラさんとプラエちゃんの姿は無かった。もう浴場の方に行っているのだろう。

プラエちゃんのものであろう衣服が脱ぎ散らかされており、床に散乱している。

ん、あの白い大きなものは……思わず視線を逸《そ》らそうとすると、その前に雪菜が両手で目隠しをしてきた。

「も～、プラエちゃんったら！」

「すぐに片付けますね～」

声から察するに、ラクティが片付けてくれたようだ。

「……というかあの二人、まっすぐここに向かってたけど着替えは用意しているのか？」

「そういえば……無いわね」

「私、用意してきます！」

目隠しされたまま言ってみると、クレナとロニの声が聞こえてきた。そして一人分の足音が脱衣場から出ていく。

俺が用意する訳にはいかないし、やはり用意されていなかったようだ。

という訳でこちらは雪菜を下ろし、そちらはロニに任せておこう。

それから服を脱いでいると、背後で春乃さん、デイジィも頭から降りてもらう。

それから服を脱いでいると、背後で春乃さん、ラクティ、そしてリウムちゃんの三人が真剣な顔でジャンケンをしている。

そんな三人をクレナが何か言いたげな顔で見ていた。あれは呆れ……ではないな。自分も気になるけど、恥ずかしくて参加できない顔だ。後でフォローしておこう。

とりあえず、三人が何をしたいのか察しがついた。こちらは手早く脱いで、湯浴《ゆあ》み着《ぎ》に着替えておこう。

「……勝ち」

勝負を制したのはリウムちゃん。誇らしげにチョキを見せながら近付いてきた。

「……いや、服を着たままじゃ連れて行けないぞ」

そう指摘すると服を着たままだった事に気付いたようで、俺の隣で黙々と脱ぎ始める。

「んっ」

そして一糸まとわぬ姿で両手を広げ、改めて抱っこを求めてきた。

「……湯浴み着をちゃんと着てくれ」

「はいはい、これ使いなさい」

既に着替え終えていた雪菜が、リウムちゃんの分の湯浴み着を持ってきてくれた。

「……準備完了」

もそもそと着替え終えたリウムちゃん。心無しか得意げな顔になっている彼女を抱き上げ、雪菜とデイジィを連れて浴場に入る。

ちなみに縦抱きである。雪菜やラクティは子供っぽいと嫌がるが、リウムちゃんはこちらを好んでいた。

なお、そんな子供っぽいと言われる縦抱きだが、誰も見ていないところでこっそりやる分には、クレナと春乃さんも意外と喜んでくれるのは秘密である。

浴場に入ってみると、檜風呂《ひのきぶろ》の湯舟、奥の深いところにプラエちゃんに身体《からだ》を預けた状態でセーラさんがつかっていた。すごい効くんだよな、あれ。色々な意味で。

プラエちゃんはこちらに気付いて手をひらひらと振ってきた。セーラさんも手を振ってきたが、なんとなく弱々しい。やはり疲れている様子だ。

　見た感じ、プラエちゃんも落ち着いたようだ。あれならばちゃんとお世話できるだろうし、セーラさんの事は任せてしまってもいいだろう。

　俺達《たち》に続いて春乃さん達が入ってきた。

「冬夜《とうや》君、今日も頭洗いっこしましょうね❤」

　そう言う春乃さんの髪は、謁見の間での活躍のせいか少し埃《ほこり》っぽくなっているようだ。

　今日頭を洗うのは、春乃さんからにした方が良さそうだな。

　最後にクレナとロニが入ってきたのだが、何故《なぜ》か俺達から距離を取ろうとしている。

「どうした？」

「その、なんと言うか……私、今日は頭自分で洗うから！」

　そう言って二人でそそくさと奥の方に行ってしまった。

　ああ、もしかしてずっと地下水路で待ち構えていたから臭いを気にしているのか？　そんなに汚れた所でもなかったので気にしなくてもいい気がするが、クレナ達的にはそうもいかないのだろう。

　側《そば》に残っているのは、抱っこしているリウムちゃんと頭の上のデイジィ。そして雪菜、春乃さん、ラクティ。俺はその五人を引き連れて洗い場へと向かった。

　順番に、そして丁寧に頭を洗っていく。いつもの事なので慣れたものだ。それが終わると、今度は俺が洗ってもらう。今日は雪菜とラクティだった。

それも終わると湯舟へ移動。まずはデイジィ用の湯舟として湯桶《ゆおけ》を用意。それから雪菜に手を引かれながら中に入る。

そして湯桶の側に腰を下ろすと、向かい合う位置に雪菜が来た。俺の隣には春乃さん、雪菜の隣にはラクティだ。

「私ここ……」

そしてリウムちゃんは、俺の身体を椅子代わりにしてくる。

彼女がこちらに背を向けて目の前に立つと、丁度目の前に小ぶりなお尻が。濡《ぬ》れた湯浴み着が張り付き、その輪郭を浮かび上がらせている。

そして俺の胸にお尻を着地させると、そのまま擦り付けるように腰を下ろした。

「ちょっ、リウムちゃん……！」

その動きで湯浴み着がめくれ上がったようだ。この肌に触れる感触、もしや湯舟の中で丸出しになっているのではないだろうか。

そう感じ取った俺は、慌てて彼女の身体を少し持ち上げ、それを直した。

リウムちゃんは特に気にした様子も無く、俺の腕を取って自分の腰に回す。相変わらずというか、この子は本当に甘えん坊だ。

そのまましばらくなごんでいると、ラクティがおずおずと近付いてくる……が、手前でピタリと止まって何も言ってこない。

最近の彼女は、こうなる事がよくある。どうも俺に甘えるのはお姉さんらしくないのではと考えているらしい。

夢の中で混沌《こんとん》の女神に会うようになってからお姉さんぶるようになっていたが、その延長線上でそう考えるようになったようだ。俺としては甘えてくれた方が嬉《うれ》しいのだが。

さて、こういう時はどうするのか。

「ラクティ、おいで」

「むぅ……」

こちらから呼んで来てもらうのだ。

リウムちゃんをちょっと持ち上げて右ふとももの上に移し、こっちが空いているよと左手で手招きする。

するとラクティは、少しむくれて頬をふくらますが、最終的には来てくれるのだ。俺の方から望んだならば仕方がないみたいな感じで。

多分、弟のお願いを聞くのがお姉ちゃんっぽいとか思っているのだろう。

ふとももの上は少しバランスが悪いので、二人の腰に腕を回して支える。すると二人もこちらに身体を預けてきた。ラクティの方は少し照れ臭そうに。

雪菜が近付いてきて、俺の隣にくる。春乃《はるの》さんとで左右から挟む形だ。

この湯舟につかる時は隣に寄り添うというのは春乃さんやクレナ、いわゆるパーティの年長組がよくやる事だ。

最近は雪菜がこれを真似《まね》るようになっていた。どうも春乃さんやクレナを大人っぽいと思っているらしく、積極的に二人の振る舞いを真似しようとしているようだ。

つまり、リウムちゃんやラクティに対抗して自分も飛び込むのではなく、大人の余裕をもって微笑《ほほえ》ましそうに見守るのである。

「むむ……」

といっても、湯舟の中でこっそり尻尾を伸ばしてきて俺の腰に巻き付けてきているあたり我慢しきれていない。身体もこちらにもたれ掛かってきている。

そんな雪菜と俺の様子を、春乃さんが実に微笑ましそうに見ていた。

なお、そんな大人の余裕を見せている彼女だが、この場ではおとなしくしているだけであって周りの目が無いところでリウムちゃん達以上に大胆に甘えてくるのは秘密である。


しばらくすると、セーラさんが一足先にあがっていった。

プラエちゃんはまだ入るつもりのようだ。それを見て雪菜とリウムちゃん、それにデイジィが彼女に近付いていった。

クレナの方を見ると、あちらもようやく洗い終わってお湯につかるようだ。

それならばと春乃さん、ラクティと連れ立って、クレナ達も誘い、五人で二階の屋内露天風呂に移動する。今の内に遠征軍の現在位置を確認しておきたい。

二階に上がり、早速ドームの壁に景色を映す。中央の湯舟につかる前に確認の方を済ませてしまおう。毎晩チェックしているので、大体の位置は分かっている。

おおよその当たりをつけて上空からの景色を映してみると、すぐにロニが進軍中の遠征軍を見つけてくれた。

「大体予想通りの位置ね。特に急いだりはしてないと思うわ」

周辺の地形をチェックしながら、クレナはそう判断を下す。

この調子なら、長ければ一週間ぐらいは時間を取れそうだ。

その後、トラノオ族がいるハデスの様子と、シャコバ達が向かったヘパイストスの様子も一通りチェックし、何事も起きていない事を確認した。

「よし、チェック完了。どこも大丈夫そうだな」

それじゃ、後は景色を楽しみながら湯舟につかるとしよう。

「今日はどこの景色にする？」

「そうねぇ、星空って時間でもないし……できるだけ近く、あの地下道の出口があった山に景色良いところないかしら？」

夜ならば星空を映しながらというのが定番なのだが、まだ日も暮れていない時間帯は使えない。そうだな、湯につかりながら景色の良いところを探そうか。

ゆっくりと森の中の景色を流しながら、ゆったりと湯につかる。

先程まで身を寄せ合っていた春乃さんは、今はクレナ達に譲るつもりなのか、正面に腰を下ろした。そんな彼女の隣にはラクティが、そして俺の隣にはロニがくる。

「じゃあ、私はここね」

「あっ、ずるいですよクレナさん」

そしてクレナは俺の前、先程までラクティが抱っこされていた位置に腰を下ろした。

「いいでしょ？」

こちらに視線を向けて、悪戯《いたずら》っぽく尋ねてくるクレナ。もちろん拒む理由は無い。

春乃さんも、ロニも、うらやましげにこちらを見ていたが、リウムちゃんとラクティと違って二人一緒にというのは難しそうだ。

「……臭い、大丈夫よね？」

「それは大丈夫だ。心配しなくていいぞ」

そう答えると、クレナはほっとした様子で力を抜き、その身体を預けてきた。

「今日はお疲れさま」

「大した事なかったわよ。そっちに比べたらね」

「そうかもしれないけど、一方の責任者を任せた訳だからな。労《ねぎら》いぐらいさせてくれ」

「……じゃあ、撫《な》でて」

「頭を？」

「当たり前でしょ。どこ撫でるつもりなのよ」

そう言いつつクレナは、俺の腕の中でもぞもぞと身体を動かし、向き合う体勢になって

から改めて抱き着いてきた。

俺はそれを受け止め、彼女の望む通りに頭を撫でる。するとクレナは嬉しそうに身体をすり寄せて来た。

押し付けられる柔らかな感触。ラクティや雪菜《ゆきな》が少し成長したように、クレナも少し変わってきていた。

理由は分かっている。魔王の孫だと自分のルーツがハッキリした彼女と、その魔王から後継者の証《あかし》という意味があるらしい『星切』をもらった俺。

これは二人の関係が、魔王に認められたと言い換えてもいいだろう。

それからというもの、クレナは周りの目を意識しつつも、隙を見つけては激しいスキンシップをしてくるようになっていた。

彼女なりに思うところがあったのだろう。俺も色々と考えさせられた。同時に、お互いもう少し状況が落ち着いてからとも考えているが。

ひとしきり撫でられるのに満足したのか、クレナは俺の手をどかす。そして熱を帯びた目でこちらを見つめてくる。

同時に、じっとこちらを見つめる春乃さんの視線も突き刺さる。その目は次は自分と如実に訴えていた。

クレナも気付いたようで小さくため息をつくと、俺の頬にキスをして離れる。

すると春乃さんがいそいそと近付いてきた。しかし、手前の位置で止まってしまう。

最後は俺からという事だろう。俺の方から腕を伸ばすと、嬉々《きき》として飛び込んで来た。

それを受け止め、柔らかな衝撃を堪能しつつ、思い切り抱きしめる。

クレナに触発されたのもあるだろうが、彼女も最近大胆になってきていた。

「今日は、春乃さんも頑張ったな。ありがとう」

「はい、がんばりましたっ♪」

謁見の間での決着は、春乃さんがいてくれたからこそだ。彼女の事も労い、思い切り甘えてもらおう。

こちらはクレナよりも積極的だ。頬だけでなく、額に、唇にとついばむようなキスの雨を降らせてくる。俺はされるがままに、それを受け止めていた。

しばらくして満足気な春乃さんが離れると、隣のロニは、恥ずかしそうに俯《うつむ》いていた。

しかしこちらが気になるのか、チラチラとこちらを見ている。ふと視線が合うと、顔を真っ赤にしてそっぽを向いてしまった。

しかし、すぐにこちらを見てきて、再び目が合った。その視線にも期待の色が見える。

分かっている。頑張ったのはロニも一緒だ。ロニに向けて両腕を広げると、彼女はおずおずと近付いてくる。

最後はこちらから腕を伸ばし少し強引に抱き寄せたが、ロニは抵抗する事なく腕の中に納まった。

ここまでくると、ロニも目を輝かせてこちらを見上げてくる。褒めて褒めてと、そのキラキラした目が語り掛けてくる。

そこまで期待されては応えねばなるまい。俺はその頭を抱き寄せ、わしゃわしゃと撫でまわすのだった。

お返しにと、大きな耳の付け根を優しくマッサージ。ロニは気持ち良さそうに、そして恥ずかしそうに身をよじらせた。確かな存在感を示す柔肉が二人の間で形を変えていく。

「くぅん……❤」

目を閉じたまま、甘い声を漏らす。狼《おおかみ》の亜人・リュカオンだけど、猫なで声だ。

クレナの前ではしっかりした従者であろうとしているため、そういう素振りを見せようとしないロニ。

しかし、俺には甘えても大丈夫と判断しているようだ。実のところマッサージされるのは嫌いではないらしい。

ロニが腰を浮かせて、俺の身体《からだ》に腕を回し抱き着いてきた。俺は手を下に伸ばし、湯浴《ゆあ》み着《ぎ》の裾から手を入れて、足の付け根からふとももにかけてゆっくりと撫で回す。湯舟の中で見えにくいため、時折指先が際どいところに触れてしまったりする。その度に彼女の腕に力が入り、二人の密着度が増していた。

しかし、不意にロニが離れ、両手で自らの湯浴み着の裾を摑《つか》む。

「トウヤさま……」

「それはダメ」

湯浴み着をめくり上げようとする手を止めた。そんな切なそうな目で見ないでくれ。

次はお腹《なか》を撫でて欲しいのだろうが、湯浴み着をめくり上げてしまうと変態、もとい大変な事になってしまう。

しかし、くぅ～んと鼻を鳴らしながら見つめてくるロニには勝てない。湯浴み着越しに撫で回すと、ロニは顔を火照らせ、甘い吐息を漏らしながら受け容《い》れてくれる。

そのまま撫でていると、またロニが抱き着いてきた。密着するとお腹は撫でにくくなるため、再び脚の方に手を伸ばすと、ロニの方から片脚を近付けてくる。

倒れないように支えようとすると、彼女はそのまま身体を預けてきた。やはり湯浴み着越しではなく直《じか》に撫でられる方が嬉《うれ》しいようだ。

「……それはダメ」

なお、春乃《はるの》さんとラクティも湯浴み着をめくり上げようとしていたが、それはしっかり止めておいた。うらやましそうな目をしてもダメです。

それからお互いが満足するまで撫でまくった。

今はロニとラクティが交代して、ラクティを抱っこしながら和んでいる。

「それにしても……冬夜《とうや》君、すごいですね」

春乃さんが、ふとそんな事を言ってきた。

「何が？」

「MP《マジックパワー》ですよ。冬夜君は、こんなにMPを使っても余裕そうで……」

ああ、そっちか。俺の方は余裕だったが、春乃さんの方はキツそうだったな。

やはり普段から使っているかどうかの違いだろう。春乃さんの『無限《アンリミテッド》リフレクション』は、俺の『無限バスルーム』みたいに日常的に使うものではないからな。

ステータスは使用すればする程成長するし、逆もまた然《しか》りだ。

俺みたいに直接神様から指導を受けてる訳でもないし、日常的にギフトを使って鍛えるという発想も無かったのだろう。

「私も修業とかした方がいいんでしょうか？」

「修業って……魔法の勉強を？」

「それも手ですね。時間は掛かるでしょうけど……」

でも、俺より早く覚えられそうな気がしないでもない。

「ハルノさんも、ギフトを使うのが一番だと思いますよ？」

膝の上のラクティが言った。

「それは私も考えた事はあるんですけど……その、消しちゃいませんか？　ここ」

「あ～……」

春乃さんが言っているのは『無限バスルーム』内の空間の事だろう。

聖王都から旅立つ前、まだ小さなユニットバスだった頃に中で使った事があった。

あの頃は何の問題も無かったが、彼女のギフトは風の女神の力を受け継いだ事で大きく成長、変化を遂げている。

今使うとどうなるか分からず、下手に試す事もできなかったのだろう。

「えっ？　消せませんよ？」

しかし、ラクティはあっさりとそれを否定した。春乃さんは呆気《あっけ》にとられた顔をしてこちらを、正確には俺の膝の上のラクティを見ている。

「今のここは『神域』に属するものですから、ギフトでは消せません！」

初耳だぞ、それ。いや、今まで考えた事も無かったけど。

「『神域』って何ですか？」

春乃さんが尋ねた。俺も同じ疑問を抱いていた。

「私の夢……は、見た事ないですよね……。そうだ！　風のお姉様がハルノさん達《たち》を『水の都』に送った時に使ったルートも神域ですよ！」

得意げな顔で説明してくれたラクティ。女神自身の力、という事だろうか。

「俺の『無限バスルーム』も、それと同じだと？」

「はい！　だから私の新しい弟なんですよっ！」

彼女の説明をまとめると『無限バスルーム』の空間や設備は神域になっているらしい。

ギフトよりワンランク上という解釈で合っていると思う。

いつからそうなっていたかというと、実は『無限バスルーム』に風呂以外の空間が誕生した時から神域になり始めていたらしい。混沌《こんとん》の女神の祝福を授かっていたのは、この世界に召喚された当初からだったという話だし、その辺りの影響もありそうだ。

「つまり、ここで私のギフトを使っても『無限バスルーム』は消えない？」

「この『場』は消えません。『無限バスルーム』が生み出したものは消えますけど」

「お風呂場は消えないけど、お湯とかは消えるという事ですか……」

春乃さんが、真剣な顔をして考え込んでいる。

「……つまり、打たせ湯で滝行みたいな修業が本当にできる？」

しかし、次に続いた言葉はどこかズレている気がした。

真剣な表情のままなだけに、どう反応すればいいか分からない。いや、そのお湯を『無限リフレクション』で消し続ければ修業になるのは確かなんだろうけど。

というか、やってみたいと思っていたのだろうか、滝行。意外とお茶目かもしれない。

「早速やりましょう！」

ざばっと勢いよく立ち上がる春乃さん。

やけに楽しそうなので、普通にお湯につかってやれば周りのお湯を際限無く消して同じ事ができるのでは、とは指摘しない事にした。

「いや、疲れてるんじゃ……」

「鉄は熱い内に打てです！」

言い換えれば思い立ったが吉日、だろうか。

そのキラキラした目を見てこれは止めても無駄だろうと判断し、ついて行く事にする。

打たせ湯ができるのは一階の檜風呂《ひのきぶろ》、奥の壁だ。

「クレナ達はどうする？」

「私とロニは、もう少しゆっくりしていくわ」

「私は一緒に行きますよ〜」

クレナとロニは残るとの事なので、ラクティだけを連れて三人で一階に戻る。

プラエちゃん達も既に上がっていたようで、一階には俺達三人しかいなかった。

春乃さんは早速湯をかき分けながら檜風呂の奥に進み、流れ落ちる湯の前に立った。傍《はた》から見ても、わくわくしているのが見て取れる。

「春乃さん、気を付けて」

「そうですね、最初は短時間だけやって様子見を……」

お湯を消すだけなので何も問題は無いだろうが、念のため側《そば》で見守っておこう。

何かあった時すぐに動けるよう、ラクティと二人で側に控えておく。

「……行きます！」

気合いを入れた春乃さんは打たせ湯の下に立った。そして頭から湯を被《かぶ》りながらこちらを向き、目を瞑《つぶ》り、念仏を唱えるかのように両手を合わせた。

「いざっ！『無限リフレクション』!!」

そして俺とラクティが見守る中、ギフトを発動。

その瞬間、彼女の身体が光を発し、流れ落ちていたお湯が消えた。彼女の頭上、少し上の辺りで湯が消えている。お湯は流れ続けているが、途中で消えてしまっているのだ。

「おぉっ！」

また、彼女の足元のお湯も消えていた。湯舟の中に立っているのに、お湯が途中で途切れて彼女の周りだけお湯が無い空間ができている。なんとも不思議な光景だった。

「………おぉぅっ!?」

そして……春乃さんの湯浴み着も一緒に消えていた。

一糸まとわぬ姿となり、その女神の如《ごと》き肢体が露《あら》わになっている。

「見てください、冬夜君！　お湯、消えてますよねっ？」

目を瞑りながら嬉しそうに言ってくる春乃さん。

いや、見てくださいと言われても困るんだ、春乃さん。

驚いて数秒見てしまったが、我に返り慌てて目を逸《そ》らした。

そういえばそうだ。湯浴み着だって、『無限バスルーム』の力で生み出したものだ。

そうこうしている内に春乃さんも自分の状態に気付いたようで、慌てて『無限リフレクション』を切り、両手で自分の身体を隠すようにしてしゃがみ込んだ。

打たせ湯も湯舟のお湯も元に戻ったが、消してしまった湯浴《ゆあ》み着《ぎ》は戻らない。当然だ、お湯だって消したものが返ってきている訳ではないのだから。

「み、見ました……？」

「……ちょっとだけ」

ほんの数秒である。その数秒の記憶が脳裏に焼き付いているが。

「ちょ、ちょっと待ってて。すぐに替えを取ってくるから！」

「あ、私が行ってきます！」

俺が動くよりも早く、ラクティが駆け出して行った。

いや、ここは俺に行かせて欲しかった。むしろここで、一糸纏《まと》わぬ春乃さんと二人きりにされても困ってしまう。

「…………」

「…………」

無言の時間が気まずい。

ラクティは大急ぎで取ってきてくれたのだろうが、彼女が戻ってくるまでの時間がやけに長く感じられるのだった。

その後、春乃さんは修業のためにフィークス・ブランドに湯浴み着を注文して作ってもらうと言い出した。

普通の服を着て、足元のお湯を消せばいいのではと思ったが、触れないでおいた。春乃《はるの》さんはきっと滝行がしたいのだから。

ちなみに、彼女の提案に真っ先に賛同の意を示したのはロニだった。

上下が分かれたセパレートタイプの湯浴み着が欲しいらしい。こちらは直《じか》にお腹《なか》を撫《な》でて欲しいのだろう。

こちらも入浴時以外ならばいつでも撫でてあげるのだが、それについてはやはり触れないでおいた。何故《なぜ》ならば、俺が撫でたかったからである。

それはともかく、色々あった入浴が終わった。

ルリトラ達も既に水浴びを終えていた。ブラムスとメムは後でいいとの事なので、見張りを交代させて大浴場はサンドラ達に譲る。

ロニは何か軽食を作ってくると言って炎の女神キッチンに向かい、春乃さんとラクティもそれに付いて行った。春乃さんは先程の事を気にしているのかもしれない。

気にしなくてもいいのに……と俺が言う訳にもいかないので、黙って見送る事にする。

という訳で見張りはルリトラ達に任せ、二階の広間で休ませてもらおう。

クレナを連れて二階に上がると、そこには胡坐《あぐら》をかいたプラエちゃんとセーラさんの姿があった。その周りに雪菜《ゆきな》とリウムちゃんとデイジィの姿もある。

プラエちゃんはセーラさんを抱っこしたままで、まるで子供をあやすようにしている。

あれハンモックみたいで寝心地は良いんだけど、恥ずかしいんだよな。

案の定セーラさんは顔を真っ赤にしていたので、助け船を出す事にしよう。

「雪菜、リウムちゃん、どっちが行きたい？」

「んっ」

リウムちゃんが手を挙げたので、彼女に行ってもらう事にする。

とてとてと近付き抱っこを求める。するとプラエちゃんはオロオロし始めた。セーラさんも放っておけずに困っているようだ。

「も、もう大丈夫ですよ。ありがとうございました」

ここぞとばかりにセーラさんがお礼を言って下りた。

よく見ると耳まで真っ赤になっている。ただでさえ恥ずかしい抱っこなのに、それを俺達に見られてしまったからな。大丈夫、それについては触れないから。

プラエちゃんの方は、リウムちゃんを抱き上げて同じようにあやしている。リウムちゃんの方は、ああいうの平気そうなんだよな。

「プラエちゃん、ありがとうな。セーラさん、元気になったみたいだぞ」

「そう？　良かったぁ〜♪」

するとプラエちゃんは、嬉《うれ》しそうに顔を綻ばせた。頭を撫でようと手を伸ばすと、彼女は頭をこちらに向けてきたので、思い切り撫でてやる。

よく見ると、プラエちゃんが頭をこちらに向けるために前傾姿勢になった結果、抱っこされたリウムちゃんが彼女のおっぱいに埋《うず》もれてしまっている。

息苦しいのかぺちぺち叩《たた》いて訴えているが、プラエちゃんは気付いていないようだ。

「やんっ」

助けようかと思ったその時、リウムちゃんの手が敏感なところに当たったようで、プラエちゃんが弾《はじ》かれたように頭を上げた。

リウムちゃんは腕から下りて、クレナの後ろに隠れてしまった。

そしてプラエちゃんは痛かったのかビックリしたのか、涙目でこちらを見てきた。ここは大丈夫、大丈夫と撫でて慰める。もちろん、撫でるのは頭である。


今度はプラエちゃんが俺に甘えてきたので、腰を下ろして存分に可愛《かわい》がる事にする。もたれ掛かられると重いが、どんと来いである。

すると俺の頭の上にデイジィが乗って来た。俺がしばらく動かないと思ったのだろう。

それにしても、彼女が横たわるとやっぱり大きいな。雪菜とリウムちゃんが近付いてきて、プラエちゃんの腰を枕に寝転んだ。

このようにプラエちゃんはその大きな身体《からだ》から皆に甘えられる事が多く、それを可愛がる。しかし、彼女自身もまた甘えたがりなのだ。

その大きな頭を抱えるようにして撫でると、プラエちゃんは頬を緩めて嬉しそうな笑みを浮かべた。

クレナとセーラさんは、流石《さすが》に二人には続かず俺の両隣に腰を下ろす。

そしてセーラさんも、プラエちゃんの頭を撫でた。

「私はやっぱり、こうやって甘えてもらう方が好きですね」

「私もどっちかというと、そっちね」

クレナが同意している。周りの目が無い時は甘えたがる事には触れないでおこう。

それはともかく、確かにセーラさんにはそういうところがある。光の神殿にいた頃も子供達《たち》の面倒を見ていたな。一緒にシャワーを浴びさせてあげていた。

時間があれば、また子供達を呼んでプールで遊ばせてあげるのもいいかもしれない。

そんな話をしていると良い匂いがしてきた。

軽食を用意したロニ達が二階に上がってきて、プラエちゃんがバッと顔を上げる。すると彼女を枕にしていた雪菜とリウムちゃんがコロンと転がった。

春乃さんも来たので、彼女も交えてあの頃の思い出話に花を咲かせる。

まだ恥ずかしそうにしていたので、たくさん話して、なし崩し的に誤魔化してしまおうという意図もあったりする。避けていると、かえって長引いてしまうからな。

彼女も察してくれたようで、頬を染めながら積極的に話に乗ってきてくれた。


軽食も食べ終え、そのまましばらくゆったりとした時間を過ごす。

そこでふと気になった。まだ遠征軍の問題が残っている。俺達はいつまでのんびりしていられるのだろうかと。

「そういえば、聖王家の話し合いってどれぐらい時間が掛かると思う？」

「今日一日でって事は無いでしょうね。状況を確認して、それから考える時間を置いて翌日に結論。まぁ、状況確認にどれだけかかるか次第じゃない？」

「先行できてるとはいえ、そこまで余裕がある訳じゃないんだが……」

「聖王もお疲れでしょうし、じっくり状況確認って事は無いんじゃないでしょうか？」

「ハルノの言う通りね。その辺りも加味して今日明日で状況確認、明後日《あさって》に王子の処分を決めて、その後遠征軍への対処をフランチェリス王女に任せるって感じじゃない？」

「王子の処分か……どうなるだろう？」

「それは聖王家次第ね。遠征軍に対処する分には関係の無い話よ」

「六女神の神殿の件についても、王子に関しては気にしなくていいと思いますよ。もう口出しする事もできなくなるでしょうし」

クレナと春乃さんが言う。なるほど、それもそうか。

どういう処分が下されるか分からないが、今回の一件で、王子の立場は弱まるだろう。逆にフランチェリス王女の立場は今より強まるはずだ。

それ以上については、俺達が口出しする事ではないだろう。というか、下手に深入りしない方がいい。

「じゃあ、明後日ぐらいに連絡が来ると考えておけばいいかな？」

「明後日に王女が対遠征軍の責任者に任命されて、私達に連絡が来るのは更に翌日って可能性もあるわよ？」

「王女は、事前に根回ししてくると思う」

「……ああ、確かに」

王女は、その辺りはキッチリやってくると思う。

ならば今日の内に食料補給の注文だけでも済ませておこうか。大量の食糧は用意するにも時間が掛かるからな。

「量を考えると、何軒かに分けて注文する事になるでしょうから、神殿の人に頼んだ方がいいかもしれませんね」

「私が神殿の者を呼んできましょう」

「ありがとう、サンドラ」

詳しい地元の人に頼めるならその方がいいだろう。お礼を言ってサンドラを見送った。

こちらは待っている間に注文をまとめておこう。

「ロニ、どれくらい注文すればいい？」

「そうですねぇ、お肉を補給しておきたいです」

魚は水の女神釣り堀で手に入れられるが、肉は外で狩りをする必要があるからな。

「あと、新鮮なお野菜も欲しいですね。漬物ばかりでしたから」

「ああ、果物も欲しいな。滞在中にも食べておきたい」

風の女神冷蔵庫があるとは言え、長旅になると保存できるものは限られてしまうのだ。

真っ先に食べられなくなるのは、新鮮な野菜や果物である。

そのまま何が欲しい、何が食べたいと皆で盛り上がりながら紙にまとめていると、サンドラが神官を連れて戻って来た。

何故か二人がかりで見覚えのある神具を抱えてきている。

「それは確か……ステータスカードのだったか？」

そう、ステータスカードを作る時に使用した神具だ。更新にも同じものを使う。

「ええ、せっかく戻って来たのだから更新してはどうかと言われましたので」

俺が『無限《アンリミテッド》バスルーム』の扉から離れられないから、わざわざ持ってきてくれたのか。

確かにアレスには光の神殿が無くて更新できなかったし、丁度良いかもしれない。

早速カードを部屋から持ってきて、ステータスを測定してもらおう。


神具に手を当て、静かに目を瞑《つぶ》る。すると次の瞬間、強烈な爆発音が耳をつんざいた。

何事かと目を開けてみると、神具が煙を噴いていて慌てて手を離す。

周りを見ると、皆耳を押さえてしゃがみ込んでいた。

向かいの神官を見てみると呆然《ぼうぜん》と立ち尽くしていた。何が起きたか分からないようだ。

「な、何があった……？」

「今……神具がピカッて光って、その後ものすごい音が……」

先程の耳をつんざいた音か。改めて神具を見てみると、手を当てる部分が赤くなっていた。もしかしなくても熱くなっているのか？

あのまま手を当てていたらどうなっていた事か……。

皆を助け起こす。幸い、光と音だけで目と耳がやられた以外の被害は無いようだ。

しかし、また何か起きるかもしれないと遠巻きにしていると、リウムちゃんが近付いて懐から取り出したナイフで器用に側面のカバーを外す。

リウムちゃんと一緒に覗《のぞ》き込んでみると、神具の中は真っ黒に焼け焦げ煙が出ていた。

「まさか……中で爆発してたのか⁉」

「多分、そう」

リウムちゃんが答える。カバーが耐え切れなかったら、周りにも爆発の被害が及んでいたという事か。頑丈なカバーで良かった。

「でも、どうしてこんな事に……壊れていたのか？」

「多分……トウヤさんのＭＰ《マジックパワー》が多過ぎたせいかと」

「俺のせい⁉」

ラクティの指摘に思わず声を上げてしまった。ＭＰがステータスカードに収まりきらないぐらいに成長していたのは知っていたが、まさかこんな事になるとは……。

「す、凄《すご》いですよ！　流石は『女神の勇者』！　これは伝説に残ります‼」

我に返った神官が、興奮気味にまくし立ててきた。いや、こういう事で伝説に残すのは勘弁してくれ。下手をすれば皆に怪我《けが》をさせていたんだぞ。

ここは元同僚のセーラさんに止めてもらおう。

「凄い！　凄いですよ、トウヤさん！　これは奇跡です!!」

いいえ、ただの事故です。

というかセーラさん、あなたもか。いつもの落ち着きはどこへやら、きゃーきゃー歓声をあげてぴょんぴょん跳ね回っている。

ちょっと可愛いぞ、セーラさん。できれば映像に残して、落ち着いたのを見計らって見せてやりたい。

もしや神殿関係者は皆こうなのかと思ったら案の定、サンドラだけでなくリンも同じような反応をしていた。ルミスにいたっては、ものすごくキラキラした目で俺を見ている。

とりあえず神具を弁償しろとか言われなそうで、その点については一安心である。

そんな事を考えてしまうあたり、実は俺自身も混乱しているのかもしれない。

この件は、すぐに神殿長さんにも報告された。しかし神殿長さんは怒ったりせず、むしろ箔《はく》が付いたと上機嫌だった。勇者の奇跡であり、軌跡であるそうだ。

ネプトゥヌスの光の神殿に譲った馬車みたいなものだろうか。後の観光名所になったりするのだろうか……。

ちなみにセーラさんによると、この件で女神姉妹の神殿の件も弾みがつくとの事。

「奇跡を残すという事は、『女神の勇者』としての権威が高まり、それだけ影響力も増すという事ですから」

「同じ事でも、影響力ある人が言った方が神殿も無視できないという事ですね」

春乃《はるの》さんが、身も蓋も無いまとめ方をしてくれた。なるほど、そういう事か。

わざと壊した訳ではないが、神殿側も喜んでおり、こちらにとってもプラスになったのならば良しとしておこう。

問題があるとすれば、神殿には測定用の神具がひとつしかなく、俺以外の皆もステータスカードの更新ができないという事だが、これぱかりはもう仕方が無い。


この話を皆にもしたところ、クレナの提案で神殿の人達を夕食に誘い、『無限バスルーム』に招く事になった。

実際に『無限バスルーム』の広さを目の当たりにした人達は驚き、感動した様子だ。

「これも権威につながるはずよ」

そう言ってクレナは笑った。勇者としてギフトの成長ぶりを見せたという事か。神殿の人達の様子を見るに、抜群の効果があったようだ。

ちなみにメニューは魔王を招いた時と同じく味噌《みそ》を中心としたもの。特に春乃さんが張り切って和風の料理を色々と用意してくれた。

結果、料理は神殿長さん達には大好評。一番人気だったのは魚の味噌煮。ユピテルは内陸の国のため、新鮮な海の魚はなかなか食べられないからだろう。

そして食事の後、女神姉妹の神殿をハデス跡地に集める案について話し合ってみたところ、神殿長さんは意外と乗り気な様子であった。

「トウヤ殿がすると言うのであれば、お手伝いしない訳にはいきませんな」

なるほど、これもセーラさんが言っていた『女神の勇者』の権威のおかげという事か。

この件は光の神殿がネックになると考えていたが、意外とスムーズに進められそうだ。

ただ、神殿長さんが言うにはひとつだけ問題があるらしい。

それは、各神殿の神殿長の人選。神殿長さん曰《いわ》く、希望者が多く出るだろうとの事だ。

確かにそれは考えていなかったな。闇の神殿については『不死鳥』以外に候補がいないと考えていたが。

そういえば水の神官はイルカの亜人のギルマンしか知らないが、ハデスまで来てもらう事は難しい気がする。

それに風の神官もプラエちゃん以外知らないぞ。一応、風の女神の力を受け継いだ春乃さんも候補となるのだろうか。

チラリと彼女の方を見ると、こちらが考えている事を察したのかブンブンと手を振って否定した。俺と違って神官魔法を学んでいる訳でもないし、仕方がないか。

そうなると候補はプラエちゃんか。今度は彼女の方を見ると、こちらの視線に気付いた彼女はにへっと笑みを浮かべた。

可愛《かわい》いけど、神殿長を任せられるかといわれると不安になる。可愛いけど。

残りの光、炎、大地の神殿長だが……。

「それ、俺が決める事ではないですよね？」

ついでに言えば水の神殿もだ。候補が限られているならともかく、大勢の関係者がいる神殿ならば、まずはその人達《たち》で候補を絞ってほしい。

一応俺も責任者なので面接ぐらいはしないといけないかもしれないが、その時は春乃さんと一緒にやるとしよう。

「要望などはありませんか？」

「そこまで顔が広い訳じゃないですから……」

流石《さすが》にユピテルの神殿を放って神殿長さんに来てもらう訳にはいかないだろう。ならばセーラさんと言いたいところだが、さっきから彼女が何か言いたげな顔でこちらを見ている。その視線は荷が重いとこちらに訴えてきていた。

セーラさんを推薦するのも無しだな、これは。

「あえて言うなら……」

「言うなら？」

「昔みたいな事にならないようご配慮いただければと」

詳しくは言わないが、それで神殿長さんには通じたようで神妙な面持ちになった。

そう、光の女神信仰は三百年前に他の女神信仰を排除しようとしていた事があるのだ。

風の神殿が攻められた件は、一部神官が関わっていたが、光の神殿は関わっていないらしいので置いておく。おそらくその神官は、『無限の愛《アンリミテッドラブ》』の影響を受けていたのだろう。

といっても、それを抜きにしてもアテナのレイバー市場で悪さをしていた司祭の例もある。そういう人に来てもらっては困るのだ。

もっとも、この辺りは神殿長さんも分かっているだろう。今の神殿長さんを責めても仕方がない事でもあるので、一度釘《くぎ》を刺すだけに留《とど》めておく。

結局この件は、この場で話しても仕方がないという事で一旦保留という事となった。

俺の知る限りでも、光の神殿はアレス以外の全ての国にあるからな。総本山といってもユピテルだけで勝手に決める訳にはいくまい。後は彼等《かれら》に任せておこう。

その後、神殿の人達を二の丸大浴場にも案内したのだが、もちろん男女はきっちり分けて女性はサンドラ達に任せた。

召喚されたばかりの頃の『無限バスルーム』を知っている神殿長さんは、大きく成長した大浴場を見て驚いていたな。

流石に泊まっていきはしなかったが、マッサージチェアを堪能していったようだ。

そして次の日、フランチェリス王女が少数の護衛だけを連れてお忍びで訪ねてきた。

根回しはしてくるとは思っていたが、本人が来るとは思わなかったな。

ちなみにお忍び故、目立つコスモスは連れてきていないらしい。さもありなん。

「正直、兄の処遇について意見を求められても困りますので」

そう言う王女は、複雑そうな顔をしていた。軽くする、重くする、どちらを求めても私情が入っていると思われてしまうため、意見を出す事自体避けたいようだ。

王子をどうするかは、王女の将来にも関わる事なので仕方がないだろう。

あまり触れてほしくなさそうだ。すぐに本丸の広間に案内し、話題を変えよう。

ロニにお茶を出してもらい、こちらは春乃さんとクレナに同席してもらう。

「中花《なかはな》さんの遠征軍については、どうするか決まりました？」

「父はまだ本調子ではありませんので、私が軍を率いて出征する事になるかと……」

「……大丈夫なんですか？」

王女は聡明《そうめい》だが、それと軍を率いる能力があるかどうかは別問題な気がする。

「ご安心ください。実際に指揮を執るのはアキレスになりますから」

その辺りの問題は、彼女も承知の上だったようだ。名目上の指揮官はフランチェリス王女で、それを元将軍のアキレスがサポートする事になっているらしい。

「それ、最初からアキレスさんに任せるんじゃダメなんですか？　もしくは指揮官を神南《かんなみ》さんにするとか」

王女はコスモスと一緒に旅をしてきたが、彼女自身は戦士でもなければ軍人でもない。

「危険な戦場に行かない方が……」

心配してそう言うと、王女は困ったような笑みを浮かべて首を横に振った。

「……今回の件、元凶はリツという事で話が進められています」

「えっ？　それは、まぁ、そうでしょうね」

実際、彼女のギフトが原因だし。

「それはつまり、『勇者召喚』を行った聖王家にも責任があるという事です」

「……なるほど」

だから聖王家が、率先して解決する姿勢を見せなければいけないという事か。

今の聖王家でそれができるのは、フランチェリス王女しかいない。

「その、神南さんとコスモス君も、その軍に同行するのですか？」

「はい、そういう事になっています」

春乃さんが尋ねると、王女はコクリと頷《うなず》いて答えた。

「私達にも参戦してほしいと？」

続いてクレナが尋ねると、王女は少し言い淀《よど》んだ様子を見せた。

何事かと見ていると、やがてコホンと小さく咳払《せきばら》いをし、姿勢を正して真《ま》っ直《す》ぐこちらを見つめながら口を開く。

「……リツは国家転覆を謀りました。いかに召喚した我々にも責任があるとはいえ、これをなあなあで済ます訳にはいきません」

「それはつまり、王子にも厳しい処分が下ると？」

春乃さんがすかさずツッコんだ。なるほど、王子の責任を軽くするために元凶はリツだと言ってると考えたのか。

あくまでギフトで洗脳されてしまったが故の行動で、王子自身が愚かになった訳ではない。分からなくもないが、判断が難しいところだな。

「兄達は洗脳が解けたとはいえ、リツのギフトが健在なのは確かなのです。それを何とかしなければ、いずれまた同じような事が起きるでしょう」

「まぁ、そうでしょうね」

それにはクレナも頷いて同意した。俺も春乃さんも、その事は否定できない。

中花さんはやり過ぎてしまったのだ。ある意味、かつての魔王に近いかもしれない。

「かといって、全ての責任を彼女に押し付けて……というのは、いささか乱暴だといえます。コスモス様も良い顔はしないでしょう」

そう言って王女は、俺と春乃さんを見てきた。思わず二人で顔を見合わせる。

なるほど、同郷の人間か。中花さんとはそこまで親しい訳ではないし、中花さんに非がある事も分かっているが、良い気分にはなれない。

「そこであなた達にお願いがあります」

「……聞きましょう」

王女の真剣な表情に、こちらも姿勢を正して向き直る。

「遠征軍との正面からの戦いは私達で引き受けます。貴方達《あなた》は別動隊として、その間にリツのギフトを止めていただけないでしょうか？」

ギフトを止めて、か。

王女が言っているのは、俺達の手で中花さんを倒す……ではなく、俺だけが使える混沌《こんとん》の女神の神官魔法『異界の門』で日本に還《かえ》して欲しいという事だろう。

そうすれば中花さんに与えられた女神の祝福は消え、ギフトも失われる。遠征軍にいる洗脳された人達も元に戻るはずだ。

そして聖王家は、ギフトが消えた事で処刑が完了したと判断し、それ以上は追及しないという事だろう。

「クレナ、春乃さん……」

彼女達を見ると、二人はコクリと頷いた。妥協点としては有り、か。

「分かりました、引き受けましょう」

「ありがとうございます！」

俺が右手を差し出すと、彼女は小さな両手で握り返してきた。

問題は、遠征軍の中にいる中花さんをどう狙うか。まずはそれを考えるとしよう。

「俺達だけで中花さんを狙うのは難しいよな。あっちも警戒しているだろうし」

「そうね、不可能とは言わないけど……」

相手が陣を張りそうなところに先回りをして、『無限《アンリミテッド》バスルーム』内に隠れておく。そして扉近くに中花さんが現れたら不意打ち……うん、現実的ではないな。

「やっぱり、ユピテル軍とヘパイストス軍が戦っている隙を突くしかないのでは？」

そう春乃《はるの》さんは提案した。確かにそれしかなさそうだが、相応に被害が出るだろうな。なんとかそれを、特にこちらの被害をできるだけ減らすための策が欲しいところだ。

「アキレスにも相談してみますが……」

王女も、この件に関しては案を出す事はできないようだ。軍事に関しては素人らしいので仕方がない。といっても、素人なのは俺達も同じではあるが。

「ゲーム的に考えるなら、挟撃すればって言うところなんだけど……」

「ユピテル軍とヘパイストス軍で？　それならこちらの被害は抑えられるだろうけど」

そう言うクレナは、おそらく「ゲーム」と聞いてボードゲームを思い浮かべている事だろう。しかし、俺がイメージしているのはコンピュータゲームの方だ。

敵部隊を包囲して戦闘が有利になるのは、シミュレーションゲームではよくある話なのだ。実際どうなのかは分からないが、後でアキレスさんに確認を取ってもらおう。

この場合はクレナの言う通り、待ち構えるユピテル軍と追撃するヘパイストス軍で前後から遠征軍を攻撃するという事になる。

「それができれば理想的……なのでしょうか？」

しかし、王女の反応は芳しくなかった。どうにもピンと来ないようだ。

「そのような事が本当に可能なのですか？」

それどころか怪訝《けげん》そうに見てくる。これはもう少し詳しく説明した方が良さそうだ。

「確かに、いかにして挟撃を成功させるかが問題になりますね」

「私なりに考えてみましたが……まずユピテル軍が囮《おとり》となって、その隙にヘパイストス軍が背後から奇襲するという流れになりませんか？」

王女は口に出さなかったが、ヘパイストス軍が奇襲するまでユピテル軍が単独で遠征軍と戦う事になる。王女もそこを気にしていそうだ。

そこはタイミングを合わせて同時に……と軽々しくは言えないな。

ゲームのように、リアルタイムでそれぞれの位置を確認しながら、同時に攻撃を開始できるように軍勢を動かすという訳にはいかないのだ。

現実にそのような連携を行うのは難しい。そういう意味で、王女の懸念は正しい。

何かそれをフォローする方法を考えなければいけない。

「トウヤの屋内露天風呂なら、各軍勢の位置を確認できるんじゃない？」

クレナがそう提案してきた。確かにそれは俺も考えたが……。

「位置を確認するまでならいける。でも、その情報を両軍に伝える方法が無い」

「私と冬夜《とうや》君で使っていた通信の神具を用意できませんか？　あれを使ってお互いに連絡を取り合いながら進めばいいのでは？」

「でも、あれは……」

春乃さんが使っていた神具は壊れてしまっているため、現在手元には一つしかない。いや、あれは対になる物同士しか通信できないから、実質ゼロか。

実際に俺達《たち》とユピテル軍、ヘパイストス軍で通信しようとすれば、あの通信の神具は二組、つまり四つ必要になる。

ナーサさんの所に行けばあるかもしれないが、アテナへ行って、帰ってきて、更にヘパイストス軍にも神具を届けるというのは時間的に無理があるだろう。特に最後が。

王女の出陣だって、それまで待っていたら遠征軍が戻ってきてしまうかもしれない。

通信を取り合って連携するというのは良い案だとは思うのだが……。

「……ん？」

ここでふと、ある事に気付いた。

「その、今回王女様が出陣するのは聖王家として責任を取るためですよね？」

「えっ？　ええ、それだけではありませんが……」

「光の神殿にも責任取ってもらえませんか？」

「……はい？」

そもそも俺達の召喚には聖王家だけでなく光の神殿も関わっているのだから、この理屈も通るはずだ。

「具体的に言うと、神殿の通信の神具、貸し出してもらえないかって話なんですけど」

そう、俺達の通信の神具は、元々神殿で使っている物の簡易版のようなもの。神殿にある方が正式なものなのだ。あちらは通信相手も限定されていない。

「それなら、ヘパイストスの光の神殿にもあるはずですし、ヘパイストス軍にはあちらの物を持っていってもらえれば、こちらから運ぶ必要は無いですよね？」

「ちょっと待って、トウヤ。こっちはどうするのよ？　私達とユピテル軍で二つ必要になるわよ？　あれって神殿に一つしか無いわよね？」

「いえ、城にも同じような物がありますので、こちらの数は問題ありません」

王女曰《いわ》く、いざという時の備えとして城にも通信の神具があるらしい。

聖王家用に調整したもので、神殿の神具と通信する事もできるそうだ。

「それで、借りる事は可能ですか？」

「可能だと思います。神殿にも責任をというのは、私も納得しましたし」

そう言って王女は、フフフと笑った。

俺達の召喚の原因となった魔王復活の予言は、聖王家と光の神殿両方の神託の断片を合わせたものだったな。片方だけでは成立しなかったし、思うところがあるのだろう。

それはともかく、この連携の件は一度持ち帰ってアキレスに相談してみるそうだ。

それはありがたい話だ。俺達も軍事に関しては素人なので、元将軍のアキレスに実現可能かどうか検討してみてほしい。

「そうだ、ヘパイストス軍には、先に神具の件を話しておきますよ？」

「こちらの神殿の神具についても話をしておいてもらえますか？　聖王家の物はこちらでなんとかしますので」

「分かりました。あ、通信を使った連携について、分かりにくかったら呼ぶか、こちらに来ていただければ」

「こちらにもコスモ……勇者ナツキがおりますので大丈夫だと思いますが、いざという時はよろしくお願いします」

コスモスでは無理と判断したか、王女。

シミュレーションゲームをやるタイプだったら案外分かりそうな気もするが、それをこの世界の人達にも理解できるように説明できるかは別問題だ。

コスモスか神南《かんなみ》さんが、上手《うま》く説明できる事を祈っておこう。


という訳で王女は城に戻り、俺達は神殿長と話をする事になった。

一緒に神殿長と話してもらおうとセーラさんの部屋を訪ねると、トレーニングウェア姿のサンドラが一緒にいた。

どうやらサンドラが、セーラさんをトレーニングに誘いに来ていたらしい。

せっかくなので元『光の女神巡礼団』のサンドラにも連携作戦について聞いてもらう。

すると二人は揃《そろ》って首を傾《かし》げ、サンドラからは『巡礼団』同士でもそんな事はやった事がないので分からないと言われてしまった。

ただ、実現すれば味方の被害を減らせそうだというのは分かってもらえたようだ。

実のところクレナの理解もその程度らしく、俺と春乃さんは顔を見合わせる。これは、もう少し説明の仕方を考えた方が良さそうだな。

「ひとまず作戦の話は置いておいて、通信の神具貸し出しについてはどうですか？」

「神殿の神具を、ですか……あれ、持ち運びするには不便な気もしますが……あ、私達は大丈夫ですよ？　『無限バスルーム』がありますから」

使用に関しても、『無限バスルーム』の入り口近くに置いておけば大丈夫だと思う。

ユピテル軍とヘパイストス軍には、馬車とかを用意してもらえば大丈夫だろうか。

上手く連携できればこちらの被害を抑える事につながるので、なんとかして欲しい。

「貸し出してもらう事自体は大丈夫ですか？」

「ここの神殿については。ですが、ヘパイストスの神殿がどう判断するかは、ちょっと分かりませんね……」

セーラさん曰く、ユピテルの神殿に勇者召喚に関わった責任があるのは確かだが、ヘパイストスの神殿には無いとの事だ。

「……ここ、光の女神信仰の総本山でしたよね？」

「確かにそうなんですが、勇者召喚については、全ての神殿で相談して決めたという訳ではありませんので……」

となると、いざとなれば俺が通信で説得するしかないか。

あそこはヘパイストスでは立場が弱かったはずなので、ここが見せ場だみたいな方向で説得できないだろうか？

「とにかく、ヘパイストスへの通信は急がないと。すぐに神殿長に会えますか？」

「そちらは私達の方から話を通しておきますので、トウヤ様は通信を」

「私もか？　着替えてくるから待っていてくれ」

ああ、そうか。通信するだけなら先に済ませられるのか。

ならば神殿長の方はセーラさん達に一旦任せて、俺達は通信を済ませよう。

と言っても、俺は『無限バスルーム』を開いている間は動けないので、通信内容を決めてから春乃さん達に任せる事になるが。

「さて、どう説明しましょうか。こういう作戦をするから貸し出してほしいって、連携作戦の利点を分かってもらえれば、納得させやすいと思うんですけど」

「絵も送れたわよね？　ちょっと図にして説明してくれない？」

「そうだな、試してみるか」

相談して内容を決め、通信してみたところ、まずヘパイストス王に伝わるまでに半日。

情報を共有しながら連携する利点はすぐに理解してもらえたようだが、細かい所を詰めるのに更に七回ほど通信でやり取りをする事になった。

なお三回目から、神官達が通信の神具を『無限バスルーム』に持ち込んできたので、扉を潜《くぐ》ってすぐのところに置いてもらっている。

向こうでもしっかり検討とかしているようで、返事がくるまで一時間とかはざらだったため、当然一日では終わっていない。

「あ、これはそのまま持って行ってもらっても構いませんので」

そのため通信の間に、セーラさんが通信の神具の持ち出し許可を取ってくれていた。

それにしても俺達の使っていた神具と比べてかなり大きいな。

形状も含めると銀行のキャッシュディスペンサーが一番近いだろうか。

違いは複数の相手と通信できるだけのはずだが、ここまでサイズが変わるのか。リウムちゃんがこれを持ったら飛ぶ事もできないだろう。

確かにこれは持ち運ぶには不便だな。『無限《アンリミテッド》バスルーム』が無ければ、馬車が必要になるだろう。これまで誰も戦争に使おうと考えなかったというのも理解できる。

というか、すまない。俺達が使っている神具のサイズをイメージして提案していた。

最終的には「便利そうだが、想像がつかない。とりあえずやってみよう」という事になり、ヘパイストス側も、通信の神具を持って行く事を了承してくれたので良しとしよう。

実は出陣間近で、タイミングとしてはギリギリだったらしい。

ちなみに使用に関してはセーラさん達がいるので問題無い……が、神殿側から神殿騎士六人、神官二人が派遣される事になった。

「これから遠征軍の中枢に殴り込みに行くって分かってますよね？」

「私もそう言ったのですが、それなら尚更《なおさら》勇者様を守らねばならないと……」

セーラさんも反対したが、押し切られてしまったらしい。多いと目立ち、かえって危険だと、ここまで減らすのが精一杯だったそうだ。

なお当初の予定では神殿長さんが自ら同行すると言っていたとか。これには隣で聞いていた春乃《はるの》さんも苦笑いである。

そうか、危険だからこそ派遣してくるのか。俺達が神殿側の『女神の勇者』だから。

「その、実はですね、その八人の方は、ハデスに六女神の神殿を集めた際に、光の神殿に赴任する候補となる方達でして……」

「ああ、そういう……」

そちらに向けての顔合わせという意味もあるのか。そういう事ならば、こちらも受け入れるしかあるまい。

ならば今晩バーベキューでもして、ルリトラ達も一緒に顔合わせしておこうか。ハデスに行けば、トラノオ族もいるからな。

「亜人と一緒は無理というのであれば、無理しないでいいと伝えておいてください」

「……分かりました、伝えておきます」

実際、そこで無理をされても不幸だからな、お互いに。

結論から言ってしまうと、この件についてトラノオ族はまったく問題にならなかった。

というのも今回来た八人は、皆ユピテルにいた頃のルリトラを知っていたのだ。神殿側も、そこはしっかりした人を選んでくれたようだ。

ただ、魔族の雪菜《ゆきな》と、インプのデイジィ、そして闇エルフのブラムスとメム、そして何より『不死鳥』の存在が少々問題だったようだ。

ルリトラは平気になったのだから慣れれば大丈夫だとは思うのだが、それこそ俺自身が言った通り、無理をする必要は無い。時間を掛けて慣れてもらう訳にもいかないしな。

結局、八人中三人が同行を拒んだそうだ。トラノオ族に関しては覚悟していたが、それ以外は考えていなかったといったところか。

なお、減る分には構わないだろうと思っていたら、翌日には神殿長さんの詫《わ》びと共に三人増えて八人に戻っていた。

最終的に神殿騎士は男四人、女二人の六人。神官は男女一人ずつの二人。合わせて八人が同行する事となった。

「その、大丈夫なんですか？　無理しなくてもいいんですよ？」

「問題無いのです、教義的には……」

「教義？」

詳しく聞いてみると、光の女神信仰の教義には『邪悪なるもの』という言葉があり、これをどう解釈するかについてはいまだに統一見解が出てないらしい。

「かつての戦いで魔王側についた種族を『邪悪なるもの』だとする見解が根強く……」

「ああ……」

なるほど、それでロニとプラエちゃんは問題にならなかったのか。

おそらく、その頃に出た見解のひとつがそのまま一定の支持を得ながらずっと残っているのだろうな。当の魔王は商売の方に軸足を移す気満々みたいだけど。

もし魔族は邪悪なるものとか言って攻撃してきたら、全力で雪菜を守るぞ、俺は。

今回神殿長さんも、ルリトラへの反応を見て亜人でも問題は無いという者を揃えてくれていた。そこにまさかの魔族、インプ、闇エルフが来てしまったという事か。

特にブラムス、メムは、城での戦いでは水路側に行っていて目立たず、神殿に来るとすぐに『無限バスルーム』に引っ込んでしまったため、知らなかった人も多かったようだ。

そのため神殿長さんは改めて確認を取って追加の三人を揃えたそうだ。

「他の五人も無理してません？」

「それは大丈夫です」

まぁ、信仰に関わっている事だし、信者でもない俺から口出しする事ではないか。

ちなみにこの件について夢の中で光の女神に尋ねたところ、「種族単位で善悪を決めるな」という極めて常識的な返答をいただいてしまった。そりゃそうだ。

翌日、神殿長さんにも伝えたら物凄《ものすご》く複雑そうな顔をしていたのはいうまでもない。

ちなみにこの『邪悪なるもの』の見解について、セーラさん達《たち》にも尋ねてみた。

「やはり犯罪者、悪人の事ではないでしょうか？」

「人に危害を加えるモンスターですね」

前者がセーラさんとリン、後者がサンドラとルミスだ。

それを聞いてなんとなくだが、初代聖王と魔王の戦いの真相を知ったセーラさんが、大きなショックを受けていた理由が分かったような気がした。

ハデス側の商売に対抗できなかったユピテルを始めとする周辺国が、武力でハデスを打倒しようとしたところから始まっていたというのが真相だったあの戦い。

彼女の見解だとユピテル、ひいては光の神殿側が『邪悪なるもの』になってしまったのではないだろうか。

「いや、私とは関係無いし？」

リンの方はこんな感じに割り切っていたので、性格の問題もあるとは思うが。

それにしても、六女神の神殿を集めたら、この手の問題が起きる可能性があるという事か。色々と考えさせられる話である。

少し時間は前後し、六回目の通信を終えて返事を待っている頃。具体的には通信した時にはもう夜で、翌朝まだ返事が来てないと確認した頃。城の方から呼び出しがあった。

あちらも『無限バスルーム』の事は分かっているため春乃さんだけで良いとの事だったので、俺は留守番で春乃さんを送り出す。

サポートとしてクレナとセーラさん、護衛としてルリトラも一緒に行ってもらった。

当然城での話は王女率いるユピテル軍を出陣させる件、そして王子の処分についてだ。

といっても既に決まった事の発表だけで大して時間は掛からなかったようで、春乃さん達は昼前には帰ってきた。

こちらも七回目の通信は最終確認だけだったので、昼食がてら話を聞く事にする。

まず王子に関しては王位継承権の凍結と無期限謹慎処分。剥奪ではなく凍結だ。

王女が戦場に出る事でもあるし、万一を考えての事だろう。

というかギフトが解除された後、自分のした事にショックを受けて寝込んだそうだ。

謹慎と言うより自宅療養に近いのかもしれない。

王女の出陣については確認した通りで、通信の神具も持っていくらしい。

「既にアキレスさんが準備を進めていて、あちらは三日程で出陣できるそうです。私達はどうしますか？」

「そうだな、明日で食料の補給も済みそうだし、明後日《あさって》の朝に出発しようか」

連携のための情報を得るためにも、俺達は先に行かねばならない。トラノオ族の力を借りれば、進軍速度の差もあって一日でもかなり先行できるだろう。

そして出発当日、俺達はトラノオ族の背に乗ってユピテルを発《た》った。

俺達は急いで先行しなければならない。そこでドクトラ達の背に乗って町の外を走ってもらったところ、四人が車酔いならぬリザードマン酔いでギブアップしたのだ。

ちなみに入れ替わりで入る人は、懇親会という名の面接を通して選んだ。

『無限バスルーム』を使用している間は動けない俺が、既に選ばれた人達も合わせて候補者達をお茶会に招き、春乃さんも参加してチェックしてもらったのだ。

その結果選ばれた八人、男性が神殿騎士二名のみになってしまったのはご愛敬《あいきよう》である。

その内の一人が、一番の年長者である生真面目そうなベテラン騎士だ。

派遣騎士達のリーダーを任せたところ、酒の席でルリトラ、ドクトラ、ブラムス、そして『不死鳥』相手に若者と女性ばかりで肩身が狭いと愚痴っているそうだ。

八人の中に他にも同年代の人がいれば良かったのだろうが、皆リザードマン酔いで全滅してしまったからな……。

ちなみにもう一人は新人騎士で、こちらはまったくリザードマン酔いしないタイプらしく、俊足の若手戦士と仲良くなっている。

残りの六人は全て女性だ。なお、混浴はしない。そこはキッチリ区別する。ブラムス達と同じように、入浴時間を分けて対応しよう。


という訳で、俺達は早朝の内にトラノオ族の背に乗ってユピテルを発った。

流石《さすが》にプラエちゃんは乗れないが、風の神官魔法を使い走ってついて来ている。

ちなみにデイジィは、プラエちゃんの胸の谷間の中だ。一番乗り心地が良いらしい。うらやましくな……いや、やっぱりうらやましい。

聖王都の東は草原が広がり、その中を大きな街道が真《ま》っ直《す》ぐに延びていた。

ルリトラに乗っているとのんびり景色を楽しむという訳にはいかないが、できるだけ遠くを見るようにしておく。

集団で爆走していると野生のモンスターも逃げるようで、休憩時間以外は走り通しで日が暮れるまで駆け抜けた。

夜はしっかり休もうと皆で『無限バスルーム』に入るのだが、ここで一つ問題が発生、いや発覚した。

「なんか、昼間にメッセージが送られてきていたらしい」

「えっ？　今届いたんですか？」

「いや、連絡取れないから、何度もメッセージ送ってたそうだ。最新のものが今届いた」

昼間のメッセージは届かずじまいだったようだ。何通送られていたのだろうか。

神殿から借りてきた通信の神具、使う時に扉を開いておくというのは分かっていたが、そうか、相手が使用する時も開いておかなければいけないのか。

『無限バスルーム』は、魔法でもなんでも外からの干渉を受けないからな。

夕食の準備などはクレナ達に任せ、春乃さんと二人でフランチェリス王女、ヘパイストス王と何度も通信して善後策を検討する。

通信するのは何時から何時までと決めようにも正確な時計が無いんだよな、この世界。

『異界の門』を使って安物でも日本の時計を手に入れられれば……いや、ヘパイストスに送る手段が無いから一緒か。

検討の結果、当座は日暮れから夜明けまでを通信の時間とする事になった。今日はそれだけを確認して通信を終える。

明日は日暮れと同時に一番風呂に入って、全軍の位置関係を確認しないといけないな。

「夜の間は、扉開けっぱなしにしておこう」

「となると見張りが必要ですな。我々が引き受けましょう」

トラノオ族が三人、神殿騎士が、夜間の門番を引き受けてくれた。

トラノオ族と神殿騎士一人を一組とし、交代で門番をしてもらう。ローテーションについては、彼等《かれら》に決めてもらおう。神殿騎士には通信の神具のチェックも任せる。

その間に俺達は入浴。屋内露天風呂で全軍の位置を確認する。行軍の知識が必要となるので春乃さん、クレナに加えてサンドラ、リン、ルミスも一緒だ。

上空から見下ろした風景を壁に映し出す。夜なので暗いが、町の灯《あか》りが目立ちかえって分かりやすい。

「今いるのがここですか……一日でかなり進めましたね」

「えっと確か、ユピテルからあの村までが半日くらいだから……あったあった」

リンが指差したのは、ユピテルの北にある村だった。

「ユピテルからの距離を比べたら……」

壁に顔を近付けて考え込んでいる。つんと突き出されたお尻。湯浴《ゆあ》み着《ぎ》の裾が際どい。

視線が吸い込まれてしまいそうだったので、隣に移動して一緒に壁を覗《のぞ》き込む。

「これ、十倍以上進んでない？」

「ルリトラ達のおかげだな」

再び映像を上空からのものに戻し、ヘパイストス軍と遠征軍を探す。

人里ではなさそうな灯りを見つけては拡大してチェックする事十回ほど、両軍の位置も確認する事ができた。

「……というか、野営って準備しないといけないんだな」

「今更何を言ってるんですか……って、そういえば必要ありませんでしたね、私達」

そう言って春乃《はるの》さんがあははと笑う。

家ごと移動しているようなものだからな『無限《アンリミテッド》バスルーム』。この準備無しですぐに休めるというのも、俺達の利点のひとつだろう。

探すのに時間が掛かってしまったので、皆でお風呂につかって温まり直す。

風呂場に紙も粘土板も持ち込めないので、板と墨で全軍の位置関係を書き留める。この情報は後で王女達にも送っておこう。

「ねえ、遠征軍に一番近いのはヘパイストス軍だけど……速くない？」

「日数を考えるとかなり速いですね。ヘパイストス軍、これほど速かったのか……」

サンドラは感心した様子だ。こうなると、逆に追いついてしまう事が怖いな。夜だけではなく、日中も休憩時間に位置を確認した方が良いかもしれない。

こちらは『無限バスルーム』を開いている時しかメッセージを受け取れないが、王女達はそうではない。いざという時は日中でも通信できるはずだ。

この辺りの事もしっかり打ち合わせしておこう。


そして翌日も、俺達はルリトラ達に乗って一路東へと爆走した。

王女軍も今朝出陣したはずだ。昨夜位置関係を伝えたところ、アキレス将軍から少し急ぐとの連絡があったので、あちらも今頃頑張っているはずだ。

休憩中も位置を確認していたが、流石にヘパイストス軍が速いといっても一日で追いつけるような距離ではなく、特に問題は起きずに日が暮れる。

改めて全軍の位置を確認。昨日の位置と比べてみて、いくつかの事が分かってきた。

まず、王女軍と比べて遠征軍の行軍速度が遅い。王女軍が急いでいるというのもあるだろうが、それを踏まえてもゆったりしているのではないだろうか。

「ユピテルで起こった事を知っていれば、もう少し急いでいたんでしょうけどね」

「逆にいえば、知られていないからこそのこの動きか」

報《しら》せようとした使者は、クレナが捕まえた。あれ以外はいなかったという事だろう。

おかげでヘパイストス軍は、今日一日でかなり距離を詰めている。このままだと本当に追いつきかねないので、こちらも調整が必要になりそうだ。

「遠征軍は街道を使っているようですから、『空白地帯』を迂回《うかい》するこのルートで進んでくるでしょうね」

サンドラが隣に来て、板に描かれた地図の上を指でなぞった。

北のユピテル、南のハデス、そしてハデスの東にあるヘパイストス。サンドラがなぞったのはヘパイストスから北上し、途中で西進してユピテルに向かう街道を通るルートだ。

このままだと西進して少し進んだあたりで、王女軍と遠征軍がぶつかるだろうか。

改めて会敵予想地域を少し拡大し、辺りの地形を見てみる。南側は『空白地帯』だが、北側には森や丘がある。

俺達《たち》は先行してその辺りまで進み、全軍の動きを見ながら隙を窺《うかが》う事になるだろう。逆にいえば、そこまでは問題無く進めそうだ。

「しばらく、爆走するだけの毎日になりそうですね」

そう春乃さんがぼやいた。

念のために言っておくが、体力の消耗が激しいので楽という訳ではない。だが、この様子ならばかなり余裕を持って到着できそうだ。


特に問題が起きる事もなく、そのままルリトラ達に乗って爆走する事数日。俺達は一足早く会敵予想地域にたどり着いた。流石はトラノオ族である。

三軍の到着まであと四、五日といったところだろうか。まだ日暮れまで間があるため、連絡するには少し早い。

ここまでの強行軍でリザードマン酔いの神殿騎士達だけでなく、トラノオ族の戦士達にも疲れが見える。ブラムスとメムも厳しそうだ。

三軍が集まるまで時間があるので、まずはしっかり休んでもらう。

屋内露天風呂で見ていた上空からの映像では少し分かりにくかったが、この辺りは平原といっても真っ平らではなく、緩やかだが高低差があるようだ。

今いる平原の西側が丘陵になっており、街道はその麓に沿うように東西に延びている。

クレナも『無限バスルーム』から出て来て、辺りを見回す。

「あの丘を先に取って待ち構える事ができれば、有利になりそうね」

「今のところ、どちらが先に到着するかは微妙なところですね」

春乃さんが地図を広げながらつぶやいた。

その地図には、今日までの全軍の動きを書き込んでいるのだが、毎日きっちり一定距離進んでいるという訳ではないため、まだ判断し辛《づら》い。

いや、ここで俺達だけで考えていても仕方がない。まずは周辺の地形を詳しく調べ、王女達に伝える事から始めよう。

それと並行して休息を取りたいが……。

「どこか、身を隠せそうな所はあるか？」

そう言うと、ブラムスが静かに近付いてきて北を指差した。

「あの森がよろしいかと」

「トラノオ族の体格と人数を考えると、ちと不便ではありませんか？　それに指揮官の性格次第ですが、森があれば斥候を出してモンスターがいないか確認する可能性が……」

するとベテラン騎士も近付いてきて、そう指摘してきた。

少し距離はあるが、鬱蒼《うっそう》と生い茂った森である事がここからでも分かる。ルリトラとドクトラだけでなく、若い戦士達もあの中では動きにくそうだ。

森に斥候を放つ可能性は……遠征軍を実際に指揮している人次第か。それは無いとも言い切れないな。

「そこは大丈夫だ、『無限バスルーム』の扉さえ隠す事ができれば。それ以上、森の奥には入らなければいい。扉を閉じたら見つからないしな」

「なるほど、そういう事ならば……」

彼は納得して引き下がった。この辺りは慣れの問題か。『無限バスルーム』を体感してまだ数日だからな。

「こいつが特殊なんだ。他にも気付いた事があれば、遠慮無く言ってほしい。俺は軍事行動に関しては素人だから」

「ハッ！」

『無限バスルーム』の扉に手を掛けながらそう言っておく。彼は、この中では数少ない指揮能力のある人なのだ。頼りにしたい。

「それで、早速尋ねたいんだが……王女軍があの東の丘を確保できたとする。その時、北の森に俺達が潜んでいた場合、遠征軍に奇襲を仕掛けられるか？」

「……難しいかもしれませんな。距離があり過ぎます」

「やっぱりか……」

ここから見ても、結構距離があるからな。東の丘で王女軍が待ち構えて会敵した場合、遠征軍は丘の更に東側、つまり向こう側にいる事になる。

「トラノオ族の突撃は勢いがありますが、盛大に土埃《つちぼこり》が舞い上がり目立ちます。ですので相手に対応する時間を与えてしまった場合、奇襲の効果が薄れてしまうでしょう」

「ぬぅ……」

唸《うな》るルリトラ、否定できないようだ。奇襲するなら、もっと近くから突撃するか、気付かれずに近付く方法を考えるか、か。

「それじゃあ明日改めて周囲を調べて、作戦を練る事にしよう」

「時間はあるようですし、それでよろしいかと」

皆賛成してくれたので、早速北の森に移動する事にしよう。

北の森は、細い樹木が密集していた。木々の間隔は狭く、中はまだ昼間だというのに薄暗く、ジメジメしている。この湿度、トラノオ族には合わなそうな森だ。

これならば扉を隠しやすい。薄暗さも手伝い、森に入ってすぐのところに扉を出せた。

そして皆を休ませるのと並行して、周辺を調べてもらう。今晩の連絡時に、ある程度情報をまとめて渡しておきたい。

「それでは行ってまいります!!」

新人騎士が、俊足のトラノオ族戦士に跨《また》がって駆けていった。あのコンビ、この数日で随分と仲良くなったものだ。偵察要員として非常に頼りになる二人である。

その日の晩、周辺の地形について王女軍とヘパイストス軍に相談を持ち掛けてみた。するとアキレスの進言により、明日から王女軍が進軍速度を上げて丘陵の確保を目指す事となった。彼曰《いわ》く、丘を確保すれば有利になるのは戦術の初歩の初歩であるらしい。実は現在のところ、王女軍の進行が少し遅れ気味だ。彼女達が遅いというよりも、三軍の出発地点の問題ではあるが。

そのためこのままの速度で進軍すると、この平原に到着するのがほぼ同時、下手をすると王女軍の方が遅れる可能性が高いとの事。

つまり、その状況で会敵してしまうと、遠征軍が丘陵を確保してしまうという事だ。先程の森の話ではないが、遠征軍が丘陵にも斥候を放てば、王女軍に先に気付いて丘陵確保に走る可能性は更に高まるかもしれない。

「会敵予定地を、東西どちらかにずらしてしまうのはダメか?」

「これ以上東にずらすと、王女軍が間に合わないと思うわ」

「西側は平原が広がっているので、陣など張る余裕も無く、真正面から王女軍と遠征軍がぶつかる事になりますね」

「そうなると『無限の愛《アンリミテッドラブ》』で強くなってる遠征軍が有利、か」

政治的な話になるのだが、ユピテルとしては先にヘパイストス軍と「ユピテルの」遠征軍が戦端を開く事は避けたいらしい。

まず王女軍が遠征軍の攻撃を受け止め、そこにヘパイストス軍が救援に来て挟撃するという流れは外せないそうだ。

そうなるとやはりアキレスの言う通り、一刻も早く王女軍が丘陵を確保し、陣を張って待ち構える方が良いのだろうな。被害を減らす意味でも。

そして俺達は、挟撃され混乱している遠征軍に奇襲を仕掛ける訳だが、ここまでの情報を整理すると、やはり森からの奇襲は諦めた方が良さそうだ。会敵予定地から遠過ぎる。

明日はもう少し東に移動し、身を隠せる場所がないか探してみよう。


それから準備を進めること三日。その日の午後に王女軍が到着し、丘陵に着陣した。

遠征軍はおそらく明日の午前中あたりに到着するだろう。

ここはもう少し進んで、今夜遠征軍に夜襲を仕掛ける……には微妙な距離か。やはりここで待ち構える事になりそうだ。

こちらも三日の内に準備は終えている。やはり森は遠かったため今は会敵予定地の近くに身を潜めている。『無限バスルーム《アンリミテッド》』を使えば、狭い場所で大勢隠れられるのだ。

今日は何も無さそうだし、明日に備えて英気を養う事にしよう。

こんな風に空いた時間は派遣の神官達から質問攻めにあうのがここ数日のお約束になっているが、今日はしっかり休むように言っておく。

日暮れ時に遠征軍の位置を確認してみたところ、予想していた位置より少し遅れ気味の場所に陣を張っていた。これは早く報せなければ。

すると王女軍、ヘパイストス軍の双方から、明日は一日中通信できるようにしておくというメッセージが届いた。

既に陣を張っている王女軍はともかく、ヘパイストス軍はどうするのだろうか？　担ぎながら行軍するのだろうか？　あの筋骨隆々のヘパイストス王ならやりかねないな。

運搬方法はともかく、次の日の決戦当日は、朝から定期的に屋内露天風呂で遠征軍の位置を確認しては、両軍に情報を送る事になった。

ちなみに何かあった時の連絡役を任せるため、デイジィがずっと一緒である。

流石《さすが》に毎回入浴という訳にはいかず、並行して決戦の準備も進めなければいけない。

そのため鎧下《よろいした》を着たまま屋内露天風呂に入る事になるが、お風呂の温度を水まで下げれば、そこまで暑くはならない。

合間合間に闇の和室で休んで、消費したＭＰ《マジックパワー》を回復させておく。ラクティを抱っこしていれば更にＭＰの回復が速まる、ような気がする。

確認ついでに王女軍の方も見てみたが、昨日の内に柵を作り、穴を掘り、しっかり防戦の準備をしたようだ。あれならば遠征軍が攻め寄せても有利に戦えそうだ。

一方遠征軍は、昨日の遅れもあって会敵予定地への到着が遅れそうだ。今日の午後になるのではないだろうか。今日の昼食は早めにとるとしよう。

しかし、こちらはそれでいいが、ヘパイストス軍が会敵前に追い付いてしまわないかが心配になってくる。もう少し近付いたら、通信の間隔を短くしなければなるまい。

他の準備は全てルリトラ達に任せ、俺はそのまま遠征軍の動きの確認に専念。

するとお昼を過ぎた辺りに、遠征軍が会敵予想地点にたどり着いた。

少し近付いて見てみると、これから昼食なのかテントを張って準備を始めている。丘陵までそれほど距離も無いが、まだ王女軍には気付いていないようだ。

「あ～、下から見ると結構分かりにくいように作られてるんだな、あの陣」

「そういう作り方があるんだろうな」

前方、後方に二人ずつの斥候が放たれた。指揮を執っているのは中花《なかはな》さんではなく傍《そば》にいる騎士のようだ。

「デイジィ、連絡を……あ、いや、一緒に行こう」

「ん、オッケー」

すぐに地図の遠征軍の位置をメモに書き込み、入り口にある通信の神具の所に向かう。

控えていたセーラさんに通信を頼み、その間に俺は別件の所用を済ませる。

そして二人で戻り、改めて様子を窺《うかが》っていると王女軍の方に動きがあった。

「あれ、片方『百獣将軍』だよな」

確かに『百獣将軍』と神南《かんなみ》さんだ。二人はそのまま麓へと下りていく。

何をするのかと思って見ていると、二人で近付いてきた斥候を捕まえてしまった。

かといってそのまま陣に連行する訳でもなく、何かを渡して解放している。更に近付いて見てみると、それが書状である事が分かった。

神南さん達《たち》はそのまま陣に戻り、斥候の二人は慌てた様子で戻っていく。

「なんだ、解放しちゃうのかよ。つまんねえ」

「いや、これもしかして……」

もしやと思って斥候の方を追ってみると、書状はテントにいる中花さんに手渡された。

しかし彼女は、それをすぐに傍の騎士に渡す。斥候の派遣を指示していた騎士だ。

他にも数人の騎士がいるが、彼等《かれら》もそれを当然のように受け止めている。やはり実質的な指揮官は彼なのだろう。騎士隊長といったところか。

騎士隊長が書状を読み上げるが、その途中で周りの騎士達の表情が変わり、読んでいる隊長もわなわなと肩を震わせ始めた。

そして中花さんは潤んだ瞳と芝居掛かった仕草で何やら訴え掛け、それを皮切りに騎士達が一斉に騒ぎ出す。

音声は伝わってこないが、騎士達は隊長含めて全員怒っている事が見て取れる。

「やっぱりか……」

「あいつら、なんで怒ってるんだ？」

「多分あの書状には、中花さんを引き渡せみたいな事が書かれていたんじゃないかな」

「はぁ？　あいつら王子みたいな状態なんだろ？　聞く訳ないじゃん」

「ああ、分かった上でわざとやったんだと思う。怒らせて、攻めさせるために」

せっかく防衛の準備を整えても、それを見て攻撃を控えられたら意味が無い。

そこで王女かアキレスが、挑発して攻め込ませる事を考えたのだろう。

昼食がまだ途中のはずだが、もう彼等はそれどころではないらしい。

テントから飛び出し、兵達に指示を飛ばしている。このまま攻め込むつもりか。

兵達も今あるものを慌ててかき込み、中花さんのテントの前に整列。その様を見て俺は気付いた。誰一人として兜《かぶと》を被《かぶ》っていない。

兵達の前に立った騎士隊長、拳を振り上げて演説しているのだろうか。すると兵達も手にした武器を天に掲げて何やら騒ぎ出した。

この様子、やっぱりか。どうやら兵一人一人に至るまで中花さんのギフトの影響下にあるようだ。これは手強《てごわ》いぞ。

王女軍は先に丘陵を確保し、防衛の準備を整えている。だが、それでも油断できないかもしれない。

激戦の予感を覚えつつ、俺は固唾を呑《の》んで戦況を見守るのだった。

まず先陣であろう部隊が丘陵に向かっていく。遠征軍全体の三分の一ほどだろうか。

王女軍からも見えているかもしれないが、すぐに連絡してもらおう。

「あと、皆にも伝言を頼む。タイミングを見計らって飛び出すから、いつでも行けるように準備をって。あと、『魔力喰《ぐ》い』を頼む。ロニに言えば分かるはずだから」

「分かった！」

そう言ってデイジィは、元気よく飛び出して行った。

そして彼女が戻ってくるまでに王女軍と遠征軍の間で戦端が開かれる。王女軍はアキレスの指揮の下、陣地を活《い》かして防戦に徹しているようだ。

兵までギフトの影響下にある遠征軍に押され気味のところもあるようだが、コスモスがすかさず『無限弾丸《アンリミテッドブリット》』を撃ち込んで援護している。

その派手で目立つ活躍のおかげで士気も上がり、ようやくとんとんといったところか。

その間にデイジィが、ロニ、雪菜《ゆきな》、ラクティ、プラエちゃんを連れて戻ってきた。プラエちゃんが『魔力喰い』一式を抱えている。

彼女達に手伝ってもらって『魔力喰い』を装備。そのまま戦況を見守る。

全体的に王女軍が押され気味だな。コスモスと神南さん、それに『百獣将軍』が援護しているところは優勢なのだが、それ以外がまずい。

有利になるよう、先に丘陵を確保してもこれか。ただの兵も一流の騎士ぐらいにまで強くする。改めて凄《すさ》まじいギフトだな『無限の愛』。

一旦映像を切り替えてヘパイスト軍の位置を確認する。かなり近付いているが、到着まであと一時間ほど掛かりそうだ。

俺達が出るのはそのあと、それまでは信じて見守るしかない。やきもきしながら一進一退する戦況の推移を見続ける。

リアルタイムで敵の動きを伝えるとかできればいいのだが、メッセージは王女の所にしか届けられず、そこから前線に連絡となると、どうしてもタイムラグが生まれてしまう。

こればかりは仕方がない。そちらは諦めて、遠征軍後方の様子を調べてヘパイスト軍に情報を送っておこう。せめてできる事を、だ。

全体的に見れば、王女軍は押され気味だ。しかしコスモスが入り、その隙に怪我人《けがにん》を救助。他の者がその穴を埋める事で戦線を維持している。

怪我人は神官の治療を受けて、復帰できればまた別の穴を埋めるといった具合だ。

対する遠征軍は、まったく退《ひ》かないし、怯《ひる》まない。たとえ傷付いても立ち止まる事なく前進し続けている。

これも『無限の愛』の影響だろう。中花さんのためにも退けないといったところか。

そのため王女軍の方が、傷だらけの遠征軍に対して「これ以上攻撃するとまずい」と躊《ちゅう》躇《ちょ》してしまうようだ。おそらく劣勢の原因のひとつはそれだろう。

厄介だ。そして手強い。王女軍だけだとこのまま押し切られてしまいそうだ。ヘパイスト ス軍との連携作戦が無ければどうなっていただろうか。

上空からの映像に切り替え、焦燥に駆り立てられながら戦場全体を俯《ふ》瞰《かん》で見守る。

コスモス達がなんとか戦線を支えてはいるが、彼等は三人しかいない。

徐々に押し込まれていく前線。せめて後方で指揮を執っているアキレスも加わっていれば……いや、焼け石に水か。

「……まずい！」

戦況を見ていた俺の口から、思わず声が漏れた。同時に仕掛けられた攻勢に対して三人がそれぞれフォローのために動いた事で、手薄な箇所が生まれてしまった。

その瞬間、遠征軍の攻撃がそこに集中する。おそらく狙ってコスモス達を引き離したのだろう。王女のいる本陣を狙うために。

コスモス達は気付いていなかったのか……いや、気付いていたとしても味方を助けに行かなければいけないのは変わらないか。

本陣にはアキレスがいるので、すぐに本陣が落とされるという事は無いと思うが……。

真っ先に動いたのは『百獣将軍』。丸太のような腕を振り回して周りの敵兵を吹き飛ばすと、邪魔する兵を薙《な》ぎ払いながら前線を突破した一団を追い掛けている。

神南さんもそれに続こうとするが、集中攻撃を受けて動けずにいる。あれでは背を向ける事はできないだろう。

王女の事が気になるだろうが、ここは堪《こら》えてくれよコスモス。彼がフォローできる範囲は、他二人よりも広い。彼まで抜けてしまえば、前線は瓦解してしまうだろう。

俺も今すぐ助けに行きたいが、拳に力を込めて耐える。『魔力喰い』が無ければ、爪で自分の手を傷付けていたかもしれない。

代わりにMPを消費する感覚が、俺を落ち着かせてくれる。

遠征軍の兵達は『無限の愛《アンリミテッドラブ》』の効果を消さなければ止まらないだろう。

せめて春乃《はるの》さんだけでも援軍に……いや、それも駄目だ。

この状況で数人、数十人を正気に戻したところで戦場が混乱するだけだろう。かえって被害が増えかねない。今はただ、待つしかないのだ。

そこからの一時間は、とてつもなく長く感じられた気がする。

拳に力を込め過ぎないように開いたり閉じたりを繰り返しながら戦況を見ていると、遠征軍後方に現れた人間とケトルトの混成軍が奇襲を仕掛けた。

「……来た！　ヘパイストス軍だ!!」

思わず小さくガッツポーズを作って、声を上げてしまう。

送っていた情報のおかげか、見付からずにかなり近いところまで接近できたようだ。

遠征軍側も、ヘパイストス軍が突撃を始めた辺りで気付いたようだったが、あの距離では対応する時間が無いだろう。

遠征軍の本陣が慌ただしく動き始める。後方からの奇襲に対して、本陣に控えていた守備兵を動かすようだ。

「よし、行くぞ！」

この機を逃してはならない。見ているだけはここまでだ。屋内露天風呂の映像を切り、皆が待っている入り口へと向かう。

「デイジィ、先に行って連絡を頼む。ヘパイストス軍の奇襲が成功したって」

「王女のとこにだな、任せな！」

入り口に到着する頃には、既に連絡は終わっていた。クレナ達に春乃さん達、ルリトラ達に神殿騎士達、揃《そろ》って準備は完了している。

「既に聞いていると思うけど、ヘパイストス軍の奇襲は成功した。王女軍も、それに合わせて動いているはずだ」

「さっき返事があったけど、引き返そうとする敵兵が多いから、攻勢に出るそうよ」

「……ああ、本陣が危ないと思ったのか。中花さんがいるところだし」

それも『無限の愛』の影響だろう。

「となると、時間を掛けるとまずいな。だが、今なら遠征軍も浮足立っているはずだ」

皆、緊張した面持ちで話を聞いている。現状はベストとは言わないがベターではあるだろう。できる限り脅威は減らした。後はもう、やるしかない。

「俺が道を開く！　皆、続け！」

勢いよく『無限バスルーム《アンリミテッド》』の扉を開け放ち、外へと飛び出して魔法を発動させる。

「『精霊召喚』ッ!!」

次の瞬間「天井」が開き、差し込んでくる光に、目の前のスロープが照らされる。

ルリトラとドクトラを先頭に、トラノオ族の戦士達がそれを駆け上がって行った。

「な、何よ、あんた達!?」

「バケモノめ！　リツ様に近寄るなッ!!」

驚きの声と、怒声が上から聞こえてくる。場所はビンゴだったようだ。

続けて神殿騎士達が駆け上がって行き、クレナ達、春乃さん達と続く。プラエちゃんのサイズに驚いたのか、再び悲鳴が聞こえてきた。

それを聞き流しつつ、俺は全員が出たのを確認して『無限バスルーム』の扉を閉じる。

ここまでくればもうお分かりだろう。俺達が隠れていたのは地下、遠征軍の本陣の直下だ。大地の『精霊召喚』で地下空間を作り、そこに潜んでいたのだ。

『無限バスルーム』の扉と、『精霊召喚』を発動するためのスペースさえあればいいので、そこまで難しくはない。大地の『精霊召喚』だと、さほど音も出ないし。

先程入り口に行った時、地上で陣を築いている下で天井、つまりは地面を硬くしてこのスロープを仕込んでいたのだ。

後は天井を開けば、この通り本陣への最短直通ルートの完成である。

俺も駆け足でスロープを上がり、周囲を確認する。

ルリトラ達《たち》は既にテントの外に展開し、神殿騎士と神官もそちらに行っているようだ。

神官魔法で上手《うま》くサポートしてやってほしい。

ルミスとプラエちゃん、それに『不死鳥』の姿も見えない。彼女達もルリトラ達についいて行ったのだろう。

『不死鳥』はなんだかんだで元魔将だ。指揮を執らせたら問題だが、個人で暴れさせておく分には問題ない。むしろルミス達を守ってくれるはずだ。

クレナは先程から怒声を発し続けている騎士と相対していた。屋内露天風呂で見た指揮官だ。やはり整った顔立ちで眼鏡を掛けた男だが、どこか神経質そうな印象を受ける。

彼はクレナ、ロニ、ブラムス、メムで押さえてもらおう。

春乃さんの前には、中花《なかはな》さんがいる。俺は雪菜、ラクティ、リウムちゃんを伴って春乃さんの隣に移動した。

セーラさん、サンドラ、リンが相対しているのは……光の神官か？　若いが、ローブの刺繍《ししゅう》を見るにそれなりに高位の神官のようだ。エリート神官といったところか。

中花さんの影響力は、神殿の方にも伸びていたのか。

「リウムちゃん、ラクティ。二人はあいつを」

そう言って『無限バスルーム』の扉を地上に出現させる。二人はすぐさま中に駆け込んで、リウムちゃんがホースを引っ張り出してきた。

「行きますよー！」

中からラクティの声が聞こえてくると同時に放水開始。リウムちゃんが構えたホースから勢いよく放たれ、雨のように降り注ぐ。

流石《さすが》にこういう攻撃は予想できなかったのか。エリート神官は、避《よ》ける間もなく頭からそれを被《かぶ》った。

「な、なんの真似《まね》だ!?　『精霊召喚』!!」

エリート神官は整った顔立ちを怒りに歪《ゆが》めて手を突き出すが、何も起こらない。驚愕《きようがく》の表情で掌《てのひら》を見る。

無駄だ。お前が今被っているのは、魔将をも押さえ込んだ魔封じの水だぞ。

流石に放水を浴びせているだけでは、ずっとという訳にはいかないが、セーラさん達が取り押さえるぐらいの時間はもつはずだ。

これでいい。俺は改めて中花さんに向き直った。

さて、問題となるのはやはり彼女のギフト『無限の愛』だ。

春乃さんには『無限リフレクション』があるから効かないが、俺はそうはいかない。

俺にも『魔力喰い』があるが、ダメージを与える類《たぐい》ではなさそうなんだよな。

やはりなんとかして彼女のギフトの発動そのものを防ぐ必要があるだろう。そのための手段も……ある。

「中花さん……」

「な、な、何よ……」

「一緒に……風呂入ろうか」

念のため言っておくが、魔封じの湯でギフトを使わせないためである。いや、本当に。

「狼藉者《ろうぜきもの》が！　リツ様には指一本触れさせせんぞッ!!」

眼鏡の指揮官が噛《か》みつくような勢いで声を荒らげる。

俺に斬り掛かろうとするが、『吉光』を抜いたクレナに阻まれ、こちらまで届かない。

指揮官を任せられている割には直情的……いや、『無限の愛』の影響下にあるからか。

他の兵達も、目の前にいる相手よりも俺の方を気にしている様子だ。

これで皆、少しは有利に戦えるか。特に指揮官、この場を他の兵に任せてテントから脱出、外で指揮に専念されるのが一番怖かった。

しかし今の彼は、俺が何をしでかすかが気になってそれどころではないだろう。これで王女軍とヘパイストス軍への助けになればいいのだが。

俺は中花さんを捕らえるべく、春乃さんを背に庇《かば》うように立つ。

俺は『魔力喰《ぐ》い』で大抵の攻撃を防ぐ事ができて、彼女は『無限の愛』の効果を消す事ができる。俺が春乃さんを守るのは当然の配置だ。

そして何より、フルフェイスの兜《かぶと》も含めた『魔力喰い』一式を身に纏《まと》った姿は威圧感がある。中花さんも腰が引けているようだ。

こんな威圧感のある鎧《よろい》姿の男がいきなり地面から現れ、混浴を迫ってきたのだから怯《おび》えて当然という気もするが、それはスルーしておく。

相対したところで改めて中花さんの姿を見る。胸元、腕、脛《すね》を動きやすさ重視の金属鎧で守り、スカートを穿《は》いている。装備の構成としては春乃さんに近い。

白を基調にしており、スカートもふわっと丸みを帯びたシルエットで、全体的に装飾も多い。春乃さんのものと比べて「見せるためのもの」という印象を受ける。

いうなれば「異世界アイドル」といったところだろうか。後方に控えるカリスマ担当の指揮官、フランチェリス王女のようなタイプと考えれば正しいのかもしれない。

前線で戦うタイプには見えないが……油断は禁物だな。『無限の愛』の教導は本人にも有効なはずだから。

「ね、眠りなさい！」

中花さんが剣を抜かずに掌を突き出す。その動きを見て、思わず腕で目を庇う。直接は見えなかったが、掌から光を放ったようだ。

「な、なんだ……!?」

「なにこれ、眠……」

目くらましかと考えていると、いきなりサンドラとリンが片膝を突いた。

慌てて周りの様子を確認してみると、雪菜《ゆきな》は地に降りてへたり込み、リウムちゃんは倒れてホースを落とし、クレナ達もふらついている。

眼鏡の指揮官が、その隙を突いてクレナに斬り掛かろうとしていたので、すぐさま炎の『精霊召喚』で牽制《けんせい》した。髪が焦げるぐらいは覚悟してくれ。

無事なのは俺と、俺の背に隠れていた春乃《はるの》さん。他に無事なのは『無限バスルーム』内のラクティに、セーラさんとメム。サンドラとブラムスが、二人を庇ったようだ。

「な、なんであんたは眠らないのよ!?」

中花さんが俺に向かって声を荒らげる。その声には焦りの色があった。

「あんた達」ではなく「あんた」。俺と三人の違いは……光を浴びたかどうか、か。背を向けていた者もいたはずなので光を「見た」ではないはずだ。

つまりセーラさんとメムが無事だったのは、庇った二人によって光が遮られたからか。

雪菜は飛んでいたため庇いきれなかったのだろう。

これは俺も、目を庇わなければ危なかったかもしれないな。

「これは……魔法で眠らされてる!?」

メムがふらついているブラムスの後頭部を叩《たた》く。すると彼は、そのまま崩れ落ちた。

「あ、あれ？　眠気が覚めてない!?　どうして!?」

オロオロしているメム。叩く力が強過ぎた……という訳でも無さそうだ。

となると彼女の知る魔法とは別の何かによって眠らされているとみていいだろう。

「そういえば夢の中に人を導くって言ってたな。こんな直接的な手段だったのか……！」

つまりはギフト『無限の愛《アンリミテッドラブ》』の能力だ。

「春乃さん！」

俺が言い終わる前に、彼女は動き出していた。今にも崩れ落ちそうな皆に触れ、『無限リフレクション』で『無限の愛』の効果を消していく。

当然、相手もそれを黙って見ている訳ではない。リウムちゃんが眠ってしまった事で放水が止《や》んでしまった。これではエリート神官の魔封じが解けてしまう。

『無限バスルーム』から出てきたラクティが放水を再開するが、神官は意外と機敏な動きでそれを避ける。

「よくもやってくれたな……！　貴様ら、水の神殿の手の者か!?」

びしょ濡《ぬ》れの神官が、気色ばんだ顔でこちらに指を突き付けてくる。

すぐさまホースを向けられて再び走り出す様はアレだが、ちゃんと避けられているのだから油断ならない。やはり彼も一流騎士並みの動きができるのか。

「ラクティ、中花さんに！」

「きゃあ！」

悲鳴を上げつつ、こちらも機敏な動きで避ける。慌てた表情の割には、動きが鋭い。やはり彼女も『無限の愛』の教導を受けている。

それを見ていた神官がふっと真顔になり、何かを確認するように指を開いたり閉じたりし始めた。さては魔封じが解けた事に気付いたか。

「『精霊召喚』!!」

「『精霊召喚』!!」

神官の光の『精霊召喚』を、間髪を容《い》れずに闇の『精霊召喚』で相殺。どちらの精霊も現れず、俺達の間で蒸気が噴き出すような音だけが響く。

すぐさま何が起きたかを理解したようで、こちらを睨《にら》み付けてきた。

「今のは闇の……！　貴様、さては魔族か!?」

だが、別のところで勘違いしているようだ。今は闇の神官がほとんどいないのだから仕方がないのかもしれないが。

「魔族……？」

中花さんが呆気《あっけ》にとられた、しかしどこか納得したような顔でこちらを見てくる。確かに『魔力喰い』で顔が見えないが……。

何か言いたげな顔をして、こちらをじっと見てくる。本当に魔族と信じられたのか？

対魔王の元々の勇者の使命に関しては気にしてなさそうな感じだったが。何を気にしているのだろうか。

そうこうしている間に春乃さんが、皆の『無限の愛』を解いた。

完全に眠りに落ちてしまっていた雪菜、リウムちゃん、ブラムスは、目を覚ましてもまだ意識が朦朧《もうろう》としているようだ。

なんというか、寝過ぎた翌朝といった感じだな。眠っていたのは一分あるかないかぐらいのはずだが。夢の中での体感時間が長かったのだろうか。

「ブラムス、大丈夫!?」

「だ、大丈夫です、クレナ様！」

ブラムスの方は、なんとか立て直せそうだ。しかしリウムちゃんは厳しそうだな。この子は元々寝起きが悪い。

「雪菜、リウムちゃんとラクティを連れて中へ。それからホースを頼む」

「分かった。リウムちゃん、ほら、こっち……」

これでいい。水の効果は悟られてしまったと考えた方がいいだろう。ならばここからは、魔封じではなく牽制に目的を変える。雪菜ならば、見事に神官の邪魔をしてくれるはずだ。

その間に神官は、先端に金色に輝く光の女神のシンボルが付いた身の丈ぐらいのスタッフを手に取っていた。その構えは隙が無い。あちらもここからが本領発揮か。

転げ回って火を消した指揮官も、こちらに向き直り、剣の切っ先を突き付けてくる。

クレナは指揮官の視線を遮るように間に入り、ロニ、ブラムス、メムがそれに続く。

神官に対してはサンドラとリンが相対し、セーラさんが二人の後ろに控え、更に後ろから雪菜が放水のチャンスを窺《うかが》っている。

ならばこちらは春乃さんと二人で中花《なかはな》さんに集中しよう。

「……フッ!!」

と思っていたら、向こうから斬り掛かってきた。咄嗟《とっさ》に迎撃しようとしたが、彼女は俺ではなく春乃さんに向かっていく。

辛うじて一撃目を受け取めた春乃さんだったが、二撃、三撃と攻撃を繰り出されて押され気味だ。半ば強引に割って入り、春乃さんを庇う。

すると彼女は一旦下がって距離を取ったが、それでも物凄《ものすご》い目付きでこちらを、いや、春乃さんを睨んでいる。何故《なぜ》彼女を、俺が魔族と勘違いしていたんじゃないのか?

「フッ……フフッ……召喚された時から、薄々気付いていたわ……」

そう言って切っ先を春乃さんに向ける。明らかに中花さんの敵意は彼女に向いている。

「あなたはいつか、私の前に立ち塞がる……敵として!」

確かに春乃さんの『無限リフレクション《アンリミテッド》』は、『無限の愛』の天敵ともいえるギフト。だが春乃さんが、ギフトに目覚めるのは遅かった。神殿に来てないにもかかわらずこうなる事が分かっていたというのか。

「その……なに、その……だらしない！　乳で！　イケメン魔族をたぶらかしたのねっ！やっぱりあなたは、私の敵よッ!!」

……そういう意味か。春乃さんは後ろにいるので顔が見えないが、ものすごい呆《あき》れ顔《がお》になっている様がありありと想像できる。

「東雲《しののめ》さん……あなたは、危険なのよ……！」

そう言うやいなや中花さんは攻撃を再開。だが、それは通さない。『魔力喰《ぐ》い』で攻撃を受け止め、春乃さんを守る。

「あなた！　ポイント高いわっ!!」

何故か中花さんは、喜色満面の笑みを浮かべていた。イケメンと勘違いした事で『魔力喰い』への恐怖も消えてしまったのか。

だが、ここで俺はある事に気付いた。中花さんの剣が鋭いのだ。他の騎士達《たち》よりも明らかに。『無限の愛』の教導には個人差が……いや、違う。

「これは勇者の力か……!?」

光の女神の祝福を授かった勇者は、この世界の人達よりも強くなれる。そういえば俺自身もそうだった。

『無限の愛』は、誰にでも一流騎士と同等の技術を身につけさせる事ができる。その技術を勇者の力を以《もっ》て使えばどうなるのか。その答えが中花さんだ。

彼女の場合は、夢の中の教導で強くなった可能性も考えられる。

『魔力喰い』のおかげで肉体的なダメージは受けないが、ＭＰ《マジックパワー》がゴリゴリと削られていくのを感じる。このままでは防戦一方だ。

「フフ……あなたのセリフをそのまま返すわ……一緒にお風呂に入りましょうか……❤」

魔王と相対した時と同じぐらい、しかし明らかに違う方向性の身の危険を感じた。

このままではヤバい。色々な意味でヤバい。

「冬夜《とうや》君、こっちです！」

そう考えていると、後ろの春乃さんが身を翻して駆け出した。そのまま『無限バスルーム』へ駆け込んでいく。

そして中花さんに向き直り、こう言った。

「一緒にお風呂に入るのはあなたではありません……この私ですっ!!」

思いっきり、見せつけるように、胸を張りながら。

「はぁっ!?　デカけりゃいいってもんじゃないんですけどー!!」

すぐさま中花さんの意識が、いや殺気が春乃さんに向けられる。

それには同意だ。春乃さんは、ただ大きいだけじゃ……いや、そうじゃない。

そもそも大きさだけで選んだ訳では……いや、そうでもない。

とにかく、中花さんのターゲットは、完全に春乃さんに移った。

これは彼女の作戦だ。それに応えるべく俺が一歩退《ひ》くと、中花さんは脇目も振らずに飛び出し、俺の脇を通って『無限バスルーム』に突入した。

すると春乃さんは二の丸大浴場に向かい、中花さんはそれを追い掛ける。よし、これで眠りに誘う光がクレナ達に届く事は無い。

後は中花さんを捕らえなければならない。そのためにも春乃さんを守り抜かねば。

周りを見ると、クレナと目が合った。彼女の視線から、ここは任せろという力強い意志を感じる。俺はコクリと頷《うなず》いて返すと、春乃《はるの》さん達の後を追った。

今この場で『異界の門』を開く事もできるが、中花さんは門の向こうに見える日本の景色に釣られはしないだろう。

そもそも光の『勇者召喚』は、故郷日本への未練が少ない者が召喚される。今の立場に満足していそうな彼女が、素直に帰るはずがない。まずは彼女を捕らえなければ。

春乃さんは建物の中には入らず、右回りで外側を通って二の丸大浴場に向かう。水の釣り堀の脇を通り抜けて……って、中花さんが速い！　ぐんぐん距離を縮めている。

「そんな重そうなモノ、二つもぶら下げてるからよぉ!!　いくらか分けなさいッ!!」

いや、そういう理由じゃないだろ。両手で支えてみるとずっしりしているのは否定しないが、春乃さんだって足は速い方なんだぞ。

むしろ、この場で一番遅いのは『魔力喰い』を装備した俺かもしれない。ここは地面が土ではないため、大地の『精霊召喚』を使った精霊ダッシュが使えない。

このままではどんどん引き離されて、いや、その前に春乃さんが追いつかれてしまう。

「だからこっちか……！　『水神の行進』ッ!!」

俺の足元から水流が噴き出し、滑るような高速移動を可能とする。

かつて共に戦った聖なるイルカが、陸上移動のために使っていた水の神官魔法だ。女神の夢の中で習った魔法のひとつである。

これは『無限バスルーム』内でも水の釣り堀の近くならば使える。春乃さんもこの魔法の事を知っていたので、追跡する俺のためにこちらのルートを選んだのだろう。

一気に距離を詰めて、中花さんの背中に迫る。命を奪う事が目的ではないため、武器は使わず両手で捕まえようと襲い掛かる。

「ぅおっとぉっ！」

しかし、中花さんは機敏な動きでヒラリと避《よ》けた。

その動きで追跡が止まり、彼女はこちらに向き直る。いや、どうしてそんなキラキラした目でこっちを見てくるんだ。

「仮面の黒騎士……黒髪の貴公子かしら？　銀髪もいいかも……むふっ❤」

黒髪だし、どこかの若様と勘違いされた事もあるが、貴公子というのはどうだろう？

そんな事を考えつつじりじりと距離を詰める。二度、三度と飛び掛かるが、彼女はその全てを軽やかにかわしてしまった。三度目はフェイントも交えたというのに。

「貴方《あなた》の気持ちはうれしいけど、レディを誘うならもっと紳士的によ！」

しかも、かわす前に受け止めるか否かを迷う余裕を見せた上でだ。こっちは『水神の行進』でスピードを上げているのに、まだ向こうの方が上だというか。

だが、中花さんの意識はこちらに向いている。その隙を突いて背後に近付いていた春乃さんが、鞘《さや》に納めたままの剣で殴り掛かった。

「甘いわッ!!」

しかし、それすらも避けられてしまった。今の絶対見ずにかわしていたぞ。

中花さんは、春乃さんの方に向き直り抜き身の剣で襲い掛かる。攻撃も速い！

彼女自身も『無限の愛《アンリミテッドラブ》』によって一流騎士並みの剣術を修めているというのは予想していたが、それを繰り出すスピードが桁違いだ。春乃さんも防戦一方だ。

彼女も召喚された勇者として、それだけ成長しているという事か。春乃さんを助けるため、俺も加わり中花さんを捕まえようとする。

二人掛かりになる事で不意を突けていると思うのだが、捕まらない。

この動きは、速いだけじゃない。

じりじりと春乃さんが押され、大地の祭壇があるエリアに入った。ここからは大地の精霊の力が強まるため『水神の行進』は使えない。

俺がスピードダウンした隙を突いて、中花さんは春乃さんに攻撃を繰り出す。なんとか割って入って庇《かば》うが、その攻撃は凄《すさ》まじく鋭く、ＭＰが削られていく。

「ムッキー！　黒騎士様に庇われて生意気よ!!」

しかも、その度にボルテージが高まるようで、更に攻撃の激しさが増す。というか、ついに様付けになったぞ、俺。

「なんて激しい攻撃だ……！」

様付けしながら、これだけの攻撃を繰り出してくるのは、それだけ春乃さんへの敵意が強いという事か。

「もしかして、神南《かんなみ》さんより強いのでは……？」

「流石《さすが》に力では神南さんの方が上だと思うけど……」

速さというか、鋭さというか、その辺りは彼女の方が上かもしれない。

彼女が振り下ろす剣を摑《つか》み取り、じわじわと削られていくＭＰと引き換えにその動きを止める。やはり、力はそこまで強くない。


……ちょっと待て。そこまで考えたところで、俺はある事に気付いた。

俺は『無限バスルーム』で大量の石鹼《せっけん》を出し、水を出し続ける事で神懸った莫大《ばくだい》なＭＰを手に入れた。居住空間として使い続ける事で、今もその成長は続いている。

あれだけの軍勢を夢の中で鍛え上げた彼女のギフトの使用時間は、間違いなく俺に次いで長いはずだ。それによって彼女の何が鍛え上げられたのか……。

「あっ、脳……！」

春乃さんがハッとして声を上げた。彼女も俺と同じ答えにたどり着いたか。

夢を見るのは、睡眠中に脳が記憶の整理をしているからだといわれている。ならば夢の中で教導を行う『無限の愛』によって鍛えられるのは、頭脳ではないだろうか。

そして、この世界における俺達の力は、肉体の力に祝福の力が上乗せされている。

つまり今の中花さんには、鍛え上げられた本来の頭脳に加えて、祝福の力によるサブ頭脳のようなものが上乗せされていると考えられる。

見てから避ける「神懸った超反応」に、見ていないのに避ける「神懸った超感覚」。特に後者は、祝福のサブ頭脳によるものである可能性が高い。

更に言えば、それらに対応できる身体能力も凄まじい。『無限の愛』の教導は夢の中で行われるはずだが、今の彼女を見るに現実の肉体にも影響があると見るべきだろう。

「しつこい男は嫌われるわよ！　貴方なら許しちゃうけど！」

彼女は一瞬、素早く踏み込んで俺との距離を詰める。

当然彼女の剣は地面から直角に近くなり、剣の握りも変わる。それによって小指のフックが外れた次の瞬間、剣は俺の手を離れていた。正に達人技だ。

一歩身を引いて身構えるがしかしこちらに追撃は来ず、彼女は身を翻して春乃さんに襲い掛かった。

「見える！　私にも敵《ちち》が見える！」

春乃さんもすかさず迎撃しようとしたが、中花《なかはな》さんは物凄《ものすご》い形相で彼女の弾む胸を睨《にら》みつけたまま全てを避けてしまった。

一瞬呆気《あっけ》に取られそうになったが、そんな暇は無い。動きが少ない腰にしがみつこうとするが、やはり彼女はヒラリと避けてしまった。攻撃の手は止まったので良しとする。

「あ・と・で❤」

そう言ってウインクしてきた。いや、春乃さんを斬った後じゃ困るんだよ、俺が。

しかし、なんて強さだ。『魔力喰い』と俺のMPがなかったら、とうに負けていたぞ。

とにかく、春乃さんを攻撃させてはいけない。強引に突き進み、二人の間に立つ。

するとこちらの意図を読んだのか、中花さんの視線が鋭くなった。だが、その視線は俺を見ておらず、後ろの春乃さんに向けられている事がハッキリ分かった。

せめてタックルが当たるなら、『異界の門』を使って強引に押し込むという手も使えたのだが、こんな調子では成功しそうにない。

いっそここで彼女を口説いて油断させるべきか。イケメンボイス、略してイケボが出せるかどうかが鍵だな。などと半ば真剣に検討していると、それはやってきた。

「ハァッ!!」

豪快な風切り音と共に振り抜かれる刃《やいば》、中花さんは、しゃがんでそれを避ける。

その刃の主は言うまでもない。琥珀《こはく》色のウロコを持つ巨漢、ルリトラである。

「敵が増えたの!?って、また!?」

中花さんはすぐさま飛び退《の》き、距離を取ろうとする。しかし、その着地点を狙って極太の『銀の槍《やり》』が降り注ぐ。

「ちょっ！　私じゃなかったら死んでたわよ!?」

驚くべき反射速度でそれを避けると空に向かって声を張り上げる中花さん。釣られて空を見上げると、そこには本丸二階から槍を放ったリウムちゃんの姿があった。

「外はどうなった!?」

「指揮を執れる者がいなくなった事でこちらが優勢です！　しかし、こちらでの決着に時間が掛かっているとセーラ殿が心配し、我々が援軍に！」

そうか、時間の経過でこちらが上手《うま》くいっていないと判断したのか。ルリトラは負傷者を担いで戻ってきたところで話を聞き、こちらに来てくれたらしい。

「ルリトラ、入り口は!?」

「既に指揮官と司祭は倒され、セーラ殿が入り口の守りの指揮を執っております！」

なるほど、司祭が倒された事でホースの水が必要なくなり、余裕ができたのか。

ルリトラの二撃目が地面に突き刺さった槍ごと中花さんを一薙《ひとな》ぎにする。

「トカゲ……！　でも、イケオジの気配……！　クッ、私はどうすれば……!?」

彼女は何やら悶《もだ》えながらも跳躍し、再び春乃さんに躍り掛かった。それは俺が通さん。追い掛けてきたルリトラと二人で、中花さんを挟み撃ちにする。ルリトラの攻撃を避けた先で待ち構える形で捕まえようとするが、彼女はそれでも避けてしまう。

「モテる女は辛《つら》いわねぇっ！」

彼女は大振りに剣を振り回し、こちらがそれを防いだ一瞬の隙を突いて飛び退く。

それを視線で追うが、彼女は着地と同時に地面を蹴って鋭角的に方向を変えた。狙いは春乃さんだ。彼女も不意を突かれて防御が間に合いそうにない。

だが次の瞬間、二人の間に真っ黒なガスのようなものが噴き出した。中花さんは反射的に剣を地面に突き立て、強引に方向転換して距離を取る。

今の黒いものは……闇の精霊魔法か。屋根の上の闇の女神の像を見上げると、三階天守闇のテラスに『吉光』を抜き放ったクレナとロニの姿があった。

中花さんはクレナの存在に気付いたのか、キッと彼女の方を睨む。その隙に春乃さんは少し距離を取り、それに気付いた中花さんが後を追う。

俺もその後を追うが、やはり速い。だが、先程までとは違う。『飛翔盤《ひしょうばん》』で飛び立ったリウムちゃんが銀の槍を撃ち込んで進路を妨害する。

「あそこです、クレナさま！」

「闇よッ！」

それでも春乃さんに迫れば、ロニが指差す先を狙ってクレナが闇を発生させる。

それら全てを避けていく中花さんだが、どうもその反応速度が仇《あだ》になっているようだ。実のところあの闇の精霊魔法は、目くらまし程度にしかならない。しかし、彼女は視界に入ったそれを反射的に避けてしまっている。

おそらくクレナは、少し前からこちらの様子を窺《うかが》っていたのだろう。そして中花さんの動きを見て、その弱点を見抜いたのだ。その考える間も無いような凄まじい反応速度を。

目の前に闇が噴き出せば、中花さんは考えるより先に身体《からだ》が避けてしまうのだ。クレナはそうする事で彼女の進路を妨害し、春乃さんに追い付けないようにしている。

天守閣のテラスに陣取ったのも、上から見下ろしてそれぞれの位置を把握し、魔法をどの場所に発動させるかを判断するためだろう。

ロニの目と、クレナの魔法、それに二人のコンビネーションが揃《そろ》ってこその技である。

ならば、俺のやるべき事は……。

春乃《はるの》さんが本丸の角を曲がり、追う中花さんは銀の槍と闇の妨害によって大きく迂回《うかい》。

ルリトラは声を張り上げ、派手にグレイブを振り回しながら追撃してくれている。

俺はその隙に目的の場所に向かい、闇によって中花さんの視界に入らないようにしながら走る。俺の動きに気付いたクレナがフォローしてくれているようだ。

春乃さんはそのまま二の丸に到着し、大浴場に飛び込んだ。すぐ後ろまで迫っていた中花さんだったが、大浴場の入り口でピタリと足を止めてしまう。

勢いのまま飛び込んでくれれば良かったのだが……さては「ゆ」の暖簾《のれん》に気付いたか。

警戒しているのか、一歩後ずさる彼女。しかし、次の行動に移らない。

それは遅いぞ。祝福のサブ頭脳があっても、決断するのは彼女自身という事か。

本丸沿いギリギリの最短距離を走っていた俺がここで追い着いた。そのまま両手を大きく広げて本丸側へのルートを塞ぐように立ちはだかる。

「そんな鼻息を荒くして追い掛けてくるなんて❤」

息切れしているんだよ、普通に。こちらに飛び込んでくるかとも思ったが、背後から迫るルリトラの存在に押され、ここは一旦離脱すると決めたようだ。

そのまま炎の祭壇がある左側へ真《ま》っ直《す》ぐ突っ切って走り抜けようとするが……甘い。彼女の目の前に闇が噴き出す。

これで彼女から見れば前後に闇とルリトラ、左側には俺。無意識に動いたであろう彼女の身体は、唯一目に見える妨害が無い右側——二の丸大浴場の中へと飛び込んで行った。

「ルリトラ、リウムちゃん、入り口は頼む！」

「お任せを！」

ルリトラは胸を叩《たた》いて力強く答え、リウムちゃんは黙ってコクリと頷《うなず》いた。

暖簾を潜《くぐ》ると、脱衣場で立ち尽くす中花さんの後ろ姿があった。マッサージチェアとかが並んでいるんだから、知らなかったら戸惑うよな。

大浴場に続く扉は開いている。春乃さんは既に中に入っているようだ。

脱衣場の入り口に俺、中央に中花さん、そして大浴場に春乃さんがいる。

中花さんがこちらに気付き、何故《なぜ》かくねくねしだした。

「やだ、こんなところまで……❤　そこまでして私が欲しいの？」

何やらつぶやいているがスルーしておく。

この状態でも、こちらの動きに対応するのが厄介だ。下手に飛び掛かり、避《よ》けられて今の位置関係が崩れると、そのまま脱出される可能性が高い。

「おほほほほ、つかまえてごらんなさ〜い♪」

とか考えていたら、何故か自分から大浴場に飛び込んで行った。軽い足取りで。

よく分からんが、自分から入ってくれたならありがたい。慌ててその後を追う。

「トウヤ、無事!?」

「フォローに入ります！」

クレナとロニも飛び込んできた。よし、二人には大浴場の入り口を押さえてもらおう。

俺は急いで中に入り、滑りそうになったので慌てて足を止める。流石に大浴場でブーツは足元が安定しないな。

「おのれ、邪魔するかぁぁぁぁぁッ!!」

二人は大丈夫かと見ていると、剣を抜いた中花さんが春乃さんに向けて駆け出したところだった。

「魔王様は私を選んだのよ！　おとなしく身を引きなさい!!」

人違いです。いや、そういえば『魔力喰《ぐ》い』は元魔王の城で見つけたものだったか。

それはともかく、あんなに勢いよく動いては足を滑らせ……ているが転ばない!?　転びそうになっているが、まるで重力を無視しているかのような体勢のまま走り続けている。なんというバランス感覚、これも祝福のサブ頭脳の力か。

そのまま予想外の角度から繰り出される攻撃。同じくブーツの春乃さんでは、その動きに対応できない。魔法で援護するのも間に合わない。

それでも駆け付けようとするが、その間に中花さんが飛び掛かって二人は激突。もつれ込むように浴槽に倒れ込んだ。盛大に水飛沫《みずしぶき》が上がる。

「春乃さん！」

慌てて駆け付けようとして足を滑らせてしまったが、膝を突いてもダメージは無く、そのまま滑るように二人に接近する。

「ケホッ、だ、大丈夫です！」

先に立ち上がったのは春乃さん。腕から血を流している。

「剣じゃなくて持ってる腕が当たるようにしたかったんですけどね……」

あえて攻撃に当たりに行ったのか。流石《さすが》の中花さんも、飛び掛かっての攻撃を自分から受けられては避けようが無かったのだろう。彼女は腕から血を流していた。

だが、これで中花さんをお風呂に入れる事ができた。全身に『無限《アンリミテッド》バスルーム』のお湯を浴びた彼女は、例の睡眠導入が使えない。このチャンスを逃してはならない。

クレナも同じ事を考えたようで、ロープを手に駆け寄ってきていた。

中花さんは、すぐにクレナに気付いて迎え撃とうとしている。ならばここは、なんとか隙を作って援護しよう。

「こっちの女もデ……………えっ？」

ここで俺は、『魔力喰い』の兜《かぶと》を脱いで素顔を見せた。中花さんがすぐに気付き、俺の顔を見て絶句する。あんぐりと口を開き、肩を震わせている。

いや、彼女の妄想の中で理想化されたようなイケメンではないだろうけど、そういう反応をされるとちょっとショックだぞ。

だが、おかげで彼女の動きが止まった。彼女が何やらこちらをイケメン扱いしだしたから、こうすれば隙を作れるのではと考えたが、予想以上に効いたようだ。

「今よ！」

「はい！」

その隙を突いて、クレナと春乃さんが飛び掛かった。俺も兜を再び被《かぶ》りながら、湯をかき分けて近付く。

「…………たな」

「ん？」

小さな呟《つぶや》きが耳に入った。その瞬間、嫌な予感が膨れ上がる。

とにかく動かねばと思い、声を上げるよりも先にクレナと春乃さんの腕を摑《つか》んで力任せに引き寄せた。

「よくも騙《だま》したなぁぁッ!!　騙してくれたなぁぁぁぁッ!!」

次の瞬間、中花《なかはな》さんから再び暴風のような斬撃が放たれた。

二人はこちらに引き寄せたおかげで無事だったが、彼女を縛ろうとしていたロープはバラバラに寸断されてしまっている。

そしてこちらを見た中花さんが、瞬く間に鬼の形相へと変わっていく。

あ、二人を抱き寄せたままだ。まさか、これを見たからか!?

「おのれ！　おのれ！　ぅおのれぇぇぇッ!!」

魂の咆哮《ほうこう》、いや、慟哭《どうこく》と共に次々に繰り出される激しい攻撃。二人を突き放し、俺が前に出て全てを受け止める。

「どうして!!　私の!!　邪魔をするの!?」

お前がやり過ぎたからだよ。

MP《マジックパワー》が削られる感覚は今まで以上だが、怒りに任せた攻撃は、今までのような巧みさが感じられない。

「お前も!!　あいつらも!!　私の王国には!!　いらないのよ!!」

あいつら？　春乃さんへの敵意は分かるが、それ以外に……フランチェリス王女か。

中花さんは王子の心を我が物とした事で、事実上ユピテルを我が物にしていた。

だから王女が邪魔になったのだろう。聡明《そうめい》であり、勇者コスモスを味方にしている王女は、築き上げた自分の立場を、王国を奪い返しかねないと。

コスモスを誘拐したのも、その辺りに理由があったのかもしれない。

「偽魔王どいて！　そいつ殺せない!!」

「誰が偽魔王だ!!」

更に激しくなる攻撃、強引に突破して春乃さんを狙うつもりか。あまりの勢いに側頭部にも何度か攻撃を食らった。兜を被り直していなければ危なかったな。

だが、それでも対応できる。足下が湯舟のため、今までのように動き回れないようだ。

怒濤《どとう》の攻撃も、一方向だけから来るのであれば、防げなくもない。

退《ひ》いては駄目だ。湯舟から出てしまえば、あの動きも、睡眠誘導能力も復活する。

つまり、ここで決着を付けるしかない。

「まずは、その剣を止める!!」

勢いよく振り下ろされた剣を手で受け、先程のような真似はさせないため今度はがっちり両手で摑む。『魔力喰い』のおかげでMPは削られるが、斬れる事は無い。

単純な力比べは不利と見たのか、中花さんは剣を手放し、ブーツの側面にセットされていた大振りのダガーを抜いた。

そして再び繰り出される猛攻。武器の差か、それとも少し冷静になったのか、先程よりも速さと鋭さが増している。もう一度受け止めようとするが、追い付けない。

ここは『魔力喰い』の防御を信じ、強引に近付く。

「く、来るな……!」

何度も攻撃されるが、先程よりも軽く、『魔力喰い』の防御は崩せない。

中花さんはこちらをかわして湯舟から出たいようだが、そうはさせない。両手を大きく広げて、それを阻止する。やはりお湯によって動きにくくなっているようだ。

焦りからか、攻撃が少し単調になった。その隙は逃さない。

「そこだッ!!」

攻撃を受け止めるのではなく、迎え撃つ。

突き出された剣に合わせて拳を放つ。しかし、タイミングが遅れて外してしまった。

「まだだ! 『精霊召喚』ッ!!」

腕の手甲から伸びる鉤爪《かぎづめ》から光の精霊を召喚。精霊は中花さんの眼前で炸裂《さくれつ》して強烈な光を放った。

「目がっ！　目がぁぁぁぁぁぁ!!」

俺はもう片方の腕でガードできたが、中花さんは間に合わなかったようだ。目を押さえて悶《もだ》えている。

すかさず腕に手刀を叩き込むと、彼女は堪《こら》え切れずにダガーを手放した。

すぐさま拾おうとしたが、それは一歩踏み出して身体《からだ》で妨害。彼女は伸ばそうとしていた手をピタッと止めた。

こちらをじっと見て、反射的に数歩下がる。完全に見えなくなった訳ではなさそうだ。発動のスピード重視で光量が抑えられたためか。

「開け！『異界の門』!!」

だが、今がチャンスだ。すかさず混沌《こんとん》の女神の神官魔法『異界の門』を発動。中花さんの真後ろ、お湯の中から青みがかったグレーの鳥居が姿を現す。

『無限バスルーム』と同じくサイズは自由なので、天井ギリギリのサイズだ。

「なっ……!?」

剣を拾おうとしていた彼女は、すぐさまそれに気付いたようで、驚きの声を上げた。

前方に俺、後方に謎の鳥居で、どちらを警戒すればいいかと戸惑っているようだが、まだ終わりではない。

お湯が滴る注連縄《しめなわ》の下に人間大の渦が生まれ、その向こう側に日本の風景が映る。

下側が湯の中に入って流れて行くが、日本側に出ると同時に消えているようだ。ギフトにより生み出されたお湯だからか。

中花さんも流石にこれは予想外だったようで、ほんの僅かにこちらへの警戒が緩んだ。

「『水神の行進』ッ!!」

その瞬間、彼女からは俺の身体が大きくなったように見えただろう。

水上を滑走するこの魔法は、水中で使うと、水に弾《はじ》かれて身体が浮上してしまう。

そのせいでバランスを崩してしまうが、構わない。そのまま前のめりに突進する。

彼女も咄嗟《とっさ》に避けようとするが、一瞬遅い。そのままの勢いで彼女の腰にしがみ付く。

そして両腕を回してがっしりホールド。これで引き離す事はできない。

彼女は顔を引きつらせて悲鳴を上げそうだったが、それよりも早く俺の背後でお湯の大爆発が起こった。

ありったけの魔力を注《つ》ぎ込んだ全力全開の『水神の行進』。俺の身体は盛大な水飛沫を上げてロケットのように飛び出す。

「ちょっ、離っ……!?」

こちらの頭を押さえて抜け出そうとするが、もう遅い。滑走の勢いは止まらず、俺達《たち》はそのまま鳥居の渦を抜けて日本に突入する。

渦を抜けた瞬間、中花さんの中から何かが抜けていくのを感じた。咄嗟に両手を突いて

彼女を鎧《よろい》で圧《お》し潰してしまわないようにする。

身体を起こして中花さんを見る。大きな怪我《けが》はないようだ。

周囲は公園か。広さの割には遊具の数が少ない。外に目をやってみると、周囲にはビルが見える。初めて見る場所でどこかは分からなかった。

背後に鳥居は無く、渦だけが浮かんでいる。向こうからクレナがこちらを覗《のぞ》き込んでいた。春乃《はるの》さんはギフトが消えるのを警戒して近付いていないようだ。

空がうっすらと白んでいる。こちらは早朝なのだろうか。そのおかげか周りに人気《ひとけ》は無く、辺りは静寂に包まれていた。

よし、目撃者はいない。今すぐ騒ぎになるという事は無さそうだ。ここは騒ぎになる前に退散しておこう。湯は今も流れ出続けているし。

立ち上がりつつ、中花さんに声を掛ける。

「聞こえているか？　もう気付いているかもしれないが、ここは日本だ」

「や、やっぱり……」

中花さんは呻《うめ》くような声で答えた。薄々気付いていたのだろう。その表情はショックを受けている……だけではなさそうだ。

「そう……あの力、無くなったのね……」

仰向《あおむ》けでそう呟く彼女は茫然《ぼうぜん》としており、そしてどことなく安堵《あんど》した様子が見受けられた。その表情は、憑《つ》き物《もの》が落ちたといえばいいのだろうか。

なんだかんだで悪い事をしているという自覚はあったのかもしれない。

この様子ならば、日本に戻ったのもそう悪くはないだろう。あのまま向こうの世界にいたらユピテルへの謀反人、ただでは済まないだろうからな。

その辺りの事を理解できていない訳ではなさそうなので、俺はこのまま戻る事にした。

彼女も俺を追おうとはせず、無言のまま空を見上げて動かなかった。


『無限バスルーム』に戻って『異界の門』を閉じ、渦を消す。

湯が流れ出るのが完全に止まった事を感じ取り、大きく息を吐く。

決着は付いた。これで『無限の愛《アンリミテッドラブ》』の効果は消えたはずだ。

「大丈夫？　ずっとＭＰ流れっぱなしだったでしょ？」

クレナが近付いてきて俺の兜を外し、頬に触れて顔を覗き込んできた。ＭＰの消耗が響いていないか、顔色を確認したいようだ。

そっちは心配しなくて大丈夫だぞ。疲れはしたけど。

続けて春乃さんも駆け寄ってこようとしたが、その前に俺達が湯舟から出る。

「急いで出よう。遠征軍の人達も元に戻ってるだろうし」

「ああ、混乱してるかもしれませんね」

着替える間も惜しいので、そのまま『無限バスルーム』の外に出る。

すると扉の周りに怪我人達が集められて野戦病院のようになっていた。そうか、ここならきれいな水が手に入るからか。テントは邪魔だったのか撤去されてしまっている。

周囲の戦闘は既に終わっているようで、王女の親衛隊員達が降伏した遠征軍の兵達の武装解除をしていた。

雪菜《ゆきな》達は無事なようだが、セーラさんがサンドラに神官魔法を掛けている。

「どうかしたのか？」

「すいません、油断しました」

詳しく聞いてみると、彼女はエリート神官を取り押さえていたのだが、突然暴れ出した彼に突き飛ばされ、そのまま逃げられてしまったとの事。

その時に腰を打ったため、セーラさんに治療してもらっているそうだ。大した事はないそうなので一安心である。

それを皮切りに遠征軍の兵達も突然武器を捨てて降伏したり、錯乱して泣き出したり、なりふり構わず逃げ出したりしているらしい。

一方、同じく取り押さえられていた眼鏡の指揮官の方はおとなしくしている。

こちらもずっとセーラさん達を罵倒し続けていたが、突然目を見開き、わなわなと震え出したかと思ったら、ガクリと糸が切れたかのように項垂《うなだ》れて動かなくなったらしい。

何やらぶつぶつ呟いているようなので、生きてはいるようだ。

おそらくだが、彼等《かれら》に変化が訪れたのは、『異界の門』を潜《くぐ》って中花《なかはな》さんを日本に送り返したタイミングだろう。彼等の『無限の愛』の効果が消えたのだ。

王子もそうだったが、洗脳の効果が消えても記憶は残る。そして、洗脳されていた間の行為も事実として残る。

エリート神官を始めとする逃げ出した者達は、このままでは罰せられるのは避けられないと考えたのだろう。

その辺りを判断するのは聖王家なので何とも言えないが、否定はできないな。

皆の無事を確認しようと辺りを見回していると、デイジィが飛んで戻ってきた。

そのまま俺の肩に腰掛けたので、皆の事を尋ねてみる。

「ルミス達は、皆を治療して回ってるよ」

デイジィの指差す先を見てみると、リンとルミス、それに神殿騎士五人と神官二人は忙しそうに駆け回っていた。

プラエちゃんも風の神官として参加し、ラクティもちょこまかとお手伝いしている。

「って、ちょっと待て。神殿騎士が一人足りないぞ。一番若手のが」

「ああ、あいつならトラノオ族と一緒に追撃に参加してたぞ」

「……跨《また》がって？」

「跨って」

そうでなければトラノオ族のスピードにはついていけないんだろうけど、すっかりトラノオ族ライダーになったな、彼。

ちなみに追撃への参加は、フランチェリス王女から要請を受けたそうだ。ここで逃がさないためにも、トラノオ族の機動力が必要だったのだろう。

神官魔法の使い手がいてくれると安心なので、彼が参加してくれて良かったといえる。

ホースを手に水を配っているのは雪菜とラクティ。ブラムスとメムは門衛をしており、メムが蛇口の管理もしているようだ。

「あ、あの、私は何をすればいいですか？」

そわそわしたロニが尋ねてきた。

「それなら温かい食事を用意するのはどうだ？　怪我人達にも治療している人達にも」

「あ、そうですね！　早速！」

ロニは『無限《アンリミテッド》バスルーム』の中に戻って行った。クレナとリウムちゃんもそちらを手伝うつもりのようだ。

さて、俺はどうしたものかと考えていると、春乃さんが声を掛けてきた。

「あ、冬夜《とうや》君は治療に参加しちゃいけませんよ」

「そうね、大量のＭＰ《マジックパワー》を消耗しているし、今からも使いそうだし」

春乃さんの提案に、クレナも同意してくる。

「そうは言うが、王女とヘパイストス王のところに連絡を……」

「私が行ってきますよ」

　そう言って使者役を買って出る春乃さん。治療を終えたサンドラも一緒に行ってくれるらしい。そういう事ならば任せてしまおうか。

「ルリトラ、俺も中でロニを手伝うから、春乃さんを頼む」

「分かりました」

　念のため、ルリトラにも同行してもらう。降伏した振りで隙を狙っているヤツがいないとも限らないからな。

　これでよし。一通り差配を終えた俺は、扉をブラムスとメムに任せ、デイジィを肩に乗せたまま、クレナ達と一緒にロニの後を追った。


　追撃に加わっていたトラノオ族の戦士達が戻ってきたのは翌日。彼等が回り込んで退路を塞ぎ、逃亡兵達は尽《ことごと》く討たれるか捕らえられるかしたそうだ。

　俺達『神殿の勇者』の立場的に問題となるのはエリート神官だが、追撃に参加していた若手神殿騎士がトラノオ族と力を合わせて捕まえてくれたそうだ。

　これで神殿関係者として最低限の責任は果たせたといえるだろう。

　その後、フランチェリス王女とヘパイストス王の会談が行われる事になったが、その会場に選ばれたのは『無限バスルーム』だった。

　場所を貸すだけのつもりだったが、双方共通の知人という事で、俺も参加させられる。

久しぶりに会ったヘパイストス王は、相変わらず筋骨隆々だったな。

ちなみにこの時、シャコバとマークがこちらに合流している。

会談といっても難しい話では無く、王女が援軍の礼を述べ、ヘパイストス軍側が捕らえた捕虜の引き渡しに関する取り決めをするだけだった。

俺はギフトの専門家という事で、彼等が洗脳されていたと証言する役である。

ヘパイストス王も、今回の件はヘパイストスが攻められた訳ではないので、捕虜を引き渡す事自体は問題がないらしい。

その分謝礼に色を付けるというのが最初からの既定路線なのだろうが、それがいか程かを決めるための話が長く続く事になる。

最後に笑顔で握手を交わした二人がまるで戦友同士のように見えたあたり、タフな交渉ではあったが、そう悪い結果ではなかったのだろう。

そして捕虜の引き渡しも終わると、両軍は帰国する事になる。


こうしてコスモス誘拐から始まった一連の騒動は終わった。

そしてユピテルに戻れば、いよいよハデス跡地に六女神の神殿を建てる話を進めていく事になるだろう。

四の湯　大団円の大混浴

王女軍の行進で砂埃《すなぼこり》が舞う乾いた道。視界を遮るものは何も無く、遠くに山々と丘、そして空を流れる雲が見える。

ヘパイストス軍と別れて帰路についた王女軍に、俺達《たち》は請われて同行していた。

「一緒だと、毎晩お風呂に入れますから♪」

王女が『無限バスルーム』の快適さを忘れられなかったのかもしれない。

シャコバとマークもヘパイストス軍と一緒に来ていたようで、こちらに合流している。

他にも炎の神殿から神官二人と神殿騎士六人が同行者に加わっていた。ちなみに神官一人と神殿騎士四人がケトルトだ。

ともかく軍勢と一緒なので周囲を警戒する必要がない。おかげで行きと違い、ルリトラの背の上から景色を楽しむ余裕もあった。

そんな感じに俺達は順調にゆったりと帰路を進んでいたのだが、その一方でアキレスが中心となって捕虜の尋問が進められていた。

騎士、兵士のほとんどは茫然自失状態らしい。洗脳が解けたら聖王家への反逆者になっていたのだ、ショックを受けるのも無理は無い。

神殿関係者のほうは例のエリート神官がいきなり罵倒を始めたそうだ。

どうもこの神官は光の女神至上主義者かつ中花さんへの「愛ゆえに」暴走したらしく、今回の出征やテーバイの風の神殿攻めを主導したのも彼だったようだ。

こと反逆者の処分については俺達が口出しする事ではない。聖王家も甘い判断はしないだろうし、任せてしまっていいだろう。なにせ聖王家の威信が懸かっているのだから。

むしろこいつが原因で六女神の神殿の件に悪影響が出ないか心配だ。

この件については王女とも話をしておく必要があるだろう。


なお、エリート神官の話を聞いた日の晩、夢の中で光の女神に「ああいうヤツが一番困る！」と愚痴られまくった。

翌日にセーラさん達へ伝えたら、大慌てで神殿に使者を出しましょうと言い出した。

光の神殿は予言の件もあるので、これ以上女神の不興を買うのは避けたいのだろうな。

結局セーラさん自身が例のトラノオライダーの若手神殿騎士と護衛三人と一緒にユピテルに急行する事になった。


それから数日後、俺達は何事もなくユピテル・ポリスに到着する。

王女の方も戦勝報告を送っていたようで、門を潜《くぐ》ると大歓声が俺達を出迎えた。

通りに沿ってズラリと並ぶ大勢の人々。その間を馬上の親衛隊が旗を掲げながら進んで行く。その後ろに続くのは馬車に乗った王女だ。

その後に神南《かんなみ》さん達、遠征軍の兵達、最後に遠征軍ではないトラノオ族が続く。

俺達も聖王への戦勝報告に参加するべく王女の馬車のすぐ後ろを歩き、後方のトラノオ族はドクトラに任せている。

ルリトラだけは俺の前でグレイブを掲げて歩いてもらっている。その大きな後ろ姿は、どこか誇らしげに見えた。

ちなみに『不死鳥』もラクティの従者のようなポジションで一緒に歩いている。

流石《さすが》にこちらは、フードを被《かぶ》り、顔はベールで隠してもらっている。ミステリアスな雰囲気になり、本人は満足気であった。

王女が手を振ったのか、前方で一際大きい歓声が上がる。

町の人達にしてみれば、王女が帰還したと思ったら城で戦いが起きたり、何が起きているのかも分からず不安な日々を過ごしていただろうからな。

この凱旋《がいせん》は、そんな日々の終わりを示しているのだ。皆の喜びもひとしおであろう。

ポリス中から人が集まっているのではないかと思える人の数。門から城まで人の列が途切れる事はなかった。

ちなみに王女に次いで注目を集めていたのは、実はプラエちゃんだ。メガサイズなので目立ったのだろう。おかげで『不死鳥』には、あまり注目が集まらなかったようだ。

大歓声を浴びながら入城する俺達。先頭グループだけで謁見の間に入った。

戦勝報告をするのは、もちろんフランチェリス王女だ。王女の後ろに俺、春乃《はるの》さん、コスモス、神南さんの四人が横一列に並び、それぞれの後ろに各パーティーが並ぶ。

壁際には廷臣が並んでいる。既に勝利した事は知っているようで、皆の表情は明るい。

そんな明るい雰囲気の中、王女が聖王の前に出て、一礼して報告を始める。

「お父様、ナカハナ・リツを討ち果たして参りました」

「うむ、大儀である」

実際には日本に帰しただけなのだが、こちらでは討ったと処理される事になっている。

日本に帰す事で『無限の愛《アンリミテッドラブ》』の効果が消えるからこそできた事だ。

そのまま王女は一連の流れを報告。『無限バスルーム』内に連れ込んだ事などは隠したが、聖王は興味深げな様子で何度も頷《うなず》き、廷臣達も感嘆の声とため息をもらしていた。

なお、一連の報告の中にはヘパイストス軍、トラノオ族双方の進軍スピードについても含まれていた。ユピテルとしては無視できない情報だったのだろう。

「……報告は以上となります、お父様」

「ウム、立派に務めを果たしたようだな、フランチェリス」

そう言う聖王の表情が、どこか複雑そうに見えたのは気のせいではあるまい。

王女が功績を挙げれば挙げる程、王子の立場が悪くなるからな。王としてはともかく、父親としては素直に諸手《もろて》を挙げて喜ぶ訳にもいかないのだろう。

こちらからは背しか見えないが、王女も同じような表情をしているのかもしれない。

とはいえ、これぱかりはどうしようもあるまい。王女も王子を排除して……とかは考えてなさそうなので、穏便に解決できる事を祈るとしよう。


聖王への報告が終わると、俺達はトラノオ族と共に城を後にして光の神殿に戻った。

神殿に入る際にまた『不死鳥』が騒ぎ出すかと思ったが、今回は静かなものである。

どうもエリート神官の件を聞いて、ラクティの身の危険を感じたようだ。彼女の前を進み、せわしなく周りを見回している。

神殿側もその件は気にしているようなので、「ほどほどにな」とだけ言っておいた。

実のところ、六女神姉妹の神殿を集める上でネックとなるのは光の神殿だが、光を除いて五女神姉妹の神殿だけが集まっても、困るのは彼等《かれら》なのだ。

そのためか彼等は、特に風の神官であるプラエちゃんに気を遣っていた。彼女が恐縮してしまう程に。『不死鳥』の行動に対して何も言ってこないのも無関係ではあるまい。

「ここは私の出番ですね」

春乃さんがそう言ってくれたので、俺は宴会の用意をする。

神殿が歓待を申し出てくれたのだが、トラノオ族全員の入るスペースが無いので『無限バスルーム』を会場に使ってもらおうということだ。

準備は神殿に任せ、その間セーラさんの発案で神殿の孤児達と一緒にプールで遊ぶ。

プラエちゃん達と一緒にプールサイドで待っていると、見覚えのある子供達がやってきた。かつて俺とセーラさんでお風呂に入れてあげた子供達だ。

皆も俺の事を覚えてくれていたようで、大歓迎でもみくちゃにされてしまった。

プラエちゃんに皆でしがみついたり、雪菜《ゆきな》と子供達が鬼ごっこをしたり、『不死鳥』が子供達を脅かしてトラノオ族につまみ出されたり、みんな楽しそうだ。

リウムちゃんと雪菜、ラクティが代わる代わる俺にひっついたりもしたのだが、何故《なぜ》か子供達も真似《まね》してひっつきたがったのには参った。

「有名人と握手したいみたいな感じなんですかね？」

後で春乃さんにそう指摘されて納得した。カメラがあれば記念撮影を求められたかもしれない。とりあえず、皆には好評だったので良しとしよう。

プールで遊んでいる内に準備が終わり、歓待の宴《うたげ》が始まった。場所は本丸二階の広間。セーラさんの計らいで、子供達も宴に参加していた。

料理も様々なものが大量に用意された。テーブルが足りずに一階から持ってきて追加した程だ。中央に鎮座する豚の丸焼きが一際大きな存在感を放っている。

この丸焼き、中にソーセージや果物が詰め込まれており、まずはそれらが皆に振る舞われた。特にレッサーボアのソーセージが子供達に人気だ。

旅を始めた頃も、ユピテルのソーセージには世話になった。これを食べるとなんというか「帰ってきた」って気がしてくるな。

とはいえ神殿関係者が代わる代わる挨拶をしてきて、食事よりもそちらの相手をしなければならない。こういう時、春乃さんとクレナが左右にいてくれるのは実に心強い。

真っ先に挨拶に来たのが神殿長で、それから宴が終わるまでずっと一緒だった。

そのおかげか、関係者との挨拶は無難に終わった。俺としては、もう少し六女神の神殿について彼等がどう思っているかを知りたかったのだが……。

宴が終わりかけの頃に、この件について神殿長と少し話してみた。

「……現状、反対する者は出てこないだろうな」

「それは、反対したくてもできないという意味ですか？」

「相変わらず理解が早いのう」

今この件に反対したら、例のエリート神官と同類になってしまうからな。

なるほど、神殿長がずっといたのは余計な事を言われないように目を光らせるためか。

「ここで冬夜《とうや》君を説得して、考えを改めさせようと企《たくら》んでいた人がいると？」

「もういないと思うが、念のためにの」

「まぁ、今は嫌味がひとつ出ても問題でしょうしね」

そう言ってクレナは肩をすくめた。

この件に賛否あるのは覚悟の上だ。全面的な賛成が得られると甘い事は考えていない。

「となると問題になるのは……新しい光の神殿の神殿長を誰にするかですね」

「もう決まっているんですか？」

春乃さんがそう問い掛けると、神殿長は大きく首を横に振った。

「候補は絞っておるのだが、まだ……な。正式に決まれば、いの一番に知らせよう」

「分かりました。よろしくお願いします」

こういうのは他の神殿を納得させる事が重要らしいからな。人選も難しいのだろう。


その後は滞りなく宴は終わった。

神殿長達を見送った俺達は、二の丸大浴場で旅の垢《あか》と疲れを落とす。

一階の大浴場に俺のＭＰ《マジックパワー》製ボディソープとシャンプーの匂いが漂い、それらを洗い流すシャワーの音に混じって誰かの鼻歌が聞こえてくる。

この声はセーラさんか。神殿で子供の世話をしていた彼女が歌うのは、子供向けの童謡のような歌で、その歌声は耳に心地良い。

そして洗い終えた者から檜風呂《ひのきぶろ》につかる。頭を洗ってあげたリウムちゃんと一緒に行くと、既にクレナとロニ、それに春乃さんの姿があった。

こんな状況で色気の無い話ではあるが、俺とクレナと春乃さんが揃《そろ》うと、話題はおのずと今後の事についてになる。

そもそも俺達《たち》が召喚されたのは魔王の復活を阻止するためだった。しかし予言は間違っていた事が判明。魔王は復活してしまったが、戦争はもう起こらない。

つまり「勇者としての役割」は終わったのだ。中花《なかはな》さんの件ももう終わっている。

ここからは与えられた使命ではなく、自分達の道を進んで行く事になるだろう。

俺の場合は、言うまでもなくハデスに六女神の神殿を建立する事だ。

そのためにまずやるべきは、アレスの魔王の下で預かってもらっているグラウピス達とキュクロプス達を呼ぶ事だろう。ハデスでは風の神殿も復興するのだから。

「冬夜君のやろうとしている事って、この大陸にあるオリュンポス連合の国々を結ぶ通信網の構築でもあるんですよね」

その事を相談していると、二つの実りを浮かべた春乃さんがそんな事を口にした。

オリュンポス連合の十二の国々には、最低でも一つ、いずれかの女神の神殿がある。

そして神殿にある通信の神具は、同じ女神を信仰する神殿同士でしか通信できない。

たとえば光の神殿しかないユピテルから、大地の神殿しかないアレスにメッセージを送る場合、両方の神殿があるケレスを経由する必要があるのだ。

「でも、通信の神具が電話みたいに進歩すれば意味が無くなりそうな……」

「どうでしょう？　元々どの神殿に通信を送るかを選択できるじゃないですか、同じ女神を信仰する神殿同士なら」

「……できるけど、やってない？」

膝の上のリウムちゃんを見てみると、彼女は上目遣いでこちらを見ながら「できる」と言ってきた。ほんのり自慢げなのが可愛《かわい》い。

「つまり、自分達の情報網に、他の女神の神殿が入り込む事を嫌った……か？」

「おそらくは」

俺の推論に、春乃さんは同意した。それならば六女神の神殿が一箇所に集まる事に意味もあるだろうか。情報ハブ的な意味で。

「あの……水の神殿はどうしますか？　その神殿長とか」

更にロニはこう続けた。そういえば、そっちも問題だったな。そもそもハデスに神殿を建立して大丈夫なのだろうか、水の神官。

ネプトゥヌス・ポリス経由でギルマン達に連絡……いや、直接相談した方が早いな。

ギルマンの神官しか会った事が無いが、もしかしたら人間の神官もいるかもしれない。

「それについては水の女神に相談してみるよ、夢の中で」

「よろしくお願いします」

ひとまず次にやる事が決まり、相談は一段落。今日のところはゆっくり休もう。

リウムちゃんのお腹《なか》に腕を回して抱き寄せると、彼女は嬉《うれ》しそうに小さな身体《からだ》を預けてくる。俺もそのまま湯舟に身を委ね、のんびりとした時間を過ごす。

「あっ、ず～る～い～！」

すぐに雪菜が飛んできて、皆も集まりもみくちゃにされてしまうが、それもまた安らぎ

の時間であった。

その日の晩、水の神官について夢の中で確認してみた。

水の女神曰《いわ》く、彼女は漁師や船乗りからも信仰されているが、神官となるとギルマンがほとんどらしい。特に高位となるとギルマンしかいないとか。

しかし、海から離れたハデスにギルマンが常駐するのは難しいらしい。

そこで彼女が提案してきたのは、神殿を建立する際にはギルマンの高位神官を呼び、普段はギルマン以外の神官に常駐してもらえばどうかという案だった。

その辺りの手配はしてくれるそうだ。そういう事ならば任せてしまえばいいだろう。

なお、これらの話し合いは夢の中の大浴場で行われた。その時、俺の膝の上を占拠していたのはラクティ……ではなく、混沌《こんとん》の女神だったりするのは余談である。

翌日、買い出しに出かけた春乃《はるの》さんがコスモスを連れて戻ってきた。当然、王女も一緒だ。更に神殿長も一緒に訪ねてきた。

本丸の玄関で一行を出迎えると、王女が開口一番にこんな事を言ってくる。

「ハデスの光の神殿長なのですが……私が就任する事になりました」

「…………はい？」

神殿長の方に視線を向けると、彼はコクリと頷《うなず》いた。ヘパイストスの炎の神殿長が王弟だったはずなので、王族がやるというのは有る話なのだろうが……。

「あの……王女様って神官でしたっけ？」

「正確には神官でもあります」

そういえば光の『勇者召喚』の儀式に関わっていたな。あれも神官魔法の一種だ。

とにかく上がってもらい、詳しい話を聞こう。一行を闇の和室に通す。なにげに王女のお気に入りの場所だったりする。

今日は雪菜がお茶とお茶菓子を持ってきてくれた。一口飲んで一息ついた王女は、どこか疲れを感じさせる面持ちで口を開く。

「あなたなら理解していると思いますが……今回の一連の出来事で、兄の評価は落ち、逆に私は上がりました」

「まぁ、そうでしょうね」

中花さんのギフトの影響とはいえ反逆した兄と、それを解決した王女だからな。当然王女の方を後継者にという声も出ていたはずだ。

しかし、それは彼女の望むところではなかったらしい。

「それでユピテルから離れようと？」

王女が頷く。聖王としても、我が子を切り捨てるよりチャンスを与えたいのだろう。

「僕は、冒険の旅を続けるのもいいんじゃないかって言ったんだけどね～」

コスモスがそう言うと、王女は複雑そうに笑みを浮かべた。

ああ、そうか。勇者の使命が終わったのはコスモス達も同じなのか。

そしてコスモスに協力していた王女、今回凱旋《がいせん》した事で彼女の旅も終わったのだ。

そんな彼女が兄のためにユピテル・ポリスを離れる方法が、ハデスの光の神殿長に就任するというものだったのだろう。

彼女はコスモスパーティの一員ではなく、ユピテルの王女としてこの話を受けたのだ。

「こちらとしても損は無いと思います」

隣で聞き役に徹していた春乃さんが口を開いた。

確かに、光の神殿長の人選は俺達にとっても重要だ。ここに下手な人が入っては六女神の神殿建立自体が失敗しかねない。

その点王女は気心も知れているし、俺達の召喚に関わった彼女は、神官としての能力も高そうだ。更に光の女神信仰総本山であるユピテルの王女と本人の格も十分過ぎる。

総合的に考えて、これ以上の人選は無いと言っていい。

「う〜ん、返事の前に確認を。コスモスも一緒にハデスに来るって事でいいんですか？」

「えっ、僕かい？　もちろんさ！」

いつもの調子だ。勇者の使命が終わった事とか理解していなそうな気もするが……そこはパーティ内で話し合うべき事か。特に問題も無さそうだし放っておこう。

「分かりました。歓迎します……王女様って呼ばない方がいいですか？」

「神殿が完成して神殿長に就任するまでは王女のままですので大丈夫ですよ」

手を差し出すと、彼女が握り返してきた。小さな手だが、実に頼もしい手である。

「それと旅立ちの件なのですが、明後日《あさって》に戦勝パーティーをしますので、その後という事にしていただけますか？　その時は、私も一緒にハデスに行かせていただきますので」

「分かりました。では、それで」

その後、話を終えた王女達は帰って行った。

パーティーまでの二日の間に若手神殿騎士とドクトラを始めとするトラノオ族の半分、そしてマークを先にハデスに戻した。戦いが無事に終わった事を知らせるためだ。

なおマークは本人が志願した。向こうにはクリッサがいるからね。仕方ないね。

パーティーにはいつもの「商家の若旦那風」の装いで出席しようと思っていたが、神殿長が神殿騎士の制服を更に豪華にしたものを用意してくれていた。

神殿建立の件があるので、神殿関係者と見られるようにしておいた方が良いとの事だ。

なお、春乃さんは普通にドレスを着るとの事。代表者は俺という事だな。

パーティーに参加するのは『女神の勇者』として俺と春乃さん。それにシャコバ、ルリトラが、それぞれへパイストスとトラノオ族の代表として招待されている。

更にプラエちゃんが風の神殿の、『不死鳥』が闇の神殿代表として招待されていた。

どちらも良いのか、特に後者。と思っていたが、どうやら神殿建立が始まる前に和解の取っ掛かりを作っておきたいというのが聖王家の考えのようだ。

逆にラクティは本物の女神であるため、下手に招待する事もできないらしい。できれば連れてきてほしいと頼まれはしたが。

この三人、何の対策も無しに連れて行く訳にはいかない。プラエちゃんは春乃さんが、ラクティは俺が、そして『不死鳥』はクレナが一緒にいてフォローする事となった。

「魔王の孫娘」ならば、彼を抑えられるのだ。護衛としてブラムスも付けておこう。

今回はルリトラも招待客なので、俺の護衛は光のベテラン神殿騎士と、炎の神殿騎士の二人にお願いした。礼儀作法関係のフォローもお願いしている。


パーティー会場となったのは城内の広間。アーチ状の天井は見事な天井画で彩られている。

今回は食事を楽しむパーティーらしく、広間の中央には様々な料理が並んだテーブルが列を成している。オリュンポス連合が結成された時の様子が描かれているそうだ。


壁側のテーブルに先客がいて、従者らしき人達がいそいそと料理を運んでいた。

すぐにスラッとした騎士が現れ、俺達を案内してくれる。

彼によると、後ほど聖王に呼ばれるが、それ以外は自由に楽しんでほしい、ただ、俺達と話すのを楽しみにしている者が多いので、できるだけバラけてほしいとの事だった。

広間に入ると、その言葉通りに皆の目が光った、ような気がした。注目されているな。

「仕方ないわね、バラけましょうか」

クレナの提案でバラバラのテーブルに着く事にする。

「どこかのテーブルに着いておけば、向こうから話し掛けてくるわ。そうそう、テーブルの見えやすいところに、お酒以外のボトルを何本か並べておきなさい」

クレナのフォローがありがたい。『不死鳥』のフォローも、がんばってほしい。

当の『不死鳥』は、法衣を着て、顔をヴェールで隠していると真っ当な神官に見える。なお、いざパーティーが始まると、案外と人当たりが良く、盛り上げ上手で、彼の周りには人だかりができていた。意外な才能である。

春乃さんというか、プラエちゃんには特別製のテーブルと椅子が用意されていた。彼女はここでも子供達《たち》の注目を集めており、子供達と一緒に楽しんでいるようだ。

当然その保護者も一緒に来ているが、そちらは春乃さんが担当していた。

ルリトラは、これも経験だとトラノオ族の若い戦士二人を連れての参加だ。神南《かんなみ》さんを皮切りに、軍人が集まっているテーブルを回って宴《うたげ》を楽しんでいるようだ。

中でも一番手慣れた様子を見せていたのはシャコバだろう。ケトルトの宝飾品の職人である事は知られているようで、貴族達がひっきりなしに彼のテーブルを訪ねていた。

そして俺のテーブルには雪菜《ゆきな》とラクティが同席している。どちらも淡いイエローの可愛らしいドレス姿だ。雪菜の尻尾はスカートの中で、羽は背中の開口部から出している。

ちらりと聖王の方を見ると、コスモスが聖王に招かれて話をしていた。

相変わらずコスモスは物怖《ものお》じしないというか、聖王と仲が良さそうに見える。

聖王の隣には王子がいるが、表情が無い。居たたまれないのではないだろうか。

なお、その隣のテーブルを見ると王女がハラハラした様子でコスモスを見ている。

あの様子では、俺が呼ばれるのはもうしばらく後になりそうだな。


待っている間王女親衛隊長のリコットを皮切りに、親衛隊の面々やフォーリィ、バルサミナ、そして神南さんがやってきた。

王女親衛隊は解散し、大部分は実家に戻るらしい。リコットはハデスに行くようだが。

フォーリィは森に戻って報告を済ませてからハデスに向かうそうだ。バルサミナもそれについていくらしい。意外と仲良かったんだなこの二人。

神南さんとは、日本に戻るかどうかを話した。俺達の中で一番戦い慣れており、この世界に馴染《なじ》んでいたであろう彼だが、日本への帰還については意外にも迷っているようだ。

実際に帰れるようになった事で里心がついてしまったのかもしれない。

ただ、戻れば俺以外はギフトや祝福を失いレベル1からの再スタートになる。そのためこちらとしても「試しに戻ってみては？」などと安易に言う訳にもいかなかった。

彼は酒杯をぐいっとあおり、しばらく旅をして考えてみると言っていた。

ほどなくして聖王のテーブルに呼ばれたので、護衛の神殿騎士を連れて向かう。

「ほう、高位騎士の制服か。勇者であるそなたにはよく似合っているが、いずれは司祭のローブも似合うようにならねばいかんぞ」

聖王の口から、こんな軽口が飛び出した。司祭のローブが似合う、ファッションチェック……ではなく、六女神の神殿建立に賛成の立場だと暗に言っているのか。

「精進します」

そう答えて、席に着く。俺のグラスに注がれたのはノンアルコールの葡萄《ぶどう》ジュースだ。最初は当たり障りの無い話から始まった。こちらも旅の話をする。特にグラン・ノーチラス号で海中を旅した話は聖王も驚いたようで、興味深げな様子だった。

「そなたはフランチェリスにも負けぬ旅をしてきたのだな」

そこから話は、俺の事に移行していく。初めて謁見した時から礼儀作法がしっかりしており、ハデスで『十六魔将』を討ち、ヘパイストスでドラゴンを討伐して勲章を得た。光の神殿を通じて知ったのだろうが、随分な褒め殺しである。おそらく周りに聞こえるよう、わざと声を大きめにしているのだろう。背中に視線を感じる。

これは俺への援護と、聖王自身が俺と懇意であるというアピールといったところか。あえて否定する事でもないので、こちらも合わせておく。

しばらく談笑していると、聖王が眼前に掲げたグラスをじっと見つめて言葉を止めた。

「……フランチェリスが、ハデスに赴く事は知っておるな？」

「はい、聞いております」

「フランチェリスを、ハデスの光の神殿長にする……そなたは賛成か？」

そう言った聖王の目線が、一瞬隣の王子に向いた。

ああ、なるほど。フランチェリスのハデス行きを歓迎したという言質《げんち》が欲しいのか。

「ヘパイストスの炎の神殿長は、ヘパイストス王の弟だと聞いています。王族が神殿長になるというのは、問題がある人事という訳ではないんですよね？」

という訳で、はぐらかす事にした。王子に恨みはないが、ここで思惑に乗って味方をする程でもない。すると聖王は「それは問題無い、むしろ名誉である」と言って苦笑した。

これは気付くかどうか、俺の事も試したのか。気付かずに答えればそれで良し、気付かれても返答の仕方によって王子をどう考えているかを量れる。

俺ははぐらかしたが、気付いた上で言質を与えないというのもひとつの答えだろう。


「これは他の勇者達にも話したのだが……」

そう前置きした聖王は、先程までとは打って変わり声を潜めて説明してくれた。

王女をハデスの光の神殿長にするのには、聖王家が率先してハデスの光の神殿は、光の女神信仰的に何の問題も無いと示す意味があるそうだ。

なるほど、神殿が完成しました。しかし続きませんでした。とならないよう、聖王家の人間が神殿長になる事で箔《はく》を付けて、次につなげられるようにしようという事か。

だが、それは同時に王女が神殿長を長く続ける必要は無いという意味でもある。

これはおそらく、王子が失点を取り戻せなかった時の保険という事であろう。

「こういう話は、『女神の勇者』の方が向いておるな」

こちらが気付いた事を察したのか、聖王はそう言って笑った。

確かに、春乃《はるの》さんならこの手の話も優雅に微笑《ほほえ》みつつ対応しそうだ。逆に神南さんは苦手そうだし、コスモスは天然でかわしそうである。

とりあえず、聖王の考えは大体察しがついた。まずは俺達が王子をどう考えているかの確認。これは俺達の返答次第では王子の援護射撃にとも考えていたのだろう。

そして俺達の返答に合わせ、王女を呼び戻す可能性がある事に言及。これはつまり王子にチャンスを残したが、完全に許した訳ではないぞと暗に伝えてきたと考えられる。

その辺りをしっかりしてくれるなら、特に言う事は無い。後は王子の努力次第だろう。

その後は普通に談笑して過ごしたが、聖王は積極的に王子も会話に参加させてきた。

なお、いざ話してみた感想は「この人も苦労してるな」だった。これからも大変だと思うが、頑張ってほしいものである。

聖王との対話が終わった後は気楽なもので、特に問題も無く宴は進んでいく。

途中、コスモスが広間の中央に躍り出て歌い出すハプニングもあったが、それぐらいは可愛《かわい》いものである。ちなみに参加者からは大受けだった。

酒は一切飲まずにあのテンションなのだから、コスモスも大したものである。

結果として盛り上がったのだから、今夜の宴は大成功だったといえるだろう。


それから数日後、ハデスに向けて出発する日がやってきた。

俺達に加えてトラノオ族の戦士達、光の神官と神殿騎士、炎の神官と神殿騎士。

フォーリィとバルサミナは昨日エルフの森に向けて発《た》っていたため、二人を除いたコスモスと王女の一行、それに神南さん達も一旦ハデスに来るとの事で同行している。

当然『無限《アンリミテッド》バスルーム』の中は、食料や資材等で一杯だ。

今回は皆に見送られながらの出発だ。神殿長や神殿の子供達、お世話になった商人達、こちらに残る元親衛隊の面々、それに聖王と王子も門まで見送りに来ていた。

盛大な歓声を背にユピテル・ポリスを発ち、ハデスへと向かう。先日の出立と比べればのんびりしたもので、談笑を交えながらの旅路となった。

途中の山で例の地下道に入ると、後は真っ直《ます》ぐ進むだけだ。照明は光の『精霊召喚』、換気は風の『精霊召喚』で対応する。

前回のハデスからユピテルまでの旅路より多めに時間を掛けてハデスに到着。こちらに残っていた面々と合流した。

魔王像のある広場に行くと、そこはもうトラノオ族の集落になっていた。俺がここに来る事を知って、本格的に住めるようにしたらしい。

　こちらに残っていたパルドーのおかげで、闇の神殿跡も含むいくつかの建物が使えるようになったようだ。今は水路を埋めている瓦礫《がれき》を片付けているとか。

　ただ、当のパルドーによると、建物の補強はあくまで一時的なものであるらしい。本格的に住むのであれば、土木工事の専門家である大地の神官を呼んでほしいとの事だ。

　ちなみに闇の神殿跡は、中庭が子供の遊び場になっていた。

『不死鳥』は「罰当たりな！」と言っていたが、ラクティが認めると追い出したりはせず、むしろ子供達にも手伝わせて建物内を片付け始めている。

　早速『無限バスルーム』内の物資を運びだしてもらおうか。かなり量が多いため、広場に扉を開き、分散して保管してもらう。

　荷物を運び出すのを手伝ってくれているトラノオ族を見て、ふとある事が気になった。

「そういえば、ルリトラがいつまでもレイバーのままってまずいか？」

　これまであまりレイバーである事は意識せず、他の仲間と同じように考えていた。

　しかし彼も今日まで十分働いてくれたし、ここで任期満了としても良いかもしれない。

「いえ、今はまだ……。今得た場合は、ユピテルの市民権になるのでは？」

　この事を話してみると、なんとルリトラの方からあっさり断られてしまった。

　そうか、そういう風になるのか。

「そうねぇ、後でユピテルの市民権を移す事もできるけど、どうせならハデスの市民権取得第一号になってもらったら？」

「なるほど、それは良いですな！」

この件をクレナに相談すると、そんな答えが返ってきた。

ルリトラも、そのタイミングが区切りとして丁度良いと考えているようだ。

「あ、第二号はロニね」

かく言う彼女も、ハデス復興後にロニの任期を満了にしようと考えているらしい。この様子だと、自身もハデスに市民権を移す気満々なんだろうな。

ふと見上げると、威厳たっぷりの魔王像に見下ろされているような気がした。今はまだ大丈夫だが、いずれはそういう事も俺が考えなければならなくなるのか。

改めて彼から託された『ハデス一国譲り状』の重みを感じる。

「……身に着けておくか、心構えとして」

その時から俺は、普段から魔王から譲られた『星切』を腰に佩《は》くようになった。

そう、ハデスの後継者たらんとする決意表明として。

翌朝、俺達はキュクロプスの皆を連れてくるために南側の地下道を抜けて出港した。

「では、私達はこちらに残りましょう」

やる事はたくさんあるので、行くのは俺のパーティと春乃さんのパーティだけだ。

王女とコスモス一行は、トラノオ族に混じってテントを張り、彼等《かれら》と共に生活してみるとの事だ。彼女なりにここでの暮らしに馴染もうとしているのだろう。

神南《かんなみ》さんも、しばらくはここを拠点にしてくれるらしい。頼もしい話である。

グラン・ノーチラス号に乗って海路でアレスへ。操舵《そうだ》はパルドー、シャコバ、マーク、それに新しく覚えたブラムスが交代で担当してくれる。

アレスへの航海では、特に問題は起きなかった。ゆったりとお風呂に入り、海の幸を楽しみ、並走してきた大型海獣類に皆で甲板から手を振る。なんとも心安らぐ航海である。

特にプラエちゃんは久しぶりに皆に会えると大喜びで、満面の笑みを浮かべていた。

そんな平穏な船旅を続けること数日。何事もなくアレスに到着。さっそく大地の神殿とアレス王家、そして魔王のいる白蘭《はくらん》商会に顔を出す。

まず神殿を訪ね、勇者の使命は果たされた事と、神殿建立はハデスでする事を報告。更に神殿建立のために応援の神官を派遣してもらえないかと要請した。

すると予想以上に乗り気で、十人以上の神官を派遣してくれる事になった。大地の神殿的にも、神殿建立という歴史的一大イベントは見逃せないらしい。

続けてアレス王家にも挨拶に出向き、同じように報告をした。

すると、こちらでも驚きの話を聞かされてしまった。

「なに？　新しい大地の神殿長に王女が就任する？」

その後、白蘭商会に行ってその事を伝えると、魔王は身を乗り出して聞き返してきた。

二人の子供の内、後継者ではない妹の方を神殿長にする事になったそうだ。

「こっちも兄王子が何かやらかしたりしたんですか？」

「いや、聞いておらん。おそらく神殿……いや、ハデス復興を重要視しておるのだろう」

「ああ、昔関係があったから？」

「……だけではないだろうがな」

今後のアレスの立場を考えているのではないか。『白面鬼』は、そう分析しているようだ。復興したハデスとの付き合いも考え、影響力を確保しておきたいという事か。

ユピテルからも王女が来ると考えると、結果としてバランスが取れるかもしれない。

「王が誰であるかを忘れるでないぞ」

「……俺ですか？」

「クレナでも構わんが」

「そこは押し付けたりしませんよ。矢面に立つのは俺です」

そう答えると『白面鬼』、『魔犬』、そして『炎の魔神』が「おおっ！」「頼もしいですな！」「となれば御輿《おこしい》入れですかな？」と口々にはやし立てる。

耳を赤くしたクレナも流れを止めようと咳払《せきばら》いをするが、あまり効果は無いようだ。

この空気が続くと彼女が爆発しかねないので、こちらから話を進める事にする。

「といってもアレス王女は俺達《たち》に同行する訳ではないので、準備ができ次第皆をハデスに連れて行けそうです。今日まで皆を預かっていただき、ありがとうございました」

そう言って俺は、魔王に頭を下げた。隣のクレナも、慌てて続いたようだ。

ちなみに王女は後日、支援物資を積んだ船で来る事になっている。

「それは構わんが……今連れて行っても大丈夫なのか？　あそこは廃墟《はいきょ》であろう？」

「『無限バスルーム』があるので、とりあえずは」

「それでは貴様が動けんだろう。神殿よりも、まず住居を優先しろ」

普通にアドバイスされてしまった。確かにその通りなので、素直に頷《うなず》いておく。

それ以外にも魔王は、元統治者視点で色々と話してくれた。愚痴も多かったが、それも含めて実にためになる話が多い。今のうちにできるだけ聞いておこう。


食料の補給を終えてアレスを出港したのは二日後、帰りの航海も特に問題無く進んだ。

荷物は全て『無限バスルーム』内なので、南の隠し港に到着すると、そのまま地下通路を通ってハデスに向かった。人も多いし、ゆっくりと。

この地下通路が、結構距離があって大変なんだよな。いずれはアレスのゲムボリック便みたいなものを用意したいところだ。

だが、それよりも先に住居である。応援で連れてきた人達の分も必要だし。

「という訳で大地の神殿長には、アレスの王女が就任する事になりました」

「私が神殿長になるって話をしました？」

なお、ハデスに到着して大地の神殿長の件を皆に伝えると、いの一番に王女に疑われてしまった。自分に対抗して送り込んできたと考えたのだろうか。

「その件は伝えていないので無関係だと思いますよ」

「つまりアレスは……やはりハデスに影響力を……？」

何やらぶつぶつ考え出したので、放置してアレスから持ち帰った物資を運んでもらう。

俺達がアレスに行っている間に、修繕すればまだ使用できそうな建物をチェックしてくれていたようなので、早速大地の神官達に作業に取り掛かってもらおう。

「ところで、留守中に何かありました？」

「ああ、水の神官達が来てたよ。神南君と似たタイプの」

詳しく聞いてみると、ガッシリタイプの人間だったそうだ。水の女神が言っていたギルマン以外の神官、その第一陣が到着したのだろう。

これで風と闇が一人ずつで、大地の神官が一番多いと人数に差はあるが、光、炎、風、水、大地、闇の神官が、この地に揃《そろ》った事になる。

ここからが六女神の神殿建立の本格的なスタートといえるだろう。

だが、色々考えることもある。当座の食糧、周囲との交易。こちらは人里に慣れたルリトラを中心に、トラノオ族に頑張《とど》ってもらおう。

また、ここには原形を留《とど》めている建物がいくつも残っている。大地の神官に調べてもらい、魔法で修繕すればまだ使えそうな建物は直してもらおう。

そうすれば早急に住居を確保できる。魔王像がある広場付近の建物は大丈夫そうだ……

などと考えていると、広場から少し離れた闇の神殿跡が危険判定されてしまった。

大地の神官曰《いわ》く、ギリギリアウトらしい。俺達が泊まった時に倒壊しなくて良かった。

今は『不死鳥』が壊させまいと立てこもり、必死に立ち退《の》きを拒否している。

「……とりあえず今は放置で。神殿だけあって、今すぐどうこうはならないみたいだし」

確か神社等を修理する時に御神体を移す「遷宮」という儀式があったはずだ。テレビで見た覚えがある。それを『不死鳥』自身にやってもらえば納得してくれるだろう、多分。

まずは他のもう使えない建物を取り壊して更地を確保しなければ始まらない。俺の大地の『精霊召喚』の出番である。


人と物が揃うと神殿建立、いやハデス復興は一斉に動き始めた。

それから瞬く間に一月程が過ぎて魔王城と闇の神殿以外のもう使えそうにない廃墟を取り壊して更地にした頃、アレスの王女一行がハデスに到着する。

この頃になると残す建物の修繕も終わり、東西南北の地下道の補強も済んでいた。おかげで港からここまでの移動もスムーズだったようだ。

トラノオ族交易隊も一度戻ってきていたので、丁度良いタイミングかもしれない。

王女は見た目は若いが穏やかで、優しいお婆《ばあ》さんのような雰囲気の闇エルフだった。

先日戻ってきたフォーリィに聞いたところによると、こういうタイプのエルフは結構多いらしい。長命種以外との付き合いが多いとこうなりやすいそうだ。

必要になるだろうと、ゲムボリック便の人員と騎獣を連れてきてくれたのは有難い。

彼女が来た事で六人の神殿長候補が揃った。各神殿をどこに建立するかを決めよう。

相変わらず立てこもっている『不死鳥』を、話し合っている隙に壊さないと約束して連れ出し、『無限《アンリミテッド》バスルーム』の広間で話し合いだ。

俺の両隣には、アドバイザーとしてラクティとセーラさんが控えている。


さて、神殿の場所についてなのだが、これは基本的に二択である。アレスのような地下神殿を造るか、この地下空間に密集して建てるかだ。

ご存知の通り、ここは倒れた十六の塔がドームの天井のようになって形作られている。

そのため魔王城とその周辺の中心街だった場所しか残っておらず、残念ながら六つの神殿を余裕を持って建立する程の広さは無かった。

その辺り彼女達も承知で、揃って地下神殿案で考えているようだ。今はどの方角に神殿を造るかを話し合っている。

たとえばフランチェリス王女はユピテルがある北側を狙い、プラエちゃんは少し地上に頭を覗《のぞ》かせる形で風を感じられる位置が良いと言っている。

しかし、俺はあえて密集案を推す。一歩先に進める形で。

「魔王城があった場所に、全ての女神の神殿をまとめて建立する事は可能ですか？」

そう発言すると、一斉に皆の視線が集まった。

「それは……神殿を密集させるという事ですか？」

「一つの大きな建物を造り、中で区画ごとに分けられないかと考えています」

王女二人が顔を見合わせる。他の神殿長候補達も戸惑いの表情で……いや、『不死鳥』は表情が分からないか。ただ動揺しているのか、しきりに歯をカチカチと鳴らしている。

プラエちゃんだけは動じていない。「風はどこにでも吹く」という話だし、他の神殿との距離などはあまり気にしていないのかもしれない。

だが、俺も考え無しでこんな事を言っている訳ではないのだ。

「俺は、これからのハデスの役割を考えています」

ちらりとフランチェリス王女を、そしてセーラさんを見る。

「それは神託を授かれる人を生み出す……いえ、生まれる土壌を作る事です」

そう言った瞬間、二人はピクッとわずかに身体《からだ》を揺らした。

神託をしっかり授かれず、はき違えてしまった結果、俺達が召喚された。その件について今更責め立てようとは思わないが、「次」は防いでおきたい。

「女神達によれば、神託を授かるためにはたくさんのMP《マジックパワー》に加えて、複数の女神の祝福が必要なんだそうです」

「MPの方は分かります。父も断片的にですが神託を授かった後は、起き上がる事もできないくらい疲れ切っていたそうですから。しかし、複数の女神の祝福というのは……？」

俺も詳しい理屈までは分からないので、ラクティに目配せをする。

「そうですね……私達とのつながりが深まる事で近くなる、でしょうか」

「あ、距離の話じゃなくて、神託を授かるのに必要なMP量の話ですよ」

「ならば、何故《なぜ》聖《サン》ピラカは神託を授かれなかったのですか？」

闇以外の五柱の祝福を授かっていたという初代聖王の仲間か。

「夢の中は、特に私達に近いんです。そしてそこは私の神域なんです」

「つまり、闇の祝福を授かる事が必要MPを大きく下げるという事だと思います」

かく言う俺も、女神と会うのは夢の中だ。俺は直接触れ合う事もできるが、そこまでいかなくても神託を授かるだけならば、もっとMPは少なくてもいいはずだ。

「ですがトウヤ殿、我々は闇の祝福を授かると魔族化すると聞き及んでおりますが……」

「光の祝福も授かっていると、相殺してくれますよ。他の祝福も授かって余波を防ぐ必要もありますけど。おかげで俺も魔族化していません」

「あ、それは光の祝福が弱いとダメですからねっ！」

ラクティが慌てて付け足してきた。今度は皆の視線がフランチェリス王女に集まる。

新しい光の神殿長となる彼女ならば、闇の祝福を授かっても大丈夫かもしれない……とか考えているのかもしれない。

「……コホン、お話は分かりました」

居たたまれなくなったのか、フランチェリス王女は小さく咳払いをして話を変えた。

「しかし、相応の実力が無ければ複数の女神の祝福を授かる事はできないと聞きます。こう言っては何ですが、あなたは勇者。他の者達ではあなたのようにはできないのでは？」

俺達の光の祝福はこの世界の人達より強く、俺達も成長しやすいという話だったか。

「確かにそれは一理あります。六女神をまとめた神殿を建立しただけで、神託を授かれるような神官が生まれるなら苦労はありません」

これには皆も納得のようで、炎と水の神殿長候補が揃ってうんうんと頷いている。

水の女神は神託を授からずとも直接会いに行けるのだが、それはこの際置いておこう。

これまで俺は、一国に複数の神殿がある国をいくつか旅してきた。

俺が複数の祝福を授かったのは、ケレスの大地の神官に勧められたのが切っ掛けだ。しかしその人自身はMPが足りず、授かっても持て余すという事で一つの祝福だけだった。

俺以外に複数の祝福を授かっている人は聖ピラカぐらいしか聞いた事が無かった。

MPに関しては仕方がない。俺もその点については超人的だという自覚もある。

「ですが、仮に相応の力を持った人が生まれた時、その人は複数の祝福を授かろうとするでしょうか？」

複数の祝福を授かる事自体は問題が無い。しかし、それを実践する者はいない。

『無限バスルーム』を成長させるために祝福を授かっていた俺が言っても説得力は無いかもしれないが、そんな風に距離を取るのもあの仲良し姉妹は望んでいないと思うぞ。

そもそも光の女神は、ラクティを助けるために神託を発し続けていた訳だからな。

「もしここに、全ての女神が集まった神殿があれば、皆の意識も少しは変わるんじゃないでしょうか？　先程言った『土壌を作る』というのは、そういう事なんです」

これだけで解決はしないが、現状を変えるための一歩にはなるはずだ。

王女達《たち》はしばし無言になった。今まで考えた事も無かったといったところだろうか。

そしてプラエちゃんを除く五人にセーラさんも加わり、顔を突き合わせて話し始める。

『不死鳥』もしっかり参加しているな。

俺はプラエちゃんを呼んで胡坐《あぐら》をかいた彼女に背を預けて座り、俺自身はラクティを抱きかかえて膝に乗せ、彼女達の話が終わるのを待った。


「……分かりました。やりましょう」

長めの話し合いが終わった後、彼女達は俺の提案を受け容《い》れる事に決めたようだ。

それぞれの女神信仰をまとめてひとつにするというならともかく、神殿同士の共存共栄を目指しその先駆けになるのであれば問題はない。そう判断したらしい。

「ラクティさんが、そんなに危険とも思えませんしね」

最後の決め手となったのは、他ならぬラクティだったようだ。

その言葉を聞いて膝の上のラクティも顔を綻ばせ、嬉《うれ》しそうに笑顔を向けてきた。

思わずその頭を撫《な》でながら、皆に声を掛ける。

「全ての女神が集まった神殿……汎神殿と呼びましょうか。各女神の区画は、円を描くように並べましょう。六角形、いや、六芒星《ろくぼうせい》になるのかな？」

「どう並べますか？　私としては、光の女神は北側が良いのですが……」

「方角については俺から言う事はありませんが、長女である光の女神から始まって、炎、風、水、大地、闇の順番ですかね」

「私達姉妹の年齢順ですね」

「そして中央はそれぞれの区画をつなぐ役割を担う事になるでしょう」

この件については、皆スムーズに納得してくれたようだ。神殿を一つにまとめる事と比べれば大した事がないのかもしれない。


そして最後に『不死鳥』の神殿立て籠もりの件だ。

「『不死鳥』、今の神殿跡から新しい神殿に遷宮してもらいたい。分かるよな？　遷宮」

「むぅ……遷宮か。分かるが、それは神殿には無いものだ。やり方が分からんぞ」

「初の遷宮なら、ラクティが納得するやり方が正しいって事になるんじゃないか？」

「なるほどっ！　ならば任せておけい!!」

納得してくれたようだ。これで立て籠もり問題も解決だ。ただ、やり過ぎないように事前にチェックは入れておこう。

ひとまず今決められるのはこれぐらいだろうか。話し合いはこれでお開き……と考えていると、今度は『不死鳥』の方から俺に尋ねてきた。

「新たに神殿を建てるならば、地鎮祭をやらねばならんだろう。誰がやるのだ？」

建設を始める前の安全祈願か。それは考えていなかった。

王女達に尋ねてみたが、これもこちらの世界には無いものらしい。

なるほど、全ての女神を祀《まつ》る汎神殿という世界初のものを造るのだ。そのための安全祈願として世界初の地鎮祭をするのは良いかもしれない。

地鎮祭、それは工事を始める際に、その地の守護神にここを使わせてもらいますと許しを得るための儀式である。工事が無事に終わる事を祈願するという意味もあるそうだ。

そう説明すると、王女達もそれはやった方が良いのではと同意してくれた。執り行うのは、ハデス再興の責任者である俺が相応《ふさわ》しいのではとの事だ。

「ふむ、汎神殿の建立とハデス再興が始まる事を知らしめる事ができますな」

「父上達も呼んで大々的にやりましょう」

俺と『不死鳥』は本来の目的だけを考え、ラクティ向けにそれっぽい儀式をやろうと考えていたが、王女達の方はそうではなかったらしい。

ハデス再興を大々的にアピールする事を考えたようだ。確かにこの件を話していない国もある。それらの国も地鎮祭に招待して、正式にハデス再興を宣言するという事か。

確かに知らない国から見れば、いつの間にか元魔王の国が復活してるという事になるので、ちゃんと報《しら》せておかないと変に恐れられてしまうかもしれない。特に西隣のケレス。

「でも元魔王の国を再興するので来てください……って、来てくれますかね？」

「神殿を通じて連絡すれば大丈夫でしょう」

「それなら神殿長となる六人と俺、全員の連名で連絡しましょう」

新しい神殿用の通信の神具はまだ無いため、他の神殿を通じて連絡してもらう事になるだろう。その辺りは王女達に任せておけば大丈夫なはずだ。

「各国のトップは招待しなくてはいけませんね」

「全てとはいかないでしょうが、主要な神殿の長達も」

ちょっと心配なので、クレナにもフォローをお願いしておこう。たとえ『無限バスルーム』も使ったとしても、今のハデスのキャパシティには限界があるのだ。


俺は地鎮祭をどう進めて行くか、その具体的な手順について考えなければならない。

この件は神殿側にも情報は無いとの事なので、夢の中で女神達に相談している。手順を教えてもらうというよりは、こういうのはどうかと提案し、それならば問題は無いと確認してもらうのだ。こちらは春乃《はるの》さんと『不死鳥』にサポートしてもらっていた。

それと並行して、元魔王城の取り壊しも進めて行く。半分ほど吹き飛んでいて中に入るのも危なかったので後回しにしていたが、これを済ませておかなければ着工できない。

ここは大地の神官達にも手伝ってもらい安全を確保しながら作業を進めて行く。魔法を使っても一月以上掛かるだろうが、その間に根回しを済ませてもらうとしよう。

なお、その予定を皆に告げると、もう少しゆっくりでいいですよと言われてしまった。招待客のスケジュールを調整するだけでも、それ以上の時間が掛かるらしい。そういう事ならば急がず、安全第一で余裕を持って進めるとしよう。

上から解体作業を始めて一月、半分ぐらい進んだだろうか。もう少しペースを上げられそうだが、皆の癒しの時間である入浴分のMPを残しておかねばならない。

『無限《アンリミテッド》バスルーム』で疲れを癒すのは俺も同じだ。今夜もいつものメンバーで入浴だ。しかし、今日のクレナはいつもより距離が近い気がする。いや、いつも近いけど、今日はより一層むにむにって感じである。

大浴場の湯舟に入ると、真っ先に隣に陣取って肩を寄せてきた。

「どうかしたのか？」

「ん……ちょっとね……」

どうも歯切れが悪い。普段なら対抗しそうな春乃さんも、今日は遠慮しているようだ。

「あ～、実はですね……」

ならばとロニに視線を向けると、彼女はすすっと近付いてきて小声で話してくれた。

「お母さんから手紙が届いた？」

「はい、今日ケレスから戻ってきたトラノオ族の皆さんが……」

ユノの光の神殿からケレス経由でアレスの白蘭《はくらん》商会に届き、それが内容を確認した魔王によってケレスに戻され、訪れたトラノオ族の交易隊に預けられたそうだ。

「クレナのお母さんが、白蘭商会宛てに手紙を送ったって事は……」

「はい、えっと『闇の王子《ダークプリンス》』がユノに到着して、お二人は再会できたそうです」

詳細な経緯は分からないが、手紙の内容を見るに再会は上手《うま》くいったらしい。

めでたい話であるが、それでどうしてクレナがこうなるのか。

「それが……ユノに帰ってきて一緒に暮らさないかと誘われたみたいで……」

なるほど、それでか。彼女の元々の旅の目的は自身のルーツを探る事。その目的は既に果たされている。ならば帰ってこいという母親の誘いにも一理有るといえば有る。

それに彼女が納得するかどうかは、話が別ではあるが……。

「クレナって、家の跡取りとかだっけ？」

「えっ、そういうんじゃない、けど……」

顔を上げた彼女は、不安げな上目遣いでこちらを見つめてくる。帰りたくないが、断りにくいといったところか。思うところがあるのか、母親に対しては遠慮があるみたいだ。

なるほど、それで思い悩んで今のようになっているのか。下手に相談すると、家族は大切にしないといけない。帰った方が良いとか言われると思ったのかもしれない。

「だったら逆に、ご両親をハデスに招いたらどうだ？」

そう言うとクレナは顔を上げ、呆気《あっけ》に取られた様子で目を丸くした。

「えっ、それは……どうかしら？　あ、『闇の王子』の立場を考えたら有りかも……？」

「クレナさんの実家から見れば、ご令嬢を傷物にして子供を生ませた挙句に十年以上逃げ続けていた男……確かに肩身は狭そうですね」

春乃さんが身も蓋も無い事を言った。でも、間違ってはいないと思う。

それに、クレナには傍《そば》で俺を支えて欲しいが、そのために家族離れ離れにしてしまうというのは気になる。どうせなら一緒に過ごせた方が良いだろう。

「地鎮祭をやって、ハデスは再興し始めたと認められたら……いけるわね」

クレナもいつもの調子を取り戻してきたようだ。そしてハッと今の密着した状態に気付いて離れようとするが、甘い。腰に腕を回して離れられないようにホールドしておいた。

するとしばらくもぞもぞしていたが、やがて諦めてこちらに身体《からだ》を預けてくる。

「まぁ、ママが許したのなら、私からは何も言う事は無いわ」

「……こっちに招いたら、父親と認められそうか？」

「……考えておくわ」

そう言いつつも、満更でもなさそうだ。この様子ならばおそらく大丈夫だろう。

「ひとまず悩みは解決したようですね。それじゃ、もう遠慮はいりませんよね？」

その様子を見た春乃さんはにんまりと笑い、すすすっと近付いてくるのだった。

それにしても、家族をハデスに招くか。

ハデス再興を考えるならば、汎神殿の建立だけでなく、ここに集った人達が安心して暮らしていけるだけのものを用意しないといけないんだよな。

汎神殿だけでは終わらない。まだその先もある。その事を改めて認識させられた。

そしてそれは俺の、いや、俺達の新しい故郷を作る事にもなるだろう。その一つの区切りとなるのが地鎮祭、再興するハデス最初の一大イベントだ。

魔王城の解体に、招待客の手配。地鎮祭に向けて手分けして準備を進めて行く。

ちなみに、先に終わったのは解体の方だったりする。招待客のスケジュール調整が難しかったようだ。通信の神具を用意してからはスピードアップしたようだが。

準備が整い、地鎮祭の日が近付いてくると、招待客達が徐々にハデス入りし始めた。

まず聖王一行と魔王一行が同日に到着。実は王女達が念のためにと調整したそうだ。おそらく聖王と魔王の因縁が関係しているのだろう。

聖王は王子とユピテルの光の神殿長を、魔王は『魔犬』、『白面鬼』、『暗黒の巨人』を伴ってのハデス入りである。どうやら『暗黒の巨人』は許されたようだ。

なお、『炎の魔神』も一緒だったが、こちらは勝手について来たらしい。

アレスからは他にも王家の面々と、大地の神殿長も来ていた。

それから一週間程かけて、他の地鎮祭の参列者も集まってくる。

炎の神殿からはヘパイストス王と炎の神殿長、それにケトルトの鍛冶師《かじし》十二家の残り十家。パルドーとシャコバを合わせれば十二家勢揃《せいぞろ》いである。人数は一番多い。

風の神殿関係者は全てハデスにおり、闇の神殿はそもそも関係者がいない。

最後に到着したのは水の神殿関係者なのだが……。

「今日はあなたの晴れ舞台ですね、弟」

水の女神が、白いギルマンの神官達《たち》を引き連れて来た。水の都で会った時と同じ胸元を大きく開いたマーメイドラインのドレスで、水球を纏《まと》っての登場だ。

実は彼女も地鎮祭に参加するのだが、招待客達には知らされていなかったようだ。

特に神殿関係者達はその力を感じ取れるらしく、驚き、そして慄《おのの》いていた。

ちなみに水の女神を含めて招待客は皆『無限バスルーム』に滞在するが、女神は本丸三階天守閣で俺達と一緒、招待客達は本丸一階外郭の客間なので安心して欲しい。


そして地鎮祭当日、予定通りに招待客が集まった。王女達が厳選した事もあって、聖王と魔王を始めそうそうたる顔ぶれが揃っている。

控室で準備をしているが、正直緊張する。しかし、ここまで来るとそうも言ってはいられない。開き直りの境地である。

春乃さん達はお見通しのようで温かい目だ。そんなに分かりやすいだろうか、俺。

儀式の手順は、夢の中で相談して決めている。日本の地鎮祭とは異なるものになるが、神の許しを得るという目的は違《たが》えていないので大丈夫だ。女神達の保証付きである。

もうひとつの時間が掛かった準備は、地鎮祭の際に身に付ける装束である。

六女神を内包する汎神殿を建立するための地鎮祭なのだから、ローブの種類や色など特定の女神に偏ってはならない。

そこで日本式の神主スタイルだ。「浄衣《じょうえ》」というらしい。色は、他の女神と被《かぶ》らないよう日本古来より高貴とされている「紫」を選ぶ。

なお、本来の神主はその衣装に「笏《しゃく》」という細長い板を持つのだが、それの代わりにソトバの剣を持つ事になっている。結構重いが、仕方がない。

皆の反応は、未知のものではあるが、それがかえって良いとの事。

ちなみに王女達六人も豪華なローブ姿だが、こちらは元々用意していたものらしい。

ラクティと水の女神もドレス姿だ。ラクティは今日のためにドレスを新調している。

選んだ雪菜《ゆきな》曰《いわ》く、シックな黒を基調としながら、可愛《かわい》らしさを失わないドレスらしい。

地鎮祭は、かつてラクティが封印されていた鏡面状のクレーターで行われる。

クレーターの縁を囲むように六本の虹閃石《こうせんせき》の柱が並び、またクレーターの中心にも同じように一本の柱が立てられている。

それらは、夢の中で女神達から地鎮祭で使うようにと言われた物だ。翌朝目を覚ますと『無限バスルーム』内の大地の祭壇――虹閃石製の木の根元から生えていた。

六本の内二本の側《そば》にはラクティと水の女神が立っている。

烏帽子《えぼし》を被り、浄衣に身を包んだ俺は、ソトバの剣を手にクレーターの縁に立った。

俺の後ろには各神殿長候補が並び、更にその後ろに招待客達、そしてトラノオ族を始めとする今のハデスの住人達が並んでいる。

さあ、いよいよ本番だ。まずはソトバの剣を両手で持ち、平らな面を前に向けて顔の前に垂直に立てる。

「それでは、これより地鎮祭を始めます」

そのまま一礼してクレーターに向き直り、中心に向かって歩を進めて行く。

皆の緊張が、背中に刺さる視線から伝わってくる。

クレーター中央に着くとソトバを高く掲げ、女神達から教えられた祝詞を唱える。

ただの音の羅列のように聞こえる旋律、古い古い神々の言葉だ。

おそらくその意味を理解できるのは、光の女神の祝福により言葉が翻訳されて伝わっている俺と、春乃さんと、コスモスと、神南《かんなみ》さんだけだろう。

これは世界の誕生を祝福する唄だ。この世界に誕生する全てのものを祝福する唄だ。

全てのものから忘れられてしまっても、全てのものを祝福している混沌《こんとん》の女神の唄だ。

かつて女神は言った。この世界に生きる全てのものは混沌の女神に祝福されている。この世界に召喚された俺達も例外ではない。

この唄は、忘れられてしまったこの唄は、それでもなお世界を包む愛の唄なのだ。

ふと、掲げたソトバの剣にラクティの姿が映り込んでいる事に気付いた。

柱の陰から見守るように、ハラハラした様子でこちらを見ている。あれは弟の檜舞台《ひのきぶたい》を見守る姉の目か。小さな笑みがこぼれると共に、少し緊張がほぐれた気がした。

大丈夫だ、やれる。ソトバの剣をくるりと回し、切っ先を下に向けて握り直す。

「これが俺の、旅の総仕上げだ……！」

渾身《こんしん》の力を込めてソトバの剣を再びハデスの大地に突き立て、剣を通じてハデスの大地にＭＰ《マジックパワー》を注ぎ込む。

次の瞬間、七本の柱が光を放ち、光の柱がハデスの天蓋に突き刺さった。ラクティと水の女神も、その柱の中に飲み込まれている。

続けて大地が大きく揺れた。背後から慌てる声と、それを宥《なだ》める声が聞こえてくる。

「み、見ろ！　あれを!!」

その大きな声はルリトラのものだ。どこを指しているかは見なくても分かった。

地響きのような音と共に天蓋となっていた十六魔将の塔が動く。そして生まれた隙間から、日の光が俺の頭上に降り注ぐ。

揺れが更に激しくなる。地響きと共に十六の塔が再び垂直に立ち上がっていく。

遮るものが無くなった光の柱は、そのまま空へと伸びて天を貫き、そして消えた。

同時に光を放っていた柱と、柱に飲まれたラクティと水の女神の姿も消えている。

それに驚く間も無く、ソトバの剣を支えにしなければ立っていられない程の揺れが襲い掛かってきた。背後の皆も倒れ込んでいるかもしれない。とぐろを巻いている魔王以外。

大地が崩れると誰かが悲鳴のような声を上げた。だが、そうではない。逆だ。俺達の立つ大地の方が、元に戻ろうと上がっているのだ。

地響きが収まる頃には塔は完全に直立していた。その向こう側には荒涼とした『空白地帯』の大地が見える。戻ってきたのだ。ハデスの都が、地上に。

そして天から光が降り注ぎ、六本の光の柱となって大地に突き刺さった。

光が収まると、そこにはラクティと水の女神を含む六柱の女神姉妹の姿が。虹閃石の柱と混沌の女神の祝詞によって、新たな現身《うつしみ》が誕生したのだ。

皆も彼女達の正体が分かったようで、背後から興奮気味な驚きの声が聞こえる。

そして六柱の女神達は俺に背を向けると、祈るように両手を掲げた。

するとハデスの大地が輝き、一瞬炎が走り、風が吹き抜けた。次の瞬間、周囲のそこかしこから水が湧き出し始め、草木が芽吹き、瞬く間に育って花を咲かせていく。

やがて見渡す限りが豊かな草原となると、女神達は掲げていた手を下げる。

そして俺の方に向き直ると、再び天から光が降り注ぐ。光の柱ではない。たとえるならば光のヴェール、優しく暖かな金色の光だ。

その光と共に、空から小さな影が舞い降りてくる。背丈より長い金色の髪を持つ、包み込まれるような慈愛に満ちた笑みを浮かべる少女……そう、混沌の女神である。

俺が手を伸ばすと、混沌の女神は手を取り大地に降り立った。

役目を終えたソトバの剣を引き抜き、俺は混沌の女神の手を取って皆の方に向き直る。

すると、ラクティ達も左右に並んだ。六柱の姉妹と、その母がここに勢揃いしたのだ。

皆、誰かは分からなくても彼女が女神である事が感じ取れるのだろう。もはや驚き過ぎて声も出ない状態のようだ。

俺はソトバの剣を高らかに掲げ、声を張り上げる。

「ハデスの大地は、今ここに蘇《よみがえ》った！　これを以《もっ》てハデス再興の宣言とする!!」

しばしの静寂の後、爆発するような大歓声が響き渡った。

「やりましたね、冬夜《とうや》君！」

「お兄ちゃん！」

感極まったらしい春乃《はるの》さんが真っ先に駆け寄って来て、胸に飛び込んできた。

雪菜は飛んで後ろに回り込み背中に抱き着いてくる。

「トウヤ、あなた何が起こるか分かってたでしょ？　揺れても落ち着いてたし」

その後に続くクレナ、お見通しである。こちらは落ち着いた様子で俺の隣に立った。

しかし、その隣に立ったロニに押されて、俺の腕に抱き着く形となる。

「は、はしたないですよっ！」

そんな俺達を、あわあわしたセーラさんが嗜《たしな》め、それをやれやれとサンドラが見守り、
そしてリンはもっとやれと面白そうに笑っている。

続けてルリトラとドクトラが駆け寄ってきたが、彼等《かれら》の肩の上にはリウムちゃんとルミ

ス、それにマークとデイジィが乗っている。地鎮祭をよく見るために乗っていたようだ。

祭儀用ローブに身を包んだプラエちゃんは、走りにくいのか少し遅れて来た。他のキュクロプス達も来たが、皆喜びの言葉と共に涙を流していた。

シャコバとパルドー、それにクリッサはヘパイストス王と一緒にこちらを見ており、ブラムスとメムも動かない。あれは立ち尽くしているのか。

よく見ると、そうなっている面々は他にもいた。半分ぐらいが茫然《ぼうぜん》としている。それだけ女神達の降臨とハデスの復活が衝撃的だったのだろう。

光の女神達は残りの半分、神殿関係者や王女達に囲まれていた。跪《ひざまず》いている者もいる。

その一方で『不死鳥』は変わらない。コスモスやトラノオ族、グラウピスと共に歓声を上げている。おかげでラクティは、こちらにてててっと駆け寄ってこられた。

「賑《にぎ》やかね、私のいとし子」

俺の周りでふわふわと飛んでいた混沌の女神が、上から小さな手で頭を撫《な》でてきた。

「これが、あなたが旅の果てにたどり着いた光景よ。よくがんばったわね」

そう言われて見てみると、目の前に広がるのは人も、魔族も、他の様々な種族も一堂に会している光景だった。騒がしくも、平和な光景だ。

そうか、俺が、いや、俺達が、この光景を実現したのか。

「あれ？　お兄ちゃん、泣いてる？」

「い、いや、そんな事はないぞ」

バレバレだろうが、春乃さんもクレナも何も言わずにいてくれる。

「胸を張って言えます。これが、俺の新しい故郷となる場所です」

すると混沌の女神は、満足気にうんうんと頷《うなず》いた。

作り始めたばかりでまだ何も無い故郷だが、周りを見れば皆がいる。

「ほら、行きましょう。皆も待ってますよ」

「地鎮祭も無事に終わったし、この後はパーティーねっ」

そして明日からはまたハデス再興——俺達《たち》の故郷を作るという新しい日常が始まる。

苦労も多いだろうが、大丈夫だ。皆と一緒ならば乗り越えていけるだろう。

俺は春乃さんとクレナに手を引かれながら歩き出した。

見ると招待客の面々も落ち着きを取り戻してきたようだ。この後は予定通り『無限《アンリミテッド》バスルーム』に入ってもらおう。今夜はパーティーだ。サプライズゲストは女神達である。


そして、パーティーも終わり……。

俺達は、二の丸大浴場の檜風呂につかっていた。周りにはいつもの面々だけではなく女神達も勢揃《せいぞろ》いしており、俺は広い湯舟の中で彼女達に囲まれている状態だ。

　右を見れば非の打ち所が無い奇跡のようなプロポーションの春乃さん。左を見れば親しみを感じさせるむっちりしたスタイルのクレナ。

その周りには六柱の女神達がおり、大地の女神の陰に隠れていたラクティが飛び出してこちらに寄ってきた。

　更にその周りにはセーラさんにリウムちゃん。ロニの肩にはデイジィが乗っている。サンドラ、リン、ルミス、それにプラエちゃんもこちらを覗《のぞ》き込んでいた。

そして彼女達の更に後ろに、楽しそうにこちらを見ている混沌の女神の姿があった。

「あらあら♪」

湯舟につかっていた彼女は悠然とした態度で立ち上がり、そのままお湯をかきわけてこちらに近付いてきた。そして慈愛に満ちた表情で俺を見つめる。

「私のいとし子、そんな端っこにいないでこっちに来なさい」

「ほら、行ってきなさいよ」

「女神様がお待ちですよ♪」

クレナと春乃さんは、笑って背中を押してくれた。

混沌の女神はニコニコ顔で両手を広げて待ち構えていたが、流石《さすが》にその胸に飛び込みはせずに、その手を取った。

彼女は少し不満そうに唇を尖《とが》らせたが、すぐに気を取り直し、俺の手を引き歩き出す。

「プラエ～、こっちに来なさいよ～」

「は～い♪」

湯舟の奥の深い所にいた風の女神が、手招きして呼び寄せる。

するとプラエちゃんは、ざぶざぶと湯をかき分けて近付いて行った。元々知り合いだけあって全く物怖《ものお》じしていない。俺も混沌《こんとん》の女神に手を引かれてその後に続く。

「はぁ～、久しぶりねぇ、これ」

そして大きな身体《からだ》のプラエちゃんが腰を下ろし、その上で風の女神が湯面に浮かぶ大きな双子島を枕に寝そべった。

「弟～、うらやましい～？　代わってあげてもいいわよ～？」

「いや、いつもやってもらってるから……」

「生意気～、えいっ！」

断ろうとしたが、風の女神に腕を掴《つか》まれ引き倒されてしまった。

プラエちゃんに受け止められ、双子島と、それと比べると小さ過ぎるが確かな存在感を放つ風の女神との間でサンドイッチになってしまう。

混沌の女神は「楽しそうね～」と笑い、風の女神は抱き着きながら頭を撫でてくる。

「ん～、やっぱりこれよ！　夢の中は、ちょっと違うのよね～」

彼女が現身《うつしみ》を失ったのは最近の事。それだけに喪失感も大きく、また忘れられず、それだけに新たな現身を得た喜びもひとしおなのかもしれない。

「ふにゃっ!?」

そう思い至った時、俺も思わず風の女神の細い身体を抱きしめ、その頭を撫でていた。

「……………生意気っ」

すると頰を紅《あか》く染めた風の女神に、コツンと額を小突かれてしまった。

「女神ちゃん、かわいい〜❤」

しかし直後にプラエちゃんにまとめて抱きしめられ、密着して頰を寄せ合う事となる。

恥ずかしさが限界に達したのか、風の女神は抜け出し、飛んで行く。

プラエちゃんも後を追うが、そこですかさず混沌の女神が俺を引っ張り出してくれた。

そうか、俺は夢の中で会えていたが、プラエちゃんはそうではない。彼女から見れば、やっと再会できたお友達。そう思うと二人の追いかけっこも微笑《ほほえ》ましいものである。

あ、風の女神が捕まった。そのまま小脇に抱えられてしまう。

そのままプラエちゃんが向かった先には、デイジィとルミスがいた。どうやら風の女神にお友達を紹介したいようだ。

しかしデイジィは察したのか、恥ずかしがって逃げてしまう。

残されたルミスは恐縮しているが、なんというか友達のお母さんと会ったみたいな感じになっているな。風の女神としても、そちらの方が嬉《うれ》しいかもしれない。

なお、小脇に抱えられたままな事については諦めモードに入っているようだ。

そして逃げたデイジィはというと……こら、春乃さんの胸に逃げ込むな。というか、入《はい》れるのか、そこ。

もっとも全身は入りきらず、谷間からジタバタしている小さな下半身が生えた状態だ。

結局そのまま春乃さんに捕まり、デイジィはプラエちゃんに引き渡された。

流石に観念したようで、諦めモード同士で挨拶し合っている。通じるものがある同士、結構仲良くなれるんじゃないだろうか。


続けて光の女神のところに行くと、セーラさんとサンドラが積極的に話し掛けていた。

入浴前は恐れ多いと言っていたので、ラクティのお姉さんだと思って接してみてはどうかとアドバイスしたが、上手《うま》く行ったようだ。

「お前達のような信徒ばかりなら良いのだがなぁ……」

問題は、返ってくる光の女神の言葉に含まれる愚痴の割合がいささか多い事だろうか。

原因は光の女神信徒だという事もあって、真面目な二人は逃げられない。なお、リンは逃げたのか離れているようだ。

「あの子ったら、しょうがないわね～、ちょっと止めましょうか」

「お手柔らかに」

「おててだけじゃなくて、全身やわらかよ♪」

見かねたのか混沌の女神が、くねっとしなを作ってから飛んで行く。

「どーん！」

そして光の女神の背中に飛び付き、一旦会話をストップさせた。

その隙にセーラさんの隣に腰を下ろすと、彼女はこちらを見てほっとした様子だった。

気が緩んだのかこちらにもたれ掛かってきたので、肩を抱いて彼女を支える。すると彼女も力を抜いて、身体を預けて来た。

サンドラも疲れていたのか、近付いてきて反対側にもたれ掛かってきた。

「も～、この子ったら真面目過ぎるのよね～」

混沌の女神はというと、光の女神の頭を抱きしめ、撫で回している。女神の長姉も、母の前では形無しだ。少し恥ずかしそうに、されるがままになっていた。

「……コホン。そうだな、もう少し前向きな話をしようか」

頭を撫でられ続けながらも、咳払《せきばら》いをして話を変えようとする光の女神。

「そもそも私の教えは……」

そして始まる、お堅い話。なるほど、こちらも真面目過ぎる。

しかし愚痴よりは興味を惹《ひ》いたようで、二人は身を乗り出す勢いで耳を傾ける。

なんだかんだで皆真面目なので、上手く釣り合っているのかもしれない。

ただ、セーラさんもサンドラも俺の間近で腰を上げたため、塗れた湯浴《ゆあ》み着に包まれたお尻が目の前に来る。

大きめのセーラさんに比べて、サンドラの方は小さく引き締まっている感じだ。

このまま後ろから眺めていたい気もするが、そういう訳にもいかないと、混沌の女神と再び手をつないでその場を離れた。

移動した先にいたのは炎の女神とロニ。どうやら料理談義に花を咲かせているようだ。

「いいか、ロニ！　料理は火力だッ!!」

「はいッ！」

混沌の女神曰《いわ》く、彼女は意外と料理上手であるらしい。ギフトでキッチンが出てきたのは伊達《だて》ではないという事か。コンロの『神火』の事を考えると少々不安も残るが。

あと彼女の信徒の事を考えると、筋肉がつきそうな料理が出てきそうな気もする。

こちらに気付いた炎の女神が近付いてきて、混沌の女神と一緒にかぶり付くように抱きしめられた。張りのある胸が顔に押し付けられる。

「弟、期待してろよ！　私が降りてきたからには手料理をご馳走《ちそう》してやるからな！」

更に俺達の頬にキスの雨を降らせる。相変わらず豪快なスキンシップだ。彼女もまた夢の中よりテンションが上がっているのかもしれない。

「この子、結構食べさせたがりなのよ。量作るから気を付けてね」

平然とした様子の混沌の女神が、そう注意してくれた。

「だ、大丈夫ですよ！　私もちゃんと見てますから！　食べ過ぎはダメです！」

そう言ったロニの視線が、チラリとクレナの方を向いた事には触れないでおこう。

少し離れたところにいるのは水の女神と、光の女神のところから逃げてきたリン。こちらは周囲の騒ぎとは無縁な様子でのんびりと湯舟につかっている。

『無限バスルーム』内なら、水の女神も水球無しで過ごす事ができるようだ。

水の女神が手招きして俺を呼ぶので近付いてみると、彼女は大きく両手を広げた。

「弟、末妹を妹扱いするなら、私も妹扱いしなさい」

何を言い出すかな、この姉は。隣のリンも予想外だったのか噴き出しむせている。

「もう、甘えん坊ねぇ」

「いえ、母ではなく」

混沌の女神をスルーし、俺に向かって「さぁ」と促してくる。マイペースである。

落ち着いたリンは、これはこれで面白そうだと目を輝かせて俺の反応を待つ。

甘いぞ。俺はそんな事で怯《ひる》みはしない。姉妹の中でも華奢《きゃしゃ》なその身体に抱きつく。

すると彼女は俺の片手を持ち、自分の頭の上に乗せた。撫でろという事か。

薄い青色の髪を優しく撫でると、彼女は「ん……」と気持ちよさそうな声を漏らした。

「ふむ……弟に撫でられるのも悪くないですね。またやりましょう」

しばらく撫でていると、やがて彼女は身体を離した。その表情はあまり変わらないが、ムフーとどこか満足気な様子だ。

「また……って、これからもハデスにいられるって事？」

「そうですね、港への地下通路を広げて水路も作りましょう。そうすれば私は一瞬で『水の都』と行き来ができるようになります」

ずっといられる訳ではないが、海とつなげる事でこちらに来やすくなるらしい。


「あらあら、それは私の出番かしら？」

そんな事を話していると、近くにいた大地の女神が手伝いを申し出てきた。確かに彼女の力を借りる事ができればありがたい。

そんな彼女の周りにはリウムちゃんと雪菜《ゆきな》がいた。雰囲気的に大地の女神は甘えやすいのかもしれない。その気持ちは実によく分かる。

リウムちゃんはパーティーで疲れたのか、大地の女神の膝の上でうとうとしている。

一方雪菜の方はむ〜っと頬を膨らませていた。これは水の女神を妹扱いしていたからだな。目を見れば分かる。俺は近付き、隣に腰を下ろした。

「まったく水の女神様も甘いわね〜」

と言いつつ、近付いてくる雪菜。

「撫《な》でられるのは、褒められるのとセットじゃないと！　甘えるだけなら、こうよ！」

そして正面から俺の首に腕を回し、身体を密着させてきた。

水と大地だけでなく炎の女神も会話をやめてこちらを見ているが、三柱とも何やら得心した様子だった。

「そもそも妹は身構えない！　妹がお兄ちゃんに甘えるのは自然な事なのよ！」

「なるほど、奥が深いのね……」

拳を震わせ力説する雪菜。その周りに女神達《たち》が集まっている。

大地の女神はリウムちゃんを抱いたままで、まるで母娘《おやこ》のようだ。

「でも、母としては撫でたくなるものよ？」

と思ったら、本物の母女神まで参加していた。いいのか、そこに雪菜が加わってて。

その時、リウムちゃんが大地の女神の腕からするりと抜け出して俺の所にやってきた。

膝の上に座り、背中を預けてきたので、お腹《なか》に腕を回してその小さな身体を支える。

「ほら、あれですよ。自然でしょ？」

「ホント、自然に抱っこされに行ったわ、あの子……」

何やらリウムちゃんが褒められ、感銘を受けた水の女神達の視線が一点に集まった。

「……なんだ？」

背中に視線を感じた長姉、光の女神が振り返った。そう、彼女達もまた妹なのだ。

そんな仲良し一家にリウムちゃんが呼ばれ、色々と質問され始めた。

長くなりそうなのでその場を離れ、湯舟の縁《ふち》にもたれ掛かると、春乃《はるの》さんとクレナ、それにラクティが近付いてきた。

春乃さんとクレナは俺の両隣に、そしてラクティは俺の膝に腰を下ろす。

「良い、光景ですね……」

賑《にぎ》やかな湯舟の様子を眺めながら、春乃さんが呟《つぶや》いた。

「これも『旅の果てにたどり着いた光景』ってヤツかしら？」

「そうだな……」

この地に集った女神を含む様々な種族が笑顔で過ごせる場所。皆がいたからたどり着けたこの光景こそが、皆で作る新しい故郷。その目指すべき姿なのだ。

「トウヤさん？」

いつの間にかラクティが俺の顔を覗《のぞ》き込んでいた。考え込んでしまっていたようだ。

正面にはラクティだけでなく、リウムちゃんもいる。右を見ると春乃さん、左にはクレナ。他の皆も集まってきていたようで、心配そうにこちらを覗き込んでいる。

大丈夫だと返すと皆は安堵《あんど》の笑みを浮かべ、混沌の女神が頭を撫でてきたのを皮切りに皆もこちらに手を伸ばしてきた。

その手を握り返したり触られたりしている内に、皆も楽しくなってきたのか雰囲気が明るいものに戻った。そのまま戯れまじりのスキンシップに移行していく。

その笑顔を見ながら俺は思った。皆と一緒ならきっとできる。そう信じられると。

だから、皆と共に生きていこう。そして、皆の笑顔を守っていこう。

皆にもみくちゃにされながら、俺はそう決意を新たにするのだった。

後の湯　作者の番台

初めて『異世界混浴物語』を手に取ってくださった方ははじめまして。

お久しぶりの方は、本当に大変長らくお待たせしてしまいましたが、こうして最終巻を皆様の下にお届けする事ができました。

応援してくださった皆様、イラストを担当してくださったはぎやまさかげ先生、担当のY様、そして刊行・販売に関わった全ての皆様、本当にありがとうございました。

今回の見開きカラーページの混浴シーンですが、1巻の最初の挿絵と同じような構図にしてもらいました。

二人で入ると窮屈なバスルームから始まった冬夜《とうや》の旅は、あの時はおぼろげだった夢の大混浴にたどり着いたという事ですね。

これからは女神達《たち》も一緒に、『無限《アンリミテッド》バスルーム』の中は更ににぎやかになるでしょう。

そして外では、ハデスの大地を復活させました。

といっても、再興はまだまだこれから。この先色々と苦労もあるでしょう。

しかし、彼には女神も含めた頼もしい仲間達がいますのでどうかご安心ください。

彼等《ら》ならばそれこそ苦労も楽しみながら乗り越えて行ってくれるでしょう。

この『異世界混浴物語』は、初めての出版という事もあって本当に色々とありました。

特に1巻の頃は、どれぐらいのページ数になるか意識しておらず、1巻で区切りの良い所まで進められるよう、WEB版から内容を削るのに苦労しました。

並べてみると、1巻とこの巻だけ他と比べてちょっと厚くなっています。

そしてイラストになった冬夜達を見た時、ああ本当に本になるのだなと感動したのを覚えています。

しかし一番感動したのは、やはりSNSなどで感想をいただけた事ですね。

皆様の応援が無ければ、こうして最後まで書き切る事はできなかったでしょう。

おかげさまで『異世界混浴物語』はこれにて完結となりますが、私自身はまだまだ小説を書いていきたいと考えております。

また新しい作品で、再び皆様とお会いできる事を願って……。

二〇二二年三月某日　日々《ひび》花長春《はなながはる》

作品のご感想、
ファンレターをお待ちしています

あて先
〒141-0031
東京都品川区西五反田 8-1-5 五反田光和ビル4階
オーバーラップ文庫編集部
「日々花長春」先生係／「はぎやまさかげ」先生係

OVERLAP

異世界混浴物語 7
神泉七女神の湯

発　行　2022年5月25日　初版第一刷発行

著　者　日々花長春
発行者　永田勝治
発行所　株式会社オーバーラップ
〒141-0031　東京都品川区西五反田 8-1-5
校正・DTP　株式会社鷗来堂
印刷・製本　大日本印刷株式会社

Printed in Japan ISBN 978-4-8240-0185-6 C0193

オーバーラップ　カスタマーサポート
電話：03-6219-0850 ／受付時間 10:00〜18:00（土日祝日をのぞく）

第10回 オーバーラップ文庫大賞
原稿募集中！
イラスト：冬ゆき
【賞金】
大賞…300万円
（3巻刊行確約＋コミカライズ確約）
金賞……100万円
（3巻刊行確約）
銀賞……30万円
（2巻刊行確約）
佳作……10万円
キミが物語の王様
【締め切り】
第1ターン 2022年6月末日
第2ターン 2022年12月末日
各ターンの締め切り後4ヶ月以内に佳作を発表。通期で佳作に選出された作品の中から、「大賞」、「金賞」、「銀賞」を選出します。
投稿はオンラインで！ 結果も評価シートもサイトをチェック！
https://over-lap.co.jp/bunko/award/
〈オーバーラップ文庫大賞オンライン〉
※最新情報および応募詳細については上記サイトをご覧ください。
※紙での応募受付は行っておりません。